ちくま文庫

文学傑作選 鎌倉遊覧

藤谷治 編

筑摩書房

文学傑作選　鎌倉遊覧　目次

文学傑作選　鎌倉遊覧

序

あなたの開かれた掌の中に、鎌倉をお届けする。

東京からほど近い観光地であり、首都への通勤圏でもある高級住宅地であり、ドラマやアニメの舞台ともなり、避暑にグルメに古跡めぐり、ハイキングもサーフィンも楽しめるという、誰からも愛され誰をも癒す古都鎌倉は、しかしこの一冊の中に、ほとんど姿を見せない。そもそも編者である私に、そのような鎌倉がない。昭和戦後の一時期に二階堂、大町、稲村ケ崎と、親の引っ越すまま移り住んだというだけの編者にとって、鎌倉は観光地ではなく、遠い記憶である。家の近くだった大塔の宮や、幼稚園のあった鶴岡八幡宮は親しんだけれど、北鎌倉あたりの名刹など、数えるほどしか参拝したことはない。小料理屋とかパティスリーとか、まったく知らない。サーフィンは不良のやるものだと教わった。毎日のように通った紙とベーゴマの店「くろぬま」や、怪獣のおもちゃやマッチボックスを買った「からこや」など、もはや影も形もない。編者に今の鎌倉を語る資格はない。

ここにあるのは、鎌倉とは何か、なぜ鎌倉であるのか、という、観光地に向かっては問われることの少ない問いにはまりこんでいくための、よすがである。案内図を見て歩くだけでは触れることのできない鎌倉が、この一冊の中にある。

編者

金槐和歌集

源実朝

金槐和歌集（きんかいわかしゅう）　鎌倉三代将軍源実朝（一一九二―一二一九）の私家集。「金」は「鎌」の偏、「槐」は大臣の意になるので、鎌倉右大臣家集ということになる。全一巻。一二一三年成立か。約七〇〇首を、春・夏・秋・冬・恋・雑に分類。万葉調の力強い歌風が特徴。実朝十八歳のとき、藤原定家の教えを受けた。その歌は後世、賀茂真淵、正岡子規、小林秀雄、吉本隆明などに高く評価されている。本文のうち、詞書と歌は『新編国歌大観　第四巻』（角川書店）を、現代語訳は『新潮日本古典集成　金槐和歌集』（新潮社）を底本とした。

雨そほふれる朝、勝長寿院の梅処処さきたるをみて花にむすびつけ侍りし

ふる寺の朽木の梅も春雨にそほちて花ぞほころびにける

古刹《こさつ》の朽ちた梅の木も、この春雨に芯《しん》まで濡れて息を吹き返し、見事に花を開いた。

三月すゑつかた勝長寿院にまうでたりしに、ある僧やまかげにかくれをるを見て、花はととひしかば、ちりぬとなんこたへ侍りしをききて

行きてみんと思ひしほどに散りにけりあやなの花や風たたぬ間に

見に行こうと思っているまに散ってしまったのだな。わけのわからぬ花だ、風も吹かないうちに落ちてしまうとは。

春山月

風さわぐをちのとほやま空はれて桜にくもる春のよの月

風のざわつく遠くの外山の上空は快晴だ。春の夜の月がよく見えてもよさそうなのに、桜の落花のせいで曇ってしまっている。

海辺秋来

霧たちて秋こそ空にきにけらし吹上の浜のうらの塩風

吹上の浜を吹く強風が、波のしぶきを空中に吹き上げて、ちょうど霧が立っているようだ。秋は海辺でもまず空からやってきたらしい。

今よりはすずしくなりぬ日ぐらしのなく山かげの秋のゆふかぜ

今日からはすっかり涼しくなった。蜩《ひぐらし》の鳴く山陰を吹いているのは、もう秋の夕風だ。

ひとりゆく袖よりおくかおく山のこけのとぼその道の夕つゆ

奥山の庵の苔むした戸へ向う途中の夕べの露は、独り歩む私の袖からまず置き始めるのだ。

秋のはじめによめる

天河みなわさかまきゆく水のはやくも秋のたちにけるかな

水泡も湧き返り流れる天の川の、あの激流のような速さで、見るまに秋が来てしまった。

七月十四日夜、勝長寿院のらうに侍りて月さしいりたりしによめる

ながめやる軒のしのぶの露の間にいたくなふけそ秋のよの月

軒の忍ぶ草に宿る露、私が月を遠く見やったのはそのつゆの間であったのに、月はあれほど傾いてしまった。ひどく更けたことを知らせてくれるな、秋の夜の月よ。

建保五年十二月方違のために永福寺の僧坊にまかりて、あしたかへり侍るとて小袖をのこしおきて

春まちてかすみの袖にかさねよと霜のころものおきてこそゆけ

春が来たら薄い着物の袖に重ねて着てほしいのです。霜にしおれた粗末な小袖ですが、一夜の宿のお礼に置いてゆきます。

寄松祝といふことを

八幡山木だかき松のたねしあれば千とせの後もたえじとぞ思ふ

八幡山に高く聳《そび》えた松のように、種があるなら千年の後も絶えることなく栄え

るであろう。

あら磯に浪のよるを見てよめる

大海の磯もとどろによする浪われてくだけてさけてちるかも

磯もとどろくほどに寄せる大海の荒波は、割れ、砕け、裂け、そして四方に飛び散ってゆく。

はまへ出でたりしにあまのもしほ火をみて

いつもかくさびしきものかあしのやに焼きすさびたるあまのもしほ火

ふだんからこのように寂しいものなのだろうか。葦葺《あしぶ》きの粗末な家で漁夫の焚く藻塩火が、勢いを失ってくすぶりかけているありさまは。

鎌倉一見の記

正岡子規

正岡子規（まさおか・しき　一八六七―一九〇二）　伊予・松山の生まれ。本名常規《つねのり》。はじめ政治家志望、ついで文学を志す。喀血後、子規と号した。下谷根岸に居をかまえ、脊椎カリエスによって床についたきりの身でありながら、旺盛な精神活動を展開。近代俳句を提唱し、また短歌革新に着手、写生文を主張して新しい散文運動を起こした。「病牀六尺」「仰臥漫録」など。絶筆は「糸瓜《へちま》咲て痰のつまりし仏かな」。本文は『子規全集　第十三巻』（講談社）を底本にし、新字新かなにした。

面白き朧月のゆうべ柴の戸を立ち出でてそぞろにありけばまぼろしかと見ゆる往来のさまもなつかしながら都の街をはなれたるけしきのみ思いやられて新橋までいそぎぬ。終りの列車なるにはや乗れというにわれおくれじとこみ入れば春の夜の夢を載せて走る汽車二十里は煙草の煙のくゆる間にぞありける。

　蛙鳴く水田の底の底あかり

藤沢の旅籠屋を敲いて一夜の旅枕と定む。朝とく目さむれば裏の藪に鳴く鶯の一声二声もうれしく、

　鶯やおもて通りは馬の鈴
　鶯や左の耳は馬の鈴

いずれかよからん蕉風檀林のけじめにやなど思うも僭上の沙汰なるべし。一番の汽車にて鎌倉に赴く道々うかみ出づる駄句の数々、

　岡あれば宮宮あれば梅の花
　家一つ梅五六本ここもここも
　旅なれば春なればこの朝ぼらけ

先ず由井が浜に隠士をおとずれて久々の対面うれしやと、とつおいつ語り出だす事は何ぞ。

歌の話発句の噂に半日を費したり。即景。

陽炎や小松の中の古すすき

春風や起きも直らぬ磯馴松

ひとりふらふらとうかれ出でて縄手づたいにあゆめば、行くともなしに鶴が岡にぞ著きにける。銀杏を撫で石壇を攀じ御前に一礼したる後瑞垣に凴《よ》りて見下ろせば数百株の古梅ややさかりを過ぎて散りがてなるも哀れなり。

銀杏とはどちらが古き梅の花

建長寺に詣ず。数百年の堂宇松杉苔滑らかに露深し。

陽炎となるやへり行く古柱

円覚寺は木立昼暗うして登りては又登る山の上谷の陰草屋藁屋の趣も尊げなるに坐禅観法に心を澄ます若人こそ殊勝なれ。

其夜は由井の浦浪を聞きつつ夜一夜旅の労れの寝心にくたびれたる両足踏みのばせし心よさ。曙の頃隠士と某と三人して浜辺より星月夜の井に到る。

鎌倉は井あり梅あり星月夜

長谷の観音堂に詣でて見渡す山の名所古蹟隠士が指さす杖のさき一寸の内にあつまりたり。

歌にせん何山彼山春の風

ここは何、かしこは何、日蓮の高弟日朗の土窟は此奥なりなど一々に隠士の案内なり。大仏は昔にかわらぬ御姿ながらもその御心には数百年の夢幻何とか観じ給うらん。きのう見し人はきょう見る人にあらず、きょう見る人は明日見ん人にもあらず。況して今の人七百年の昔も知らねば七百年の昔いかでか今の世を推し量らん。

　大仏のうつらうつらと春日かな

此の夜はまた隠士の家に宿る。「浪音高し汐や満つらん」と頻りに口ずさみて上の句置き煩える隠士の声ほのかになりて我夢はいずくの山をか、かけ廻りし。翌日は雪の下に古蹟を探る。興亡の感くさくさに起りてそぞろに胸を衝く思いなり。

　高とのの三つは四つはのあと問えば麦の二葉に雲雀なくなり

　いつのよの庭のかたみを賤か家の垣ねつつきに匂う梅の香

頼朝の墓ここぞと上り見れば蔦にからまれ苔に蒸されたる五輪の塔一つ、これが天下の総追捕使のなれのはてにぞありける。鎌倉の宮に詣で、神前に跪けば何とはなしにはや胸ふたがりてはふり落つる涙はらいもあえず。

　梅が香にむせてこぼるる涙かな

泣く泣く鎌倉を去りて再び帰る俗界の中に筆を採りて鎌倉一見の記とはなしぬ。

星あかり

泉鏡花

泉鏡花（いずみ・きょうか　一八七三―一九三九）　本名鏡太郎。別名畠芋之助《はたけいものすけ》。金沢の生まれ。父は名人気質の彫金師。九歳のとき母を失う。明治二十四年、尾崎紅葉の門に入り「夜行巡査」「外科室」で認められる。ついで「照葉狂言」「草迷宮」「歌行燈《うたあんどん》」「婦《おんな》系図」など。大正から昭和にかけて自然主義やプロレタリア文学がおこるなかに文壇とは遠いところで、幻想と怪異をもち、独特の文体美に支えられた偏奇性の強い文学を書きつづけた。本文は『書物の王国11　分身』（国書刊行会）を底本にした。

もとより何故《なにゆえ》という理《わけ》はないので、墓石の倒れたのを引摺寄《ひきずりよ》せて、二ツばかり重ねて台にした。

その上に乗って、雨戸《あまど》の引合《ひきあわ》せの上の方を、ガタガタ動かして見たが、開《あ》きそうにもない。雨戸の中《うち》は、相州西鎌倉乱橋《みだればし》の妙長寺《みようちようじ》という、法華《ほつけ》宗の寺の、本堂に隣《とな》った八畳の、横に長い置床《おきどこ》の附いた座敷で、向って左手《ゆんで》に、葛籠《つづら》、革鞄《かばん》などを置いた際《きわ》に、山科《やましな》という医学生が、四六《しろく》の借蚊帳《かりかや》を釣って寝て居るのである。

声を懸けて、戸《と》を敲《たた》いて、開けておくれと言えば、何の造作《ぞうさ》はないのだけれども、止《よ》せ、と《と》留めるのを肯《き》かないで、墓原《はかはら》を夜中に徘徊《はいかい》するのは好心持《いいこころもち》のものだと、二ツ三ツ言争《いいあらそ》って出《で》た、いまのさき、内《うち》で心張棒《しんばりぼう》を構えたのは、自分を閉出《しめだ》したのだと思うから、我慢にも恃《たの》むまい。……

冷《つめた》い石塔《せきとう》に手を載せたり、湿臭《しめりくさ》い塔婆《とうば》を摑《つか》んだり、花筒《はなづつ》の腐水《くされみず》に星の映るのを覗《のぞ》いたり、漫歩《そぞろあるき》をして居たが、藪《やぶ》が近く、蚊《か》が酷《ひど》いから、座敷の蚊帳が懐しくなって、内へ入ろうと思ったので、戸を開けようとすると閉出されたことに気がついた。

それから墓石に乗って推《お》して見たが、原《もと》より然《そ》うすれば開《あ》くであろうという望《のぞみ》があったのではなく、唯居《ただい》るよりもと、徒《いたず》らに試みたばかりなのであった。

何《なん》にもならないで、ばたりと力なく墓石から下りて、腕を拱《こまぬ》き、差俯向《さしうつむ》いて、じっとして立って居ると、しっきりなしに蚊が集《たか》る。毒虫が苦しいから、もっと樹立《こだち》の少い、広々とした、うるさくない処をと、寺の境内《けいだい》に気がついたから、歩き出して、卵塔場《らんとうば》の開戸《ひらきど》から出て、本堂の前に行った。

然《さ》まで大きくもない寺で、和尚と婆《ばあ》さんと二人で住む。門まで僅《わず》か三四間《けん》、左手《ゆんで》は祠《ほこら》の前を一坪ばかり花壇にして、松葉牡丹《まつばぼたん》、鬼百合《おにゆり》、夏菊《なつぎく》など雑植《まぜうえ》の繁った中に、向日葵《ひまわり》の花は高く蓮《はす》の葉の如《ごと》く押被《おっかぶ》さって、何時《いつ》の間《ま》にか星は隠れた。鼠色《ねずみいろ》の空はどんよりとして、流る雲も何《なん》にもない。なかなか気が晴々《せいせい》しないから、一層《いっそ》海端《うみばた》へ行って見ようと思って、さて、ぶらぶら。

門の左側に、井戸が一個《ひとつ》。飲水《のみみず》ではないので、極《きわ》めて塩ッ辛いが、底は浅い、屈《かが》んでざぶざぶ、さるぼうで汲《く》み得《え》らるる。石畳《いしだたみ》で穿下《ほりおろ》した合目《あわせめ》には、このあたりに産する何とかいう蟹《かに》、甲良《こうら》が黄色で、足の赤い、小さなのが数限《かずかぎ》りなく群《むらが》って動いて居る。毎朝この水で顔を洗う、一杯頭から浴びようとしたけれども、あんな蟹は、夜中に何をするか分らぬと思ってやめた。

門を出ると、右左、二畝《ふたうね》ばかり慰みに植えた青田《あおた》があって、向う正面の畦中《あぜなか》に、琴弾松《ことひきまつ》というのがある。一昨日《おとつい》の晩宵《ばんよい》の口に、その松のうらおもてに、ちらちら灯《ともしび》が見えたのを、海《かい》浜《ひん》の別荘で花火を焚《た》くのだといい、否《いや》、狐火《きつねび》だともいった。その時《とき》は濡《ぬ》れたような真黒な暗《やみ》夜《よ》だったから、その灯《ひ》で松の葉もすらすらと透通《すきとお》るように青く見えたが、今《いま》は、恰《あたか》も曇った一面の銀泥《ぎんでい》に描いた墨絵のようだと、熟《じつ》と見ながら、敷石《しきいし》を蹈《ふ》んだが、カラリカラリと日和《ひより》下駄《げた》の音の冴《さ》えるのが耳に入って、フと立留《たちとま》った。

門外の道は、弓形《ゆみなり》に一条《ひとすじ》、ほのぼのと白く、比企《ひき》ケ谷《やつ》の山《やま》から由井《ゆい》ケ浜《はま》の磯際《いそぎわ》まで、斜《なな》めに鵲《かささぎ》の橋を渡したよう也《なり》。

ハヤ浪の音が聞えて来た。

浜の方へ五六間進むと、土橋が一架《ひとつ》、並の小さなのだけれども、滑川《なめりがわ》に架《かか》ったのだの、長谷《はせ》の行合橋《ゆきあいばし》だのと、おなじ名に聞えた乱橋《みだればし》というのである。

この上で又《ま》た立停《たちとま》って前途《ゆくて》を見ながら、由井ケ浜までは、未《ま》だ三町ばかりあると、つくづく然《そ》う考《かんが》えた。三町は蓋《けだ》し遠い道ではないが、身体《からだ》も精神も共に太《いた》く疲れて居たからで。

しかしそのまま素直《まっすぐ》に立ってるのが、余り辛《つら》かったから又た歩いた。

路《みち》の両側しばらくのあいだ、人家《じんか》が断《た》えては続いたが、いずれも寝静まって、白《しら》けた藁屋《わらや》の中に、何家《どこ》も何家《どこ》も人の気勢《けはい》がせぬ。

その寂寞《せきばく》を破る、跫音《あしおと》が高いので、夜更《よふけ》に里人《さとびと》の懐疑《うたがい》を受けはしないかという懸念から、誰《たれ》も咎《とが》めはせぬのに、抜足《ぬきあし》、差足《さしあし》、音は立てまいと思うほど、なお下駄《げた》の響《ひびき》が胸を打って、耳を貫《つらぬ》く。

何《なに》か、自分は世の中の一切《すべて》のものに、現在《いま》、恁《か》く、悄然《しょんぼり》、夜《よ》露《つゆ》で重《おも》ックるしい、白地《しろじ》の浴衣《ゆかた》の、しおたれた、細い姿で、首《こうべ》を垂れて、唯一人、由井ケ浜へ通ずる砂道を辿《たど》ることを、見《み》られてはならぬ、知られてはならぬ、気取《けど》られてはならぬというような思《おもい》であるのに、まあ！　廂《ひさし》も、屋根も、居酒屋の軒《のき》にかかった杉の葉も、百姓屋の土間《どま》に据《す》えてある粉挽臼《こなひきうす》も、皆目を以て、じろじろ睨《ね》めるようで、身《み》の置処《おきどころ》ないまでに、右から、左から、路《みち》をせばめられて、しめつけられて、小さく、堅くなって、おどおどして、その癖、駆《か》け出そうとする勇気はなく、凡《およ》そ人間の歩行に、ありッたけの遅さで、汗になりながら、人家のある処《ところ》をすり抜けて、ようよう石地蔵の立つ処。

ほッと息をすると、びょうびょうと、頻《しきり》に犬の吠《ほ》えるのが聞えた。

一つでない、二つでもない。三頭《みつ》も四頭《よつ》も一斉に吠え立てるのは、丁《ちょう》ど前途《ゆくて》の浜際《はまぎわ》に、また人家が七八軒、浴場、荒物屋《あらものや》など一廓《ひとくるわ》になって居《い》るそのあたり。彼処《あすこ》を通抜《とおりぬ》けねばならないと思うと、今度は寒気《さむけ》がした。我ながら、自分を怪《あやし》むほどであるから、恐ろしく犬を憚《はばか》ったものである。進まれもせず、引返《ひきかえ》せば再び石臼《いしうす》だの、松の葉だの、屋根にも廂《ひさし》にも睨《にら》まれる、あの、この上《うえ》もない厭《いや》な思《おもい》をしなければならぬの歟《か》と、それもならず。静《じっ》と立ってると、天窓《あたま》がふらふら、おしつけられるような、しめつけられるような、犇々《ひしひし》と重いものでおされるような、切《せつ》ない、堪《たま》らない気がして、もはや！　横に倒れようかと思った。

処へ、荷車が一台、前方《むこう》から押寄せるが如くに動いて、来たのは頬被《ほおかぶり》をした百姓である。これに夢を覚めたようになって、少し元気がつく。

曳《ひ》いて来たは空車《からぐるま》で、青菜《あおな》も、藁《わら》も乗って居はしなかったが、何故《なぜ》か、雪の下の朝市に行くのであろうと見て取ったので、なるほど、星の消えたのも、空が淀《よど》んで居るのも、夜明に間《ま》のない所為《せい》であろう。墓原《はかはら》へ出たのは十二時過《すぎ》、それから、ああして、ああして、と此処《ここ》まで来《き》た間《あいだ》のことを心に繰返して、大分《だいぶん》の時間が経《た》ったから。

と思う内に、車は自分の前、ものの二三間《げん》隔たる処から、左の山道《やまみち》の方へ曲った。雪の下へ行くには、来て、自分と摺《す》れ違って後方《うしろ》へ通り抜けねばならないのに、と怪《あや》しみながら見ると、ぼやけた色で、夜の色よりも少し白く見えた、車も、人も、山道《やまみち》の半《なかば》あたりでツイ目のさきにあるような、大きな、鮮《あざやか》な形で、ありのまま衝《つ》と消えた。

今は最《も》う、さっきから荷車が唯《ただ》辷《すべ》ってあるいて、少しも轣轆《れきろく》の音の聞えなかったことも念頭に置かないで、早くこの懊悩《おうのう》を洗い流そうと、一直線に、夜明に間もないと考えたから、人憚《ひとはばか》らず足早《あしばや》に進んだ。荒物屋《あらものや》の軒下《のきした》の薄暗《うすくら》い処に、斑犬《ぶちいぬ》が一頭、うしろ向《むき》に、長く伸びて寝て居たばかり、事なく着いたのは由井ケ浜である。

碧水金砂《へきすいきんさ》、昼の趣《おもむき》とは違って、霊山《りょうぜん》ケ崎《さき》の突端《とっぱな》と小坪《こつぼ》の浜でおしまわした遠浅《とおあさ》は、暗黒の色を帯び、伊豆の七島も見ゆるという蒼海原《あおうなばら》は、ささ濁《にごり》に濁《にご》って、果《はて》なくおっかぶさったように堆《うずだか》い水面は、おなじ色に空に連《つらな》って居る。浪打際《なみうちぎわ》は綿《わた》をば束《つか》ねたような白い波、波頭《なみがしら》に泡《あわ》を立てて、どうと寄《よ》せては、ざっと、おうように、重々《おもおも》しゅう、飜《ひるがえ》ると、ひたひたと押寄せるが如くに来る。これは、一秒に砂一粒《りゅう》、幾億万年の後《のち》には、この大陸を浸《ひた》し尽そうとする処の水で、いまも、瞬間の後《のち》も、咄嗟《とっさ》のさきも、正《まさ》に然《しか》なすべく働いて居るのであるが、自分は余り大陸の一端が浪のために喰欠《くいか》かれることの疾《はや》いのを、心細く感ずるばかりであった。

妙長寺に寄宿してから三十日ばかりになるが、先に来た時分とは浜が著《いちじる》しく縮まって居る。

町を離れてから浪打際《なみうちぎわ》まで、凡《およ》そ二百歩もあった筈なのが、白砂《しらすな》に足を踏掛《ふみか》けたと思うと、早《は》や爪先《つまさき》が冷《つめた》く浪のさきに触れたので、昼間は鉄の鍋《なべ》で煮上げたような砂が、皆ずぶずぶに濡《ぬ》れて、冷《ひや》こく、宛然《さながら》網の下を、水が潜《くぐ》って寄せ来るよう、砂地に立ってても身体《からだ》が揺《ゆら》ぎそうに思われて、不安心でならぬから、浪が襲うとすたすたと後《あと》へ退《の》き、浪が返るとすたすたと前へ進んで、砂の上に唯一人やがて星一つない下に、果のない蒼海《あおうみ》の浪に、あわれ果敢《はかな》い、弱い、力のない、身体単個《ひとつ》弄《もてあそ》ばれて、刎返《はねかえ》されて居るのだ、と心着《こころづ》いて悚然《ぞっ》とした。

時に大浪が、一《ひと》あて推寄《おしよ》せたのに足を打たれて、気も上《うわ》ずって蹌踉《よろ》けかかった。手が、砂地に引上《ひきあ》げてある難破船の、纔《わず》かにその形を留《とど》めて居る、三十石積《こくづみ》と見覚えのある、その舷《ふなばた》にかかって、五寸釘をヒヤヒヤと摑《つか》んで、また身震《みぶるい》をした。下駄はさっきから砂地を駆《か》ける内に、いつの間にか脱いでしまって、跣足《はだし》である。

何故《なぜ》かは知らぬが、この船にでも乗って助かろうと、片手を舷に添えて、あわただしく擦《すり》上《あが》ろうとする、足が砂を離れて空《くう》にかかり、胸が前屈《まえかが》みになって、がっくり俯向《うつむ》いた目に、船底に銀のような水が溜《たま》って居るのを見た。

思わずあッといって失望した時、轟々轟《ごうごうごう》という波の音。山を覆《くつがえ》したように大畝《おおうねり》が来たとばかりで、——跣足《はだし》で一文字《いちもんじ》に引返《ひきかえ》したが、吐《と》息《いき》もならず——寺の門を入ると、其処《そこ》まで隙間《すきま》もなく追縋《おいすが》った、灰汁《あく》を覆《かえ》したような海は、自分の背《せなか》から放《い》れて去った。

引き息で飛着《とびつ》いた、本堂の戸を、力まかせにがたひしと開ける、屋根の上で、ガラガラという響《ひびき》、瓦《かわら》が残らず飛上《とびあが》って、舞立《まいた》って、乱合《みだれあ》って、打破《うちやぶ》れた音がしたので、はッと思うと、目が眩《くら》んで、耳が聞えなくなった。が、うッかりした、疲《つか》れ果《は》てた、倒《たお》れそうな自分の体は、……夢中で、色の褪《あ》せた、天井の低い、皺《しわ》だらけな蚊帳《かや》の片隅《かたすみ》を摑《つか》んで、暗くなった灯《ひ》の影に、透《す》かして蚊帳の裡《うち》を覗《のぞ》いた。

医学生は肌脱《はだぬぎ》で、うつむけに寝て、踏返《ふみかえ》した夜具《やぐ》の上へ、両足を投懸《なげか》けて眠って居る。ト枕を並べ、仰向《あおむけ》になり、胸の上に片手を力なく、片手を投出し、足をのばして、口を結んだ顔は、灯の片影《かたかげ》になって、一人すやすやと寝て居るのを、……一目見ると、それは自分であったので、天窓《あたま》から氷を浴びたように筋《すじ》がしまった。

ひたと冷《つめた》い汗になって、眼を睜《みひら》き、殺されるのであろうと思いながら、すかして蚊帳の外を見たが、墓原をさまよって、乱橋から由井ケ浜をうろついて死にそうになって帰って来た自分の姿は、立って、蚊帳に縋《すが》っては居なかった。

もののけはいを、夜毎《よごと》の心持《こころもち》で考えると、まだ三時には間《ま》があったので、最《も》う最うあたまがおもいから、そのまま黙って、母上の御名《おんな》を念じた。――人は怎《こ》ういうことから気が違うのであろう。

道

高浜虚子

高浜虚子（たかはま・きょし　一八七四―一九五九）俳人・小説家。本名は清《きよし》。愛媛生まれ。正岡子規に師事。俳誌「ホトトギス」を継承して主宰、多くの門下を育てた。句風は客観写生・花鳥諷詠に立ち、平明で余情が深い。文化勲章受章。著「虚子句集」「五百句」、小説「風流懺法《ふうりゅうせんぼう》」「俳諧師」など。「道」は『現代日本文学大系19巻　高浜虚子・河東碧梧桐集』（筑摩書房）を底本とした。

東京を離れることが余り遠くない此駅を昇降する人には私のように東京を日帰りにする人も少なくはない。横浜に通勤する人は其れよりも多い。

其等の人は大方挙手の礼をして自由に改札口を出入するのである。

此前迄いた駅長は此地に別荘住居をしている顕官だとか豪商だとかいうものにはにこにこし乍ら近づいて世間話などをした。所謂《いわゆる》元老の一人の顔もよく此のプラットホームに見えた。駅長はいつも其前に立って腰をかがめて挙手の礼をした。

朝七時から八時頃の間に発車する汽車には慌てて此駅に駈附ける人も多かった。向うの方に一かたまり此方の方に一かたまりという風に在る別荘からは洋服姿の人も羽織袴の人も出て来た。其等の人が田圃路《たんぼみち》のぬかるみを穿物《はきもの》をよごさぬように難渋して歩く姿が少し高みになっている、其のプラットホームからは手に取るように見えた。風に帽子を飛ばされて慌てて頭を抑えた友人の姿を遠望して手を叩いて笑った二人連の人も其処にあった。

其等の人は発車間際になってぞろぞろと駅の四周《まわり》から集まって来るのであった。

改札口は唯一つであったが、其等の人の此のプラットホームに流れ込んで来る路は三所あった。其のうち二つは駅の裏通りについた路で普通に人の通行の出来ないところをいつの間にか通路にしていた。

まだ亡くなって間も無い豪商の朝田氏などは其毎日の横浜通いにいつも病軀を車に載せて此裏路の一つに引き込ませていた。

固《もと》より其等裏道党は大方定期券をポッケットにしていたが、中にはプラットホームに這入ってから赤帽に切符を買わせて改札口で駅夫に鋏《はさみ》を入れさせる婦人などもあった。「お釣《つ》銭《り》はいらないのよ。」と首にラッコの皮を巻いた其婦人は鷹揚《おうよう》に、切符を受取る時過分の釣銭を其儘赤帽の手に握らせた。赤帽は右手に其赤い帽子を取って其を右の方に突出した儘慇懃《いんぎん》に上半身を屈《かが》めて礼をした。レールを隔てて苦々《にがにが》しげに此容子《ようす》を見ていた改札夫は折節《おりふし》駈附けた三四人の人に切符を突き附けられて腹立たしげに其れに鋏を入れた。「改札口の方から廻ったら間に合わなかったかも知れないのね。」と轟然と這入って来た汽車とカラカラと走るように踏みならすブリッヂの下駄の音とを聞き乍ら、其婦人は連れの人を顧みた。折節又ステッキを脇ばさみ乍ら其裏道を駈けて来た一人の紳士はまだ先きの下駄の音がブリッヂを降りきらぬ間に二等室に飛び込んだ。

斯くの如く此裏道は乗客の多くに取って此上ない便宜な道であった。

けれども此道がこんなに、殆ど公然の通路と見なされる迄には屢々柵が結ばれて何度という事なく通行禁止の札が建てられたものである。私の如きも矢張りいつもの通り其裏道が通行出来るものと心得て、凡そ時間を計って出掛けると、意外にも柵が結ばれて俄かに通行禁止になっているので其為め汽車に乗り遅れた事などもあった。

古い枕木で拵えた其柵は暫くの間儼然と往来を遮って、其処を通る人は絶無になるのであった。いつも近道を取っていた人も改札口の方へ廻った。病軀の朝田氏も腰を屈めて改札口から這入ってブリッヂを渡って行った。

が、其れは永くは続かなかった。柵はいつの間にか壊《こわ》されていた。初め柵の結ばれている間不平らしい顔をし乍らも黙りこくって改札口から出這入《ではいり》していた人々が又いつの間にか其破れた柵を澄ました顔をしてくぐっていた。

朝田氏の車は間も無く又た其裏通を通るようになった。

駅長は凡て其等の出来事を知らぬかのように、柵の儼存している間も、又其の破壊されて後も、同じように顕官、富豪の前に立っては愛嬌を振り蒔《ま》いていた。

私が此地に移住して来てからももう足掛四年になるが、其間に同じような事が何度繰り返えされたであろう。

「又柵が結《ゆ》われたな。今度はいつ頃壊されるだろう。」私はそう思って其都度《つど》新らしく結われた柵を眺めるのであった。

「おやもう壊されたのか。」私は忽ち又新たに壊された柵を見乍ら微笑を禁じ得なかった。

もともと其れは往来でないところを人が踏みかためて自然に通路にしたのであるから、人の通らぬ日数が重なると夏草などは瞬《また》く間に其処に生い茂るのであったが、其れは四五日で踏み枯らされてすぐ又もとの往来になった。

此事に就いて斯んな事を話し合いながら通る二人の人があった。

「道というものは自然ですね。」

「そうですよ、道というものは自然ですよ。」

二人は同じようなことを話し合っていた。けれども此二人の職業も性格も違っていた。一人は柵さえ破れれば直ぐ近道を取る人であった。他の一人はどういう事があろうとも必ず改札口から出這入する人であった。

前の駅長は土地の宴会に呼ばれると皿廻しなどをして一座の興を添えた。倶楽部《クラブ》で活動写真のある時も肝煎《きもい》りの一人であった。ゆくゆく新道路がどこそこにつくから其沿道の地面を買ってはどうかと或人に勧めたりなどもした。

其駅長が他に転任して今の駅長になってから、此駅の空気は一変した。今度の駅長は何人の前に立っても辞儀をしなかった。如何なる大官富豪の前でも頬の落窪んだ青白い顔に威儀を造ってだまりこくっていた。例の元老の一人も稍々不自由な足を引ずり乍らコツコツとプラットホームを散歩していたが、知らぬ顔をしている駅長の前を通り越して腹立たしそうに靴の踵《かかと》で大地を蹶《け》った。

久しく打ちゃり放しになっていた裏道の柵が間もなく新たに結ばれた。改札口でも挙手をした許《ばか》りで通ろうとする定連《じょうれん》を一々呼びとめて定期券を取りしらべた。

「今度の駅長は馬鹿にやかましいな。」

そんな不平がぶつぶつと聞こえた。けれども前の駅長程に慣れ親しみ難いという事が容易に反則者を出さしめぬ原因になった。皆苦々しい顔をして改札口から這入った。中には毎日のように定期券を示して這入る人もあった。

或日の事駅長自身が改札をしていた。

「駅夫に任して置くのが不安心で到頭自分で改札するのか。」と定連に一種の圧迫を感ぜしめたが、併し間もなく、靴ばきのまま屋根に上って煤竹《すすだけ》のようなものを持っている駅夫を見るに及んで其理由が判然した。其れはストーヴの煙突掃除をするのに、別に掃除屋を傭わず、駅夫に其れをさせる為めに駅長自身で改札に廻ったのであった。二人の駅夫は竹を煙突に突込んで散乱する煤埃りに顔をそむけ乍ら立働いていた。

或時顎鬚《あごひげ》を生やした一人の洋服を着た人が、一人プラットホームを散歩していたが、やがて其散歩の足を例の裏道の方に延べて、殆ど柵の近処迄行って又引き返えして来た。丁度其時レールの上に立っていた駅長は其人を呼び止めた。

「もしもし、貴方、其方の道から這入って来てはいけません。」

駅長の声は低い沈んだ愛嬌の無い声であった。顎鬚の生えている色の赤黒い人は立ちどまったと思うと音量の多い鋭い声をして叱るように言った。

「黙れ！」

怒りが心頭から発したように暫く駅長を睨み据えていた。

「お前は何だ。」怒りに慄える声は再び詰責するように言った。

「私は駅長です。」駅長は沈んだ声でレールの上に立った儘答えた。

「そんな所にぼんやり立っておらずに此処迄やって来い。」顎鬚の人は命令するように言った。駅長はすごすごと其人の前に立った。

「お前は駅長なのか。」顎鬚の人はジリジリと駅長の金線入りの赤い帽子を睨め乍ら、「駅長なら自分の部下の駅夫がもう改札しつつあるかどうかという位は心得ているべき筈だ。僕はお前が此処に赴任して来てから無暗に厳重な監督をして居る事はよく知って居る。悪い事では無いと思うから、僕は非常な廻り路をして必ず改札口を通過して這入ることに極めて居る。現に唯今も改札口で、これこの通りチャンと回数券に鋏を入れてもらって這入って来て居る。お前は先ず其事を聞きただしもしないで、行きなり僕を裏道から這入って来たものと推断したのはどういうわけか。十分に事を取り調べもせずに無礼な事をいう。」

そう言って駅長の前に突きつけた二等の回数券には鋏が這入っていたので、駅長は青白い顔を一層青白くして帽子を取って礼をした。

「軽率な事を申上げて失礼しました。」

「あやまれば宜しい。」顎鬚の人は勝誇ったように体を垂直にして再びプラットホームを歩き出した。レールを隔てて向うのプラットホームに此容子を見ていた少壮の海軍軍人の一団は皆此結果を見て噴き出して笑った。駅長は少し首を垂れて引返えしたが、其歩調は静かに落着いていた。

今度の柵は容易に壊されそうになかった。誰も彼も正直に改札口から出這入りした。

そういう事が殆んど半歳も続いた。彼の柵が儼然と半歳も壊わされずにいるという事は私が覚えてから初めての事であった。

「此状態がいつ迄続くであろう。或は永久に続くであろうか。」

私は時々そんな事を考えた。
ところが最近友人を送って停車場に行く序《ついで》にふと見ると、其柵は又二三本引き抜かれたようになって、人の通れる位に壊されていた。私は謎が解けたような心持がして思わず立ちどまって其歯の抜けたようになっている柵を見入った。
冬枯の細道は草も生えずに、其破れた柵を透してプラットホームに続いていた。駅長は又直ちに修理に取りかかるであろう。其れにしても此柵を壊すものは何であろう。

（大正三年二月）

*

昔、鎌倉の停車場は表口しかなかった。昇降客は今程はなかったから、表口だけでも間にあっていたのである。それでも裏側の方面に住んでいる人は表の方へ廻るのはおっくうなので裏側の柵の破れから這入って来る人が一人か二人ある。そのうち三人四人にふえる。おしまいにはその間道がだんだん大きくなって、這入る人も堂々と這入って来る。それもパスを持っている常連であって知り合いの人であるから、駅の人もそうとがめだても出来ない、という有様があった。が遂に裏口にも改札口が出来て其後は両方共に通路がついた。此一篇は、そういうことを叙して、道というものは自然につくものであるという意味の事を書き現わそうとしたものである。この文章をホトトギスに発表した上《あが》りに大杉栄が私の家に来た事がある。それはこの「道」を読んでいたのであった。この「道」に現われた思想が大杉栄に気に入ったものであろう。護衛の警官が表に立って待っていた。私はただ簡単に答えた。大杉は間もなく帰った。之は余談であるが、道は自然である。道というものは、はじめから計画を立てて作った道だと、悪くすると後になって不用な道になってしまうこともある。それに反して、自然に人が通る、どうしても通らなければならぬところ、そういうところだと、そこに道が開けて、通路になって、人が沢山通行するようになる。道は必要にせまられて自然につくものである。

そんな心持があって、この「道」は書いたものである。大杉栄が特にこの「道」をよんで自分の心持と共通した処があるように思って、わざわざ訪ねて来たというのも、その意味を汲みとっての事であったろう。

併し、私が書いたのは矢張り写生文として書いたのである。この「道」に書いた事実が実際にあったのである。(昭和三一、一二、三。虚子記)

この夏

宮本百合子

宮本百合子（みやもと・ゆりこ　一八九九―一九五一）小説家。東京生まれ。本名、ユリ。旧姓、中條。十七歳で「貧しき人々の群」を発表して注目され、のち、日本プロレタリア作家同盟に参加。再三検挙されながら抵抗の小説・評論を書き続け、第二次大戦後も民主主義文学運動に活躍。小説「伸子」「播州平野」「道標」など。本文は『宮本百合子全集第十七巻』（新日本出版社）を底本にした。

これから書こうとするのは、筋も何もない漫筆だ。今日など、東京へ帰って見ると、なかなか暑い。いろいろ気むずかしいことなど書きたくない。それゆえ、これを読んで下さるかもしれぬ数多い方々の中に、私の親しい友達の一人二人を数えこみ、手紙のように、喋くるように楽なものを書きたい。若しそれが一寸でも面白ければ幸です。

先々月、六月の下旬、祖母の埋骨式に、田舎へいっていた。長年いきなれた田舎だが、その主人であった祖母が白絹に包まれた御骨壺となり、土地の人がそれに向って涙をこぼすような工合になると、却って淋しい。人々が集り、暑い夏を混雑するのも悲しい。私は、気抜けしたように黙りこんで、広々とした耕地を瞰渡《みわた》す客間の廊下にいた。茶の間の方から、青竹を何本切らなければならぬ、榊を何本と、神官が指図をしている声がした。皆葬式の仕度だ。東京で一度葬式があった。この時、私は種々深い感じを受けた。二度目だけれども、やはりああいう声を聴くと侘しい水を打ったような心持を感じる。——

午後、ひとりぼっちで祭壇の前にいると、手紙が来た。東京のうちから来た。私は嬉しく、裏表をかえして見てから、封を切った。本当に、嬉しい手紙というものは、何ゆえ、ああも心を吸いよせ、永い道中で封筒の四隅が皺になり、けばだったのまでよいものだろう！

手紙は私の留守にフダーヤが伊豆に出かけたこと、あまり愉快でなかったこと、特に宿屋の隣室に変な一組がいて悩殺されたことなどを知らした。彼女は、腕白小僧のような口調でそれ等の苦情をいっている。私は、彼女の顔つきを想像し、声に出ない眼尻の笑いで微笑した。

「癇癪もちさん！　まあまあそういきばらずに！」

「帰りに鎌倉へ廻り、家を見て来た。ほら、いつぞや、若竹をたべた日本橋の小料理や、あすこの持家で、気に入るかどうか、屋根は茅です。」そして、その辺の地理の説明がこまかに書かれていた。鎌倉といっても大船駅で降り、二十何町か入った山よりのところ、柳やという旅籠屋があって風呂と食事はそこで出来ることなど。「思いがけないことには、テニス・コートと小さい釣堀がある、コートはいいでしょう？」

私は、フダーヤの親切を大層うれしく感じた。東京の家は、家の建ものとしてわるくはないのだが、両隣が小工場であった。一方からは、その単調さと異様な鼓膜の震動とで神経も空想も麻痺するモウタアの響がプウ……と、飽きもせず、世間の不景気に拘りもせず一日鳴った。片方の隣では、ドッタンガチャ、ドッタン、バタパタという何か機械の音に混って、職工が、何とか何とかしてストトン、ストトンと流行唄を唄った。一人が低い声で仕事とリズムを合わせて唄い出すと、やがて一人それに加わり、また一人加わり、終には甲高な声をあげ、若い女工まで、このストトン、ストトンという節に一種センチメンタルな哀愁さえ含ませて一同合唱する。

何とかして通やせぬストトン、ストトン、機械がドッタン、ガチャ、ドッタンバタと伴奏する——私は机の前に坐り、その小工場の内部の有様や、唄っている女工の心持を考えたり、稀には「二十六人と一人」を思い出したりする。けれども、いつもは騒々しい。実にやかましい。堪えがたく乱される。私はフダーヤにいった。

「これからはどんなことがあっても日曜になんぞ家を見ては駄目ね、あのひっそり閑としていたことはどう？　カルピスくらいじゃあとてもおっつかないわ！」

「ハハハ、そのカルピスももうありゃあしない。さあ、垣根のところへ行って来なさい」

二人は、悲しき滑稽で大笑いをした。カルピスを、引越して間もなくその隣から貰った。やかましくする挨拶として。私は、

「私カルピスはきらいよ」

と、いった。

「変に白くてすっぱいものよ」

「へえ、だって初恋の味がするっていうじゃあないの、初恋はそんな？　すっぱい？　どれ」

フダーヤは、私より勇敢だから、すぐお湯をまして飲んだ。私は、彼女の顔つきを見守りながら訊いた。

「どう？」

「一つのんで御覧なさい」

「——酸っぱい？」

「飲んで御覧」

私は、彼女のしたとおりコップに調合し、始め一口、そっとなめた。それから、ちびちび飲み、やがて喉一杯に飲んで、白状した。

「美味しいわ、これは案外」

嫌いな私が先棒で、二三本あったカルピスが皆空になった。

「ねえ一寸、もうなくてよ」

「困ったな、食い辛棒にまた一つ欲しいものが殖えられては困ったなあ」

「いいことがある！　さああなた縁側まで出ていらっしゃい。よくて、私は庭に降りるから」

「どうするの」

「内と外とで一つの会話をするのよ。私の声はよく徹るからきっと効果があってよ。私がね、一寸大きな声でカルピスが飲みたいな、というの、あなたが、もうないと返事をするのよ、そうすると、私がなるたけ、あっちの窓に向って、もうカルピスはないの？　だって私もっと欲しいわ、とはっきりはっきりいうのよ、ラディオのアナウンサアのように」

「そしておしまいにJ・O・A・Kこちらは東京放送局であります？　ハハハハ」

これは、愚にもつかないふざけだが、やかましさで苦しむ苦しさは持続的で、頭を疲らせた。暑気が加わると、騒音はなおこたえた。私は困ったと思いながら、それなり祖母の埋骨式に旅立ったのであった。

フダーヤは、別に何とも云ってはいなかったのに、わざわざ廻り道をし、僅かなつてで家を見つけてくれた。彼女の心持や、新しい一夏をすごす家についての空想が、穏かに幸福な希望を以て沈んだ裡に私の心を耀かせた。

私は、楽しみにして東京に帰り、家主から返事が来ると直ぐ鎌倉に出かけた。

大船という停車場へ降りたことのある人は知っているに違いないが、ここはおかしい停車場だ。東海道本線では有名で、幾とおりものプラットフォームには、殆どいつも長い客車、貨物列車のつながりが出入りしているのに、駅じゅうに赤帽がたった一人しかいない。しかもその赤帽である若い男は、何と呑気な生れつきであろうか。もう一つの特色として、この駅には、プラットフォームに現れる駅員の数より遥に物売りの方が多い。その沢山の物売りが独特な発声法で、ハムやコーヒー牛乳という混成物を売り廻る後に立って、赤帽は、晴やかな太陽に赤い帽子を燦めかせたまま、まるで列車の発着に関係ない見物人の一人のように、狭い窓から行われる食物の取引を眺めている。両手を丸めた背中の後に組んで。――

私は、荷物をフダーヤと二人がかりで細い砂利を敷きつめたプラットフォームの上まで一旦おろし、あちこち見廻してやっと見出したその赤帽に向って、頻りに手を振った。彼は、しばらく私どもの方を、意味のない眼つきで眺め、また、のっそり、弁当の売れゆきを見物し始めた。広々とした七月の空、数間彼方の草原に岬のように突出ている断崖、すべて明快で、呑気な赤帽の存在とともに、異国的風趣さえあった。

鎌倉は、海岸を離れると、山がちなところだ。私にとって鎌倉といえば、海岸より寧ろ幾重にも重なって続く山々——樹木の繁った、山百合の咲く——が、思い出されるぐらい。その山々は、高くない。円みを帯びている。それにも拘らず、その峰から峰へと絶えない起伏の重なりのせいか、或は歴史的の連想によってか、鎌倉の山は一種暗鬱なところがある。昔風な径路のついた山裾を歩いても、岩の間の切通しを見ても何か捕えがたい憂鬱めいたものが心に来る。それゆえ、鎌倉の明月の夜の景色を想うと空に高く冴え渡る月光に反し、黒く深く黙した山々の蹲りがありありと見えて来る。借りた茅屋根の小家は、明月谷にある。明月谷という名は、陳腐なようで、自然の感じを思いのほか含んでいる。家の縁側に立って南を見ると、正面に明月山、左につづく山々、右手には美しい篁の見えるどこかで円覚寺の領内になっていそうな山々、家のすぐ裏には、極く鎌倉的な岩山へ掘り抜いた「やぐら」が二つある。「やぐら」の入口の上に、今葛の葉が一房垂れている。野生のなでしこ、山百合が咲いている。フダーヤはその岩屋に入って、凄く響く声の反響をききながら、

「大塔宮が殺される時の声もこんなに響いたんだろうな」

といった。隅に、巨大な蜘蛛が巣をかけていた。その下の岩の裂けめから水が湧き出し、少したまっている面が薄暗い中で鈍く光った。——

大船へ二十何町かあると同じくらい海岸からも引込んでいるから、私どもの生活は、八月の海辺風物——碧い海、やける砂、その上に拡げられた大きな縞帆のような日除け傘、濃い影を落して群れる派手なベイジング・スウトの人々などという色彩の濃い雰囲気からは全く

遠い。それどころか、明月谷の住人は、或る点現代というものからさえ幾分――丁度二十何町ばかりも引込んでいるようでさえある。ざっといって見ると、明月谷に他から移り住んだ元祖である元記者の某氏、病弱な彫刻家である某氏、若いうちから独身で、囲碁の師匠をし、釈宗演の弟子のようなものであった某女史、決して魚を食わない土方の親方某、通称家鴨小屋の主人某、等々が、宇野浩二氏の筆をもってすれば、躍如として各の真面目を発揮させられるだろうような性格で狭い谷間に暮している。その中に、ふと混り込んだ我々二人の女は――さて何と描かるべきだろう。……

最初から、この家に伴う強い魅力の一つであった釣堀で、フダーヤはよく釣をする。五十銭で買ってもらった釣竿を持ち、小さいなつめ形の顔の上に途方もなく大きい海水帽をかぶり――その鍔をフワフワ風に煽らせながら、勇壮に釣に出かける。彼女を堀に誘うのは、噂に聞いた鯉だ。誰も釣針を垂れないからこの堀には立派な鯉がいますよ、と或る人がいった。不幸なことに、彼女は鯉の洗いが大好きだ。

「さあ、今晩は洗いに鯉こくよ」

絶大な希望で彼女は出かけるのだ。私は、羨みながら机の前に遺っている。よほどして、日によると、数間彼方の釣堀から、遽しい呼び声が起る。

「おーい、早く、バケツ」

私は、あわてふためいて台どころに降り、バケツに水を汲み込み、そとへ駆け出す。水がこぼれるから早くは駆けられない。体の肥って丸い、髪をぐるぐる巻にした私は、ドン・キホーテのところへと憐れに取急ぐサンチョ・パンザのように、瘠せて、脊高く勇ましい彼女に向って駆けつけるのだ――フダーヤは始めから釣れた魚を放すバケツは持ってゆかない。何故なら、彼女は賢くて、いくら波々水を張ったバケツを傍に置いても、水がぬるむばかりで放つ魚は殆ど決して針にかからないことを知っているから。そして、またいつものっそりとしている私を、たまにびっくりさせ、駆け出させたのは衛生上にもよいと知っているから。――四間に三間ばかりの釣堀に、午後彼女の姿を見る――これは何でもない。朝少し早く姿を認めたら、それは、こうだ。シニョーリーナ・ドン・キホーテは、たださえその忍耐のゆえで褒めらるべき釣を、更に道徳的価値ある自己鍛練の方便としているのだ。彼女は、私より少し年上なだけ、少し早く眼を醒ます。私は眠い、眠い。部屋数がないから、彼女は早く起きても自分だけ自由な行動はとれない、そのうちに眠っていた時は何でもなかった朝おそい室内の空気は、醒めて見ると、何と唾棄すべきものだろう。そこで、フダーヤは癇癪を起して私を起してしまわないため、よい仲間という名を全うするため、海水帽の鍔を風にはためかせ、釣れぬ釣に出かけるのだ。

――今に、私どもがテニスの稽古をしはじめたら、また当分、中流的しかつめらしさが癖になった土地の人々にゴシップと笑いの種を与えることであろう。

このような楽しみのほかに、私には上元気の午後三時頃、酔ったようになって盛夏の空と青葉の光輝とに見とれる悦びがある。東京にいて、八月の三時は切ない時刻だ。塵埃をかぶって白けた街路樹が萎え凋んで、烈しく夕涼を待つ刻限だ。ここも暑い。日中の熱度は頂上に昇る。けれども、この爽かさ、清澄さ！　空は荘厳な幅広い焔のようだ。重々しい、秒のすぐるのさえ感じられるような日盛りの熱と光との横溢の下で、樹々の緑葉の豊富な燦きかたと云ったら！　どんな純粋な油絵具も、その緑玉色、金色は真似られない、実に燃ゆる自然だ。うっとり見ていると肉体がいつの間にか消え失せ、自分まで燃え耀きの一閃きとなったように感じる。甘美な忘我が生じる。

やがて我に還ると、私は、執拗にとう見、こう見、素晴らしい午後の風景を眺めなおしながら、一体どんな言葉でこの端厳さ、雄大な炎熱の美が表現されるだろうかと思い惑う。惑えば惑うほど、心は歓喜で一杯になる。

――もう一つ、ここの特徴である虫のことを書いて、この手紙のような独言はやめよう。この家は、茅屋根であるゆえと、何かほかの原因でひどく昆虫が沢山いる。朝夕とも棲みしていると、ひとりでに、アンリ・ファブルの千分の一くらいの興味をそれ等の小さい生物に対して持つようになった。例えば、こうやって書いている今、すぐ前の障子に止って凝っと動かない蜘蛛、味噌豆ほどの大きさの胴も、節で高く突張った四対の肢も、皆あまり古びない鰯のような色をしているのが、私に追っかけられると、どんなに速くかけて逃げるか、また逃げてかなわないと知ると、どんなに狡くころりと丸まって死んだ振りをするか、ややしばらくそれで様子を窺い、人間ならばそっと薄目でも開いて見るように――いや本当に魔性的な蜘蛛はそのくらいなことはやるかもしれない――折を狙って一散走りに遁走するか。

一々を実際の目で見ると、生物に与えられた狡智が、可笑しく小癪で愛らしい。いじめる気ではなく、怪我をさせない程度にからかうのは、やはり楽しさの一つだ。

ついこの間の晩、縁側のところで、私は妙な一匹の這う虫を見つけた、一寸五分ばかりの長さで、細い節だらけの体で、総体茶色だ。尻尾の部分になる最後の一節だけ、艶のある甲羅のようなもので覆われている。一寸見ると、そして、這ってゆく方角を念頭に置かないと、その実は尻尾である茶色甲冑の方が頭と感違いされるのだ。私は、近ごろ熾になりたての熱心さでいい加減雑誌の上を這い廻らせてから、楊子の先でちょいと、胴のところに触って見た。するとまあ虫奴の驚きようといったら！　彼――彼女――は突つかれたはずみに、ぴんとどこかで音をさせ一二分体全体で飛び上って落ちると、気違いのように右や左に転げ廻った。どうすることかと見ていると散々ころげて私の見当をうまく狂わしてやったとでも思ったのだろう、今度は茶色甲冑を先にして、偉い勢いで逆行し始めたではないか。而も、すっかり逆行しきるのではない。行ってはかえり、行ってはかえり、茶色甲冑が嘘の頭だと観破している私でさえ、そう両方に、自信をもって動かれると、どちらが本当の頭だか、いやに眼がちらつくようになって来る。虫はちゃんとそれを心得、必死の勢いで丹念に早業を繰返すのだ――私は終に失笑した。そして、その滑稽で熱烈な虫を団扇にのせ、庭先の蚊帳つり草の央にすててやった。

「ずるや！　だました気だな！」

きのうきょうは秋口らしい豪雨が降りつづいた。廊下の端に、降りこめられた蜘蛛が、巣もはらずにひっそりしている。その蜘蛛は藁しべに引かかったテントウ虫のように、胴ばかり赤と黒との縞模様だ。

〔一九二五年十月〕

滑川畔にて

嘉村礒多

嘉村礒多（かむら・いそた　一八九七—一九三三）小説家。山口県仁保村生れ。山口中学中退後、家に戻り農業に従事しつつ講義録を読んだりした。のち「不同調」の記者。同紙に発表の「業苦」「崖の下」で文壇的地位を固める。厳しい自己暴露で〝私小説の極北〟ともいわれる。ほかに「途上」など。本文は『現代日本紀行文学全集　東日本編』（ほるぷ出版）を底本とし、新字新かなにした。

北鎌倉で下車して、時計を見ると十時であった。駅前の売店で簡単な鎌倉江の島の巡覧案内を買い、私とユキとは地図の上に額と額とを突き合せて、円覚寺の所在をさがしても分らなかった。

「円覚寺というのは、どちらでございましょうか？」

ユキが走って行って、そこの離々と茂った草原の中の普請場で鉋をかけている大工さんに訊いて見てから、二人は直ぐ傍の線路を横切り、老杉の間の古い石磴《いしだん》を上って行った。

……夏とは言え、私には、雑誌に携わる身の何彼と多忙で、寸暇もない有様だった。私どもの住んでいる矢来の家の周囲は、有閑階級の人達ばかりで、夏場はみな海や山に暑さを避けて、私ども夫婦は、さながら野中の一軒屋に佗び住むような思いであった。夕食が済むと、私は六畳に仰向けになって団扇を使う。暗い電燈、貧弱な机、本箱一つ、雨の夜の淋しさ――大体そんな風の感じである。

私達は低い声で話し合うのであった。

「きょうね、前の田部《たべ》さんの六つになるお嬢ちゃんと仲よしのこの坂を下りたところの子供がね、母親に連れられて前の家に遊びに来ましたのよ、そしていつものように、友ちゃん、遊ばない、といって門を入ると、友ちゃんの姉さんが、友子はきのうから鎌倉へ避暑ですよって、ちょっと得意な口調で言いますと、その子供の母親は、文ちゃんも明日から父ちゃんと日光へ行くのです、ね文ちゃん、さあ帰りましょう、と言って帰りましたの。それがほんとのことか、それとも子供のさびしい気持を思いやる母親のその場の出まかせか、聞いていてわたしおかしかったんですよ」

或晩、こんなことをユキから聞かされているうち、突然私は、ユキのために鎌倉行を思い立ったのである。元来、私は旅行や散策は嫌いのほうで、処々方々を歩きまわるというような心の余裕を憎みたく、大抵の場合一室に閉じ籠ることが永年の習癖になっている。でも、一昨年の春の頃、妹夫婦が逗子に来ていたことがあり、一日、私達は妹夫婦を訪ねての帰途、鎌倉駅で降りて、次の汽車までのわずかの時間で、八幡宮と建長寺とにお詣りして此方、鎌倉だけは何時かゆっくり見て置きたい気もちがあった。ユキも、始終、鎌倉に行きたい、江の島が見たい、長谷の大仏さんを拝みたいと、絶えず言い言いしていたものなので、図らず願いの叶った彼女の喜びは、だから一通りではなかった。が、ちょうど雑誌に面倒な問題が持ち上っていて、日がついのびのびになった。

前の晩ユキは、一帳羅の絹麻をトランクから取出し、襦袢の襟もかけかえ、きちんと畳んで部屋の隅に置き、帯や足袋もいっしょにその上にのせて支度を揃えた。お握りを持って行きましょうか？　とユキは言った。私は笑っていた。ユキは、小学校時代の遠足のような稚い考を抱いていた。寺の境内とか、松原の中とか、渓潤のほとりや砂丘の上で風呂敷の包みを解き、脚をのばして携えて来たお弁当を使うて見たいのであった……。

円覚寺の惣門をくぐって、本殿、洪鐘《こうしょう》、それから後山の仏日庵、北条時宗の墓など訪うて、再び旧街道へ出た。

そして二人は鎌倉の町をさして歩き出した。一歩、こうして都会から離れ、生活から離れると、俄にがっくりと気力がゆるみ、それに徒歩の疲労も加わって兎もすれば不機嫌になり勝ちの私に、ユキは流行おくれのパラソルを翳しかけるのであった。

私は浴衣の袂から皺くちゃのハンカチを出して汗を拭いた。けれど八月も殆ど終りで、東京の熱閙《ねっとう》こそまだ喘ぐような暑さでも、ここまで来ると、山は深く、海は近く、冷気がひたひたと肌に触れて、何くれと秋の間近いことが感じられた。現に、私共の前を歩いている白衣に菅笠を冠った旅の巡礼の二人連れの老人も、語り合っていた。

「もう秋だね」

「そうだとも、秋だよ」

不図、何かに驚くもののように私は立ち留って、四囲の翠巒《すいらん》にぽッと紅葉が燃え出してはいないかしらと、見廻したりした。

街道の左右には、廃墟らしいところが多い。到るところ苔むす礎《いしずえ》のみがのこって、穂を吹いている薄や名も知れぬ雑草に蔽われている。いわゆる骨肉相疑い、同族相戮《ころ》した、仇と味方のおくつき所——何某の墓、何某の墓としるした立札が、そちこちの途の辺に見えた。

私は藁屋根の骨董屋に立寄り、記念にしようと思って、堆《うずたか》い埃に埋れた棚に硯か文鎮でもないものかと、土間から爪立って見た。

天秤棒をかついだ草鞋ばきの魚売りがやって来る。籠の中でぴちぴち跳ねている小魚を、百姓家の婆さんが目笊をかかえて出て道端で買っている。

「安いんですね、まるで棄てるような値ですもの。」と、ユキは言った。

「新鮮なもんだなあ、こんなのだと、僕も食べて見たいな。」と、平素あまり魚類を嗜まない私も羨望の眼をもって見た。

古風な馬車が、時々、ほこりを立てながら通っている。茶屋の前まで来ると、「今日は結構なお天気さん。」と、兵隊帽をかぶった日に焼けた年寄りの御者が、そこの主婦に声をかけて、また、長い鞭を尻にぴしゃりと当て、ゆるりゆるり馬の歩をすすめて行くのであった。

やがて建長寺前へ辿り着いた。一昨年半僧坊の石段で、叢から蛇が飛び出た時の不吉な思いが今だに忘られず、この度はお詣りは止した。山門の前の黒板を見て、昨日が御開帳であったことが分った。田舎相撲の土俵のまわりには紙屑や折詰の空箱など散らかっていて、賑わいの名残を留めていた。

少憩の後、コブクロ坂を越え、ややして、鶴ケ岡八幡宮に賽《さい》した。一昨年は震災後の復旧造営中だった社殿がすっかり出来上っていたが、真新しい金殿朱楼はお神楽の獅子のようで、不愉快なほど俗っぽく、観たく思っていた宝物の古画も覗かずに石段を下りた。

「こんなところに隠れていたんですか。よく見つからなかったものですね。」

「その当時の銀杏はもっともっと大きかったのだろう。何しろ、将軍様のお通りに、警護の武士の眼をかすめるなんて、屹度、銀杏の幹に洞穴でもあって、隠れていたんでしょうよ。」

公暁の隠れ銀杏の前で、一昨年と同じことをユキは訊き、私も同じ答えを繰返しなどして、朱塗りの太鼓橋を渡って鳥居の前へ出た。

「何処へ行こうかしら?」

呟いているところへ、大塔宮行の自動車が走って来たので、行こう行こうと元気な声で言ってユキを顧みながら、私は急ぎ手を上げた。

四五分の後、自動車は、大塔宮護良親王を祀る鎌倉宮に案内した。清楚な殿宇であった。私達は、手を洗い口を嗽《ゆす》いでから、お賽銭を上げ柏手をうって拝んだ。それから、他の参拝者の後につづいて、土牢拝観の切符を買い、社殿の裏手崖下の穴蔵の前に立った。体中の汗が一時に引いたほど、四辺には窈冥《ようめい》たる冷気がいっぱい漾《ただよ》うていた。傍の立札には、建武元年十一月より翌年七月まで八ケ月間護良親王ここに幽閉され給う、と書いてあった。

二階堂谷の窖《あな》——というのはここであったのか！　私は少青年時代に愛読して手離さなかった日本外史の、その章を咄嗟に思い出して、不意に感動に襲われて、頭の中がジーンと痺れるのを覚えた。

……はじめ親王が近畿の兵と一しょに志貴山に居られた時、父君の後醍醐帝が、天下も既に定まったことだし、汝は髪を剃ってもとの坊主になれ、と命じられたが、親王は、高時は誅に伏したけれど、足利尊氏が曲者だから、今のうち之を除かなければと申し入れられても、帝は許されないどころか、却って尊氏が帝の寵姫と結んでの讒言を信じられ、親王を宮中に囚われた。親王は憤怨あらせられ、父君に上書して、臣夙に武臣の専恣を憤って、坊主であったものが戎衣《じゅうい》を被て、世のそしりを受け、而して、ただ、君父のためにこの身を忘れた、朝廷の人は誰ひとり役に立つものはない、臣ひとり空拳を張って強敵に抗したわけである。昼伏夜行、山谷にかくれ、霜雪をふんで、生死の巷をくぐり、どうにか賊を亡ぼしたと思うたのも束の間、図らずここに罪を獲るとは、何んという不仕合せなことであろう、日月不孝の子に照らず云々、父子義絶す云々、こう御悲嘆あらせられた。すなわち、ここに二階堂谷の穴蔵に押し籠められ給い、後に、淵辺某が弑し奉ったというのである。淵辺某が白刃を提げて穴の中を窺うと、親王は燭を焚いてお経を読んでいられたが、顧みて蹶起され、（貴様、おれを殺すつもりか、大逆無道者！）と炬《たいまつ》のような眼光で睨まれた、臆しもせず淵辺の野郎が、そのお膝を斫《き》りつけ、御身体に馬乗りになって咽喉を突きかけると、親王は首を縮めて刃にがくッと嚙みつかれ、刀を喰い折られた、淵辺は弐刀《じとう》を抜いて、心臓を刺した。親王のお首は刃を喰わえたまんま眼を何時までも瞑《つむ》られなかった……

おのれ、小癪な、憎い！　と親王様はお思い遊ばしたことであろうと、私も淵辺の所行が怨めしく、恐ろしく、思わず歯がみをした。

宮の御最期まで側近に奉仕していた、藤原保藤の女南《みなみ》の方という方は、その時、さぞかし騒がれたことであろう。親王様を庇おうにも、女の腕では庇う所詮もないのである。それにしても、犬武士風情のくせしていて、親王様のお首を打ち落すなど、よくよく悪業の強い人間だと思えて私も亦、焦《じ》り焦りと新しい憎しみに煽《あお》られた。

「この入口は、腰を曲げなければ入れないな。石段になって、底へ降りられるようになっているらしい。」と、注連《しめなわ》を張った暗い狭い入口をのぞいて、私は呟いた。

「奥は八畳ほどの広さですね。」と、ユキも立札を読んで言った。

「天井からは水が落ちるだろうが、冬は、どうしてお過ごしなされたのだろう。お食事なんか何ういう風にして差上げていたのだろう。」

「定めし、女の宮人が毒試《どくみ》をして差上げていたのでしょうよ。その人は殺されなかったのでしょう？」

「ああ、そうらしい。」

　私共は猶穴蔵のいぶきに吸いつけられて、そこを立ち去りかねた。崖の上では、梢が風に鳴っていた。

　親王のお首を捨て置いたと伝えられるところは、土牢を去る二十歩のところで、小藪の周囲には、七五三縄《しめなわ》が繞らしてあった。藪の前にわずかに三四坪の平地があって、勅宣の碑が建てられ、別に檜皮ぶきの屋根のついた白木の掲示板に墨痕うるわしく建碑の由来が書いてあった。

　明治六年、明治大帝、最初の特別大演習御統監のため臨幸あらせられた際、この土牢をご覧あそばして、群臣に仰せられた御言葉の一端が誌してある。……朕否徳ニシテ、股肱のたすくるところにより、どうやら、維新の大業をなすことが出来たのだが、ここに端なくも今、兵部卿親王の土牢の前に来て見て、ああして建国の業半ばにして、お若いお年で、お悼わしい最後を遂げられた宮の御心事を追懐すれば、朕歔欷《ちんきよき》セサルハナシ――大体こういう意味であった。

如何にも明治聖帝としては、畏れ多いことながら、わが御身にひきかけ給うて、千万無量の御実感、御感慨であったろうと、文字を拾い読んでいるうちに、おのずと瞼がほてって、それこそムシケラにも値しない自分如きに相応《ふさわ》しからぬが、私はとうとう恐懼の涙を堰止め得なかった。

ユキに促されて、私は極度の興奮状態で、ふらふらと石段を下り宝物館の前に来て、親王の真筆、お馬に乗られた木像、お召物の錦の袍など拝観して、境内の瀟洒な庭に出た。

「朕否徳ニシテ――恐れ入った御言葉ではないか。勿体ないことには触れないとして、われわれの場合だって、否徳――それ以上にも、それ以下にも、ただ言葉は絶え果てる。何うにもして見ようなきわれわれを憐れみ給う広大なお慈悲であったのか。僕は、まだまだ人生に失望すべきではなかった!」

と、私は或種の信念の踊躍を覚え、絶えて久しいお念仏を口に出して、息を呑み息を吐いた。

「あなた、あの親王様のお召物というのは、あれをほんとうに着ていられたのでしょうか。わたし、どうも信じられませんの。」

「そんなことが分るものか、馬鹿。」

「一体、どういう訳で牢屋へお入りになるようになったのですかね?」

「馬鹿だなあ。それを知らんのか。女学校の時、歴史で教わった筈じゃないの。」

「もう学校を出てからずいぶんになるものですから、忘れましたの。同窓会の時は、いつでも安藤先生が、琵琶を弾いて十八番の護良親王を歌われるのを、度々聞かされたのですけど……」

「馬鹿だね。やっぱし、学問してない奴は、駄目、駄目。」

「そんなに馬鹿々々おっしゃらずに、話して下さればいいじゃありませんか。忘れたものは仕様がないんですもの。」

私達は口争いを始めたが、鳥居の前に、先刻、十一時半には鎌倉駅前から迎えに来ると車掌の言った自動車が、もう客を待っていたので、急いで行って乗った。

そこへ、長谷行きの自動車も来た。来がけに同じ自動車に乗り合せ、境内でも後になり先になりしていた、余所の目の大きい丸髷に結った奥さんと、娘の女学生、小学生の息子さんの一行は、長谷行きのほうに乗った。

駅前で自動車を降り、昼食をすますと、直ぐに藤沢行きの電車に乗った。

長谷で降りて、観音に詣でた。さすがに古い建物らしく、何十本もの突支棒《つっかいぼう》が、傾いた堂宇を支えていた。若い毛唐人が二人、気味悪い堂内につかつか入って、蠟燭のともっている観音像を仰いで早口に喋っていたが、御札所のロイド眼鏡をかけた若い坊さんに何事かを問い出した。坊さんが、意外にも巻舌の気取った発音で、いちいち丁寧に説明してやっているのを、私達は羨ましく見ていた。

「あのお坊さん、よほど出来るのですね。わたし、びっくりしましたわ。」

「ああ、ああいうところには、西洋人が始終来るから、それだけの人が置いてあるらしい。」

「あなたなんかも、今のうち語学の勉強をして下さいな。田舎に居る時は、東京へ出さえしたら出さえしたらと思っていたのに、東京へ出ると、つい怠けてしまうんですからね。ほんとに宝の山に入って手を拱《こまぬ》くとは、このことですよ。いくらでも夜学にだって行けるじゃありませんか。」

ユキは坊主の英語に余程感心したと見えて、微風にそよぐ楓や樫の緑葉に包まれた石段を下りながら、そして大仏へ向う道々でも、無暗に私を歯痒く思って励ますのであった。

大仏の前で、先程、鎌倉宮の鳥居の下で別れた親子づれの一行が、そこへ歩いて来た私達を見て、何か囁いていた。私は別だん拝むでもなく、大仏さんの背後に廻ると、正面の円満の相を打仰ぐのとは反対に、だだっ広い背中のへんに、大きな廂窓《ひさしまど》が開いていた。

「母ちゃん、お倉の窓みたいだね、滑稽だね。」

と、小学生が言ったので、私は、その母の人とちょっと顔を合せて、噴き出した。

右側で、御胎内拝観の切符を売っているところに来ると、大仏さんの端坐した台石からお腹の中に通ずる長方形の入口があり、丁度二三人の人が出て来たので、私は切符を買い物好きにも入って見て、又笑い出した。下駄の音がガーンと響く空洞の胎内は、鉄筋コンクリートのビルヂング式になって、階段を上ると、大仏さんの頭の内側のところに、きらびやかな黄金色の仏像が安置してあった。

「あなたも上って来なさい。」

私が上から声をかけると、ユキは鉄板の急な梯子を半分あがったあたりで、足に痙攣が来て立ち竦《すく》んだ。ユキは、幾年も坐りづめにお針をしていたため、この頃足に強い痲痺が来て往来で動けなくなることが屢々だった。

「巫山戯《ふざけ》るな。しっかりしろ！」と、私は忌々しいやら、ひどく縁起も悪く、眉をひそめて叱った。

外へ出ると、何か騙されたようで、矢鱈に腹立たしさが募った。

「精神文化という奴も、唯その発生に意義があるだけで、形式に堕したら、これぐらい下らないことはない。長谷の大仏なんて、実に阿呆なもんだな。馬鹿にしてら。」

「早く江の島へ行きましょうよ。」

私達は氷屋の牀机に腰かけて懐から取出した地図の上に互に指でさし示して、順路の相談をした。

「観音様の境内から見た海が、由比ケ浜というのですね。わたし、海水浴場が見たいんですの。」

「僕も見たい。江の島へ一応行ってから又引き返すことにしよう。」

私もユキも、関東地方の海水浴場の光景を、まだ一度も見てなかったのである。が、三十分の後二人は、人々の繁く行交う江の島の桟橋から片瀬の海水浴場を眺めて、この何年かの願いがやっと叶った嬉しい思いを語り合うことが出来た。

「アイ子さんの嫁いでいらっしゃるお家のご別荘が、この近くにあるんですって。ご隠居さまが、一度遊びに行ったらどうかって、先達もおっしゃったんですの。」

アイ子さんというのは、ユキの親しくしている本郷の或家の隠居さんの末っ子で、一昨年浅草のさる物持ちの呉服屋へ嫁いで行かれた。旦那さんは、写真と本を買うことが道楽とかで、大勢の召使にかしずかれ、ほんとに世に欠けたることもない幸福な家庭であるらしかった。おおかた、あそこで泳いでいらっしゃるでしょうよ、とユキは、午後一時の強い日の光を反射した弓状の片瀬海辺の波の百態に戯れている夥しい人の群を見て言った。

とやかく話しながら橋上を歩いているうち、

「あら！」と、突然ユキは奇声を上げた。

「あら、奥さんでしたの。」

あちらさんでも、びっくりなすったらしい。手拭地の浴衣に軽く半幅帯をしめ、栄螺《さざえ》を入れた網袋をさげた女の人を見ない風して、狭い橋を避けるようにして二三歩すすむと、旦那さんらしい人にじっと見られて私は顔を伏せたが、がっしりした体格であること、それから貴族的な日に焼けた丸顔と、上品な飴色の鼈甲眼鏡の印象が眼に留った。

「こんな恰好をお眼にかけて……」

「あの、只今、お噂していたところなんでございますの。」

そんな会話を千切れ千切れ耳にしながら、私はものの三四分もきらきら光る眩ゆい海の面に眼を落していると、ユキが、顔を真赤にしてあわててばたばた走って来た。

「アイ子さんのご一家ですの。別荘は、小田急の終点の直ぐ傍だから、お待ちしてますから帰りには是非寄って下さいっておっしゃいましたの。旦那さまは、あなたにお会いしたいような口吻《くちぶり》でしたのよ。あなた、お寄りしないでしょう?」

私は苦笑していた。

栈橋を渡り切って坂道にとりかかると、両側の旗亭から、「よっていらっしゃいまし、休んでいらっしゃいまし、これから岩屋まで十五六丁ありますから、一寸休んでいらっしゃいまし、サイダーもラムネも冷えています、氷水でも召上っていらっしゃいまし。」と、どの家からもどの家からも、同じ長たらしい文句を同じ長たらしい口調で喧しく呼びかける。やがて面前に立ち塞がった弁天様の高い石段の下まで登って、ほッと息を吐いて振り返ると、長谷の大仏で、何処へともなく別れた、例の親子づれに又逢った。おや！と言った眼付で、双方顔を見合せた。

「僕はこの方を上って行くから、あなたは、あっちの石段から上りなさい。」

私は、男坂女坂《おとこざかおんなざか》という石柱の文字を見てユキに命ずると、

「母ちゃん、僕も男だから、こっちから上ろうね。」と、小学生が言った。

「いいえ、あんたは子供だからいいの。母ちゃん達と一しょにいらっしゃい。」

こう言って母親は娘と眼を合せて笑った。私は強い羞恥を覚えて、自分を窘めていた。

辺津宮、中津宮、奥津宮——へと、幾曲折した道を息を切らしつつ上り下りの間も、「よっていらっしゃいまし、休んでいらっしゃいまし、まだ十五六丁はあります。」と茶屋から

煩さく呼ばれて、取っ着きでもそう言っていたのに、もうずいぶん歩いて来てまだ十五六丁はおかしいと訝しく思いながらも、茶屋に憩うたりした。行くうちに、岩屋道の道しるべを見て、急角度の石段を下りかけると、道中の鬱茂《こんもり》した常磐木の緑に暗くなっている眼先に、忽ち、美しい海景が展けた。石段は崖の中腹の小径につづいて、狭い低いトンネルに来た。奥は暗く、入口の周囲の岩の裂目には海ウジが一面に重なり合っていた。

「もう行くまい、こわくなった。」

「ええ、行きますまい。地震でも来たら大へんですよ。」

二人は後に退いたが、一寸頸を傾げて考えて、いや、行こう、ここまで来たのだもの、おれと一緒に来い、と私はユキの手を握って先に立ち、顫《ふる》えているユキをそびくようにしてトンネルを潜り、危げな桟橋を渡り、ようやく岩屋に入ると、直前の白木の祠《ほこら》に胡坐をかいている蠟石細工の妖しい仏像が眼に入った。近づくと仏像どころか、白い衣を纏い、頭はたいわんぼうずで髪の毛が一本もない人間の子で、それは蠟燭売りの小僧であった。折からそこへ祠の背後の窟から三人の女学生が出て、火が消えたわ、点けて頂戴よ、と言うと、白子は薄気味悪くニタリと笑って、運が悪いですぞ、と言ってへんな斜視を使って女学生をからかった。

私は厭な気がして引き返そうとしたが、やはり負け惜しみに引き摺られて蠟燭を買い、水滴が襟脚を脅かす長窟の中に、四ん這いのようになりユキを案内してずんずん入って行き、大日如来とかいう石仏を拝んでから外に出たが、窟前から海辺へ下りると、また無性に腹が立ってわれながら憤慨した。

「実に、愚劣だなア。つくづく日本という国に愛想がついた。……かと言って、愚劣なことに引っかかって、好奇心を動かして、窟《あな》の中にこそこそ入るというのも、愚劣以上の愚劣だけど……」

怒濤が激打する岩岸に、一艘の小舟がつながれていた。ユキを先に私も乗った。船頭は櫂を水に突込んで、体を反らした。稚児ケ淵というのを離れて波は次第に静かになった。私は嬉しかった。ユキは少女時代を瀬戸内海に沿うた漁師町で成長したから、さして水の上が珍らしくないであろうが、私は山国育ちで、こんな小舟に棹したことさえ、半生にないのである。私は舷に凭れてじっと蒼い水面に視入った。ふと頭を上げて遥の遠くに、富士や箱根や熱海の、淡い靄につつまれた緑青色の連山の方をも眺めた。島の西浦の、蓊鬱《おううつ》と茂った巨木が長い枝を垂れて、その枝から更に太い葛蘿《つたかずら》が綱梯子のように長く垂れた下の渚近くをめぐって、桟橋のそばの岸で私達は舟を棄てた。

「今度は、橋を渡らずに砂浜を歩いて、片瀬の海水浴場に行きましょう。」

「うん。」

頭上の桟橋を往き復る混み合った人々の影が、砂浜の上にまで長く延びていた。

「桟橋を渡る人は、誰でも三銭とられるでしょうか。島の人は朝に晩に大変ですね。」

「まさか、土地の人は出さないだろう。」

「土牢拝観五銭、大仏様御胎内二銭、桟橋を渡れば三銭、岩屋に入れば五銭……どこもかしこもタダでは通しませんね。関所々々では呼び留められて、やれ五銭、やれ三銭……」とユキは、斯う言ってひょうきんに笑った。

私は誘われて声を立てて笑った。

一つ所に立って、左手の長い半月形の浜で地曳網を引く漁師たちの律動的な運動、オーイオーイと遠くの方で渇を愬《うった》う呼び声、ビール壜に詰めた水を運ぶ女房たち——そうした彼等の生活を、私共は半ば憧憬の心をもって暫らくの間見ていた。

何故《なぜ》かしら、私達は一刻も早く由比ケ浜に行きたかった。そこで思う存分最後に遊びたいのであった。それに、また、アイ子さんの一家に逢いはしないかという懸念が手伝って、午さがりの片瀬海水浴場の雑沓の中を、さっさと引きあげた。

電車が腰越に停った時、ユキは問いかけた。

「あなた、ここですね腰越というのは、義経の腰越状というのは、此処で書いたのですね。」

「腰越状？　どういうのであったかな……」

「あれを知らないんですか。義経が兄の頼朝の誤解をとこうと思って書いた手紙じゃありませんか。……幼い時からわれわれ兄弟はお母さんのふところに抱かれて悲しい流浪生活をし、それから皆はちりぢりばらばらに別れ、自分は自分で鞍馬の山に隠れたり、それぞれ苦労のすえ、兄さんを助けて源氏再興を計り、自分は西の端まで平家を追い詰めてようやく亡ぼして、兄さんに褒めて頂こうと思って此処まで帰って見ると、兄さんは奸臣の言を信じて、弟を殺そうとしていられる、兄さん、どうぞ弟の真心を分って下さいって、義経が血の涙で書いたというんでしょう。中学校の時、国語の教科書でならった筈でしょうに、あなたって忘れっぽい人、駄目ですね。」

と、ユキは、護良親王のところで頻りに馬鹿呼ばわりをされた意趣返しに、一気に滔々百万言を弄して、喰ってかかるように述べ立てた。

私はおかしくもあったが、感心して聞いた。

二人は、身体を捩じて、窓外の七里ケ浜の高い浪を見た。帆かけ舟が一艘、早瀬の上を流れていた。

「七里ケ浜ですか。ほれ中学の生徒のボートが沈没したというのはここですね。……真白き富士の嶺、みどりの江の島、仰ぎ見るも今は涙――わたしたちの女学生時代には大流行でしたよ。」

「なるほど、僕らも歌った、歌った。古いことだね。」

私はちょっとわが眼の輝きを感じた。ユキの歌が、今は悉く空想を離れ、感傷を離れた私を、刹那に若かった日に連れかえした。同じく口吟みながらユキ自身も乙女心の無心にしばし立ち返ったかもしれないが、それらは、いずれも泡沫の如く消え去る儚いものだった。

だいぶん経って、私は思い出して訊いた。

「で、頼朝は、どうした？」

「使の者が、駒に跨がって、鞭を当てて、鎌倉の頼朝のところへ手紙を持って行くと、頼朝は封も切らずに引き破いて、直に召し捕れと部下のものに言い付けたんですって。頼朝って何処まで猜疑心の強い人間だったのでしょうね。あんなに、血族のものを、誰も彼も疑ぐらずにはいられないなんて……」

瞬間、私は、深い深い憂鬱に落ち込んで、それきり俛首《うなだ》れて黙ってしまった。

山の麓の勾配に柵をめぐらした広い牧場で、青草を喰んでいるのや、太陽に向って欠伸をしているのや、寝そべって日向ぼっこをしているのや、そうした牛の群が、車窓の外に瞳を掠めて過ぎた。

「頼朝の墓が僕は見たくなった。時間があったら、帰りに見て行きたい。」

と、私は獨言のように呟いた。

私達は目指す由比ケ浜に降り立った。

昼食のおり鎌倉駅前の運送屋の店頭で、避暑地御引上げの方は何卒当店へ——という立看板を見て、私は妙にさびしかったが、ここに来て見て、やはり、さしもの由比ケ浜海水浴場も、眼前に凋落を控えていることが感じられた。今日明日にも引上げなければならぬ人が多いのではあるまいか。それゆえ、夏の享楽場、恋の歓楽場に、焦躁が燃え立っていると見るのは、私の主観のせいばかりであろうか。ああ何ぞ来ることの甚だ遅かりし——私は、潮風に当りたいため帽子を脱ぎ、ユキは蝙蝠を畳み、並んでそぞろ歩いた。

「あなたも、ちょっと入ってごらんなさいな。海水着は借りられますよ。泳げるでしょう?」

ユキの言葉は誘惑である。そして、それに関聯して、自分は十二三まで泳げなかったこと、村の「賽の神」という淵の天狗岩の上で年上の連中の泳ぎを見ていて、ひとりの白痴にいきなり淵の中に突き落され余程水を飲んだこと、そんなことから泳ぎを覚え、川では相当の自信を嘗て持っていたことなど思い返したが、と言って、眼の前の浜に押し寄す荒い波ぐらい、ほんの子供でさえ巧みに乗り越え、自由にあやつる技倆を見ては、私は恥ずかしくて裸体になる勇気が出なかった。

昆布や魚の頭が濁った水にきたならしく打ち上げられている片瀬とは異って、ここの真砂は穢れず、波は飽まで白かった。片瀬では殆ど見えなかった、縞柄の派手な海岸パラソルの点在や、模様の美しい贅沢な海水着や、裕福らしい西洋人の家族や、すべて、アッパッパを着て丸髷に結った五九郎の喜劇役者のような四十女がブランコに乗り、傍から「母ちゃん、このごろ、だいぶんウマくなったのね。」と小さな女の児が言っていたような片瀬とは、品位、教養、階級のいずれもが立ち優れて見えた。富者が永久に貧者を軽蔑し、貧者が永久に富者を嫉む本能を、そして下賤な物に深い同感同情を持ち得ない自分を其儘受容れた。

二人は、無言のまま、五歩行っては立ち留り、十歩行っては立ち留った。

もう夕景が迫っていた。

一人はオリーブ色、一人は紅色の海水着を着た、どちらも背丈のすんなり高い若い女が、手に褐色の浮袋をかかえ、並んで松林の中の別荘に帰って行くのが絵よりも美しかった。

浜辺は、だんだんさびれて行った。

遥か彼方の材木座海水浴場にも夕陽が落ちた。ぎらぎら光る落日を浴びて蠢《うごめ》く人々は豆粒程に小さく見えた。

私達も引き上げねばならなかった。

「もう、いいだろう。」

「ええ、十分ですとも。いろいろ見せて頂いて、どうも有り難うございました。」

と、ユキは改まった口調でお礼を言った。

別荘から立ち昇る夕餉の煙を見ては、ユキは、何がなし気忙《きぜわ》しい気持になる。早く吾家へ帰りたいと言った。

滑川《なめりがわ》の畔まで来かかって、海岸橋下の葦の中に蹲んで釣を垂れている若者を、二人は渚に立って見ていた。はッと思うと竿がまん円くたわんで、薄暮に銀鱗が光って跳ね上った。

「あなたにも、ああした日が来るでしょうか、わたしは、わたし達が東京にいられなくなったら、わたしの生れ故郷に帰って、小商売かお針の塾でも開いて、あなたには毎日釣をさしてあげたいの。そんな安息の日は来ないでしょうか。」と、ユキはしみじみと言った。

「けどね、時偶《ときたま》一日こうした生活を見ると羨ましいが、じきに退屈するよ。退屈なり寂寥を拒ぐための闘いだよ！」と、私は言下に否定した。

「それもそうですね。兎に角、将来、田舎へ帰るとでも、東京に踏みとどまるとでも、わたしは、あなたの意志通りになりますから。」

まだまだ、これから流転が続く自分達の生涯に、又と斯ういう日もすくないであろう今日の行楽を感謝して、二人は都会で働くべく、松林の中の白い道路を蜩《ひぐらし》のリンリンという声を聞きつつ、停車場をさして歩いた。

晩春

監督／脚色　小津安二郎
脚色　野田高梧
原作　広津和郎

晩春（ばんしゅん）　一九四九年公開の日本映画。嫁ぐ娘と父の複雑な心情を描く。評価の高さとともに興行的成功も収めた名作。

監督／脚色・小津安二郎（おづ・やすじろう　一九〇三―六三）庶民の生活感情を、低位置のカメラアングル、全編カットでつなぐ独特な手法で描いた。

脚色・野田高梧（のだ・こうご　一八九三―一九六八）数おおくの映画脚本を書く。戦後は小津安二郎監督とくんで名作をのこした。

原作・広津和郎（ひろつ・かずお　一八九一―一九六八）小説家・評論家。知識人の生き方や庶民の哀歓を描いた作品で知られる。

本文は『小津安二郎作品集　Ⅲ』（立風書房）を底本とした。

監督　小津安二郎
製作　山本　武
原作　広津和郎
脚色　野田高梧
　　　小津安二郎
撮影　厚田雄春
録音　妹尾芳三郎
美術　浜田辰雄
照明　磯野春雄
音楽　伊藤宣二

曾宮　周吉　　笠　智衆
　　　紀子　　原　節子
田口　まさ　　杉村春子
　　　勝義　　青木放屁
服部　昌一　　宇佐美淳
北川　アヤ　　月丘夢路
小野寺　譲　　三島雅夫
　　　きく　　坪内美子
　　美佐子　　桂木洋子
三輪　秋子　　三宅邦子
林　　清造　　谷崎　純
　　　しげ　　高橋豊子
「多喜川」の
亭主　　　　　清水一郎

1＝北鎌倉の駅

晩春の昼さがり――

空も澄んで明かるく、葉桜の影もようやく濃い。下り横須賀行の電車は、このホームを出はずれると、すぐ円覚寺の石段前にさしかかる。

2＝円覚寺の参道

杉木立の間をその電車が通過する。

3＝同境内

今日は月例の茶会の日である。参会の女客がゆく。二人、三人――

4＝庫裡《くり》の一室（控えの間）

客がポツポツ集まって来る。

曾宮紀子（二十七）が来て、すでに来合わせている叔母の田口まさ（四十九）と並んですわる。

紀子「叔母さん、お早かったの？」

まさ「ううん、ほんの少し前――今日はお父さんは？」

紀子「内でお仕事、昨日までの原稿がまだ出来なくて」

まさ「そう――（紀子の帯を軽く直してやりながら）ねえ、叔父さんの縞のズボン、ところどころ虫が食っちゃったんだけど、勝義のに直らないかしら？」

紀子「でもブーちゃん、縞のズボン穿いたらおかしかない？」

まさ「なんだっていいのよ、膝から下切っちゃって、どう？」

紀子「そりゃ直るでしょうけど」

まさ「やってみてよ（と風呂敷包みを出し）これ」

紀子「アラ、持ってらしったの？」

まさ「ちょこちょこッとでいいの、どうせすぐ駄目にしちゃうんだから。（と渡して）お尻ンとこ二重にしといてね」

紀子「ええ」

三輪秋子（三十八）が来る。身についた気品――

まさ（見迎えて会釈する）「お先に――」

秋子、会釈を返し、間に人をへだてすわる。

まさ「またご一緒かと思って、ちょっと新橋でお待ちしてみたんですけど……」

秋子「ひと電車おくれまして……」（と、しとやかに礼を返す）

と内弟子が来て、

「お待たせ致しました、皆さまどうぞ――」

で、一同立ってゆく。

5＝閑かな寺内
庭のつつじが陽に映えて、鶯の声も長閑《のどか》である。

6＝茶室
しずかにお点前が始っている。秋子を正客に四、五人――
ほかの者は、まさも紀子も、つつましく次の間に控えて、お点前を見ている。
正客としての秋子の端麗な姿――

7＝寺庭
日ざしも長閑に、鶯の声がつづいている。

8＝鎌倉　曾宮家の庭
ここにも長閑な日があたって――
鶯の声……

9＝室内

紀子の父の周吉（東大教授、五十六）が老眼鏡をかけて原稿を書き、助手の服部昌一（三十五）が、その清書を手伝って、洋書の人名辞典を引いている。

周吉「ないかい？」

服部「――（指でたどって）ああありました、フリードリッヒ・リスト、やっぱりZはありませんね、LIST……」

周吉「そうだろう？　LISZTのリストは音楽家の方だよ」

服部（辞典を読みながら呟く）「――一八一一年から一八八六年……」

裏口の鈴が鳴って――

声「電灯会社です、メートル拝見します」

周吉（書きつづけながら）「ああどうぞ」

声「踏台貸して下さい」

周吉「ああ」（と立ちかかる）

服部「どこです」

周吉「廊下の突き当りにあるんだがね、すまんね」

服部「いいえ……」

と立ってゆく。

で、周吉がひとり書きつづけていると、やがて戻ってきて――

服部「先生、リストっていうのは殆んど独学だったんですね」

周吉（書きつづけながら）「ああ、それでいて歴史派の経済学者としちゃたいしたもんだったんだ、官僚主義がたいへん嫌いな男でね」

服部もペンを取る。

声「三キロ超過です、ここへ置いときます」

服部「ああご苦労さん……」
　電灯屋の出てゆく鈴音。
周吉「今までのとこ、何枚ぐらいになるかな」
服部（数えて）「十三枚ですね」
周吉「そうか、あと六、七枚だね」

10＝家の表
　紀子が帰って来る。這入《はい》る。

11＝室内
　紀子が這入って来る。
紀子「ただ今――あ、服部さん、いらっしゃい」
服部「や、お邪魔してます」
紀子（その手元をのぞいて）「ああ、お清書？　すみません、助かったわ」
服部「いやア……」
周吉「叔母さんは？」
紀子「今日はおいそぎなんですって、まっすぐお帰りになったわ」
周吉「お茶入れとくれよ」
紀子「はい――、服部さん、ゆっくりしていいんでしょう？」
服部「いや、今日はおいとまします」
紀子「いいじゃないの、明日だったらあたしも一緒に東京へゆくわ」
周吉「なんだい東京……？」
紀子「病院……それからお父さんのカラーも買って来たいし……」
　と別室へ去る。
　――
　周吉と服部、また書きつづけながら
服部（ふと思い出して）「あ、先生、いつかの麻雀、嶺上開花《リンシャンカイホー》、やっぱり自摸《ツモ》の点はつかないんだそうですよ」

周吉「そうかい（と向き直って）じゃ八本十六本だね」
服部「ですから、やっぱりトップは僕だったんですよ」
周吉「ふウん――（呼ぶ）おい、紀子……」
セーターに着替えた紀子が出て来る。
周吉「清《せい》さんいないかな？」
紀子「何かご用？」
周吉「ちょいと見といでよ、一圏《イーチヤン》やろう」
紀子「もうお書けになったの？」
周吉「あと少しなんだ」
紀子（笑って）「駄目よ」
と台所の方へ去る。
周吉「おい！」
返事がない。
周吉「おい！　――おいッ！」
で紀子が顔を出すと、
周吉（癇癪声で）「お茶お茶ッ！」
紀子、笑って引込む。服部、微笑して清書をつづけ、周吉も再び机に向う。

12＝翌日　鎌倉駅のホーム
上り東京行の電車が出たばかりで――
駅員が水を撒いている。
時計――十時三十八分あたり。

13＝亀ケ谷トンネル附近
上り電車が驀進してゆく。
そしてトンネルを出ると――

14＝三等車内
混んだ中に周吉と紀子が立って揺られている。
周吉「お前、原稿持って来てくれたね？」

紀子「ええ、だいじょうぶ」

15＝驀進する電車

流れ去る架線——流れ去る沿線風景——丘陵地帯を過ぎ、横浜地区を過ぎ、更に鶴見、川崎を過ぎて——

16＝車内

周吉が腰かけ、紀子が立っている。

周吉「おい、代ってやろうか」

紀子「ううん、いいわ、だいじょうぶ」

17＝驀進する電車

六郷の鉄橋を越え、品川を過ぎて、浜松町附近。

18＝車内

紀子も周吉と並んで腰かけて、本を読んでいる。

紀子（本を閉じて）「お父さん、今日お帰り、いつもとおんなじ？」

周吉「ああ、教授会でもなけりゃね」

で、紀子は本を買物袋にしまう。

周吉「気をつけてな」

紀子「ええ」

19＝新橋駅のホーム

電車が這入って来る。

20＝有楽町附近の高架線（俯瞰）

電車の去来——都心的な雰囲気——

21＝銀座の舗道

紀子が歩いて来る。

と、そこのショウ・ウィンドーを中老の紳士がのぞいている。周吉の親友小野寺譲（京大教授・五十五）である。

紀子（通りすがりに気がついて）「小父さま——」

小野寺「あ、紀ちゃんか——」

紀子「いつ出てらしったの？」

小野寺「昨日の朝来たんだよ——肥ったね、紀ちゃん」

紀子「そうですか」

小野寺「どこ行くんだい」

紀子「買いもの」

小野寺「じゃ一緒に行こうか」

紀子「小父さま、ご用は？」

小野寺「イヤ、もういいんだ」

と一緒に歩き出して——ふと、そこに張られたポスターに目を止める。

小野寺「ああ、やってるんだね春陽会——行ってみないか」

紀子「あたし、ミシンの針買いたいんだけど……」

小野寺「どこだい、行こう行こう」

22＝春陽会のポスター

23＝上野の美術館

その入口の丸柱、等々、描写一、二

——

24＝公園の街路灯

それに灯がつく。

25＝小料理屋「多喜川」

小野寺と紀子が鍋前に腰をおろしている。

箸と盃、つまみものなど。

小野寺「疲れたろう」

紀子（首を振って）「でも行ってよかった

小野寺「ああ、そうだよ」
亭主「そうですか、こりゃどうも……(と会釈して)先生に毎度ごひいきになっております。(と挨拶しながら、そこへ這入って来た客を迎える)あ、いらっしゃい」
小野寺「紀ちゃん、どうだい一つ――」
紀子「あたし頂かないの」
小野寺「じゃ何か貰おうか、先ご飯にするかい?」
紀子「まだいいわ、お酌してあげましょう」
小野寺「そうかい(と紀子に徳利を渡しながら、亭主の方へ)何か貰おうか」
亭主「はい、只今」
紀子(お酌をしながら)「ねえ小父さま――」
小野寺「うむ?」
わ、あたし上野ひさしぶりよ」
小野寺「だけど、なんだね、ひどい奴がいるもんだねえ、西郷さんの頭にとまってる鳩を、空気銃で打ってる奴がいたじゃないか、あれじゃまるでウィリアム・ハトだ」
紀子、クスクス笑う。
お燗がつく。
亭主「お待遠さま(と出して)昨晩重野先生がおみえになりました」
小野寺「そう、重野まだいたの」
亭主「なんですか、今朝の急行でお帰りになるとか……」
小野寺「そう――あ、これ曾宮の娘だよ」
亭主「あ、そうですか――大へんお立派におなりになって……アノ、西片町のころお河童になすってらしたお嬢さんでしょう?」

紀子「小父さまねえ――」
小野寺「なんだい」
紀子「奥さまお貰いになったんですってね？」
小野寺「ああ貰ったよ」
紀子「美佐子さんお可哀そうだわ」
小野寺「どうして」
紀子「だって……やっぱり変じゃないかしら」
小野寺「そうでもなさそうだよ、うまくいってるらしいよ」
紀子「そうかしら――でも何だかいやねえ」
小野寺「何が？　今度の奥さんかい？」
紀子「ううん、小父さまがよ」
小野寺「どうして」
紀子「何だか――不潔よ」
小野寺「不潔？」
紀子「きたならしいわ」
小野寺「きたならしい――（笑って）ひどいことになったな、きたならしいか……（とそこのお絞りを取って顔を拭き、突き出して）どうだい？」
紀子「駄目駄目！」
小野寺「そうかい、駄目かい、そりゃ困ったな」
紀子（笑いながら徳利を取って）「はい」（とさす）
小野寺（受けながら）「そうかい、不潔かい」
紀子「そうよ！」
小野寺「そりゃ弱ったな……」

26＝夜　鎌倉　曾宮の家
周吉がひとりで外字雑誌を読んでいる。
表戸のあく音――。

紀子が這入って来る。
紀子「ただ今——お客さまよ」
周吉「誰?」
小野寺が這入って来る。
小野寺「やア——」
周吉「よウ!」
小野寺「寄らないで帰ろうと思ったんだけど、銀座で紀ちゃんに逢ってね」
周吉「今度は何だい」
小野寺「また文部省だよ」
紀子「お父さん（買物袋から手袋を出して）お土産——」
周吉「ああ、これどこにあったい」
紀子（小野寺と顔を見合わせて微笑しながら）「家中さがしてもない筈よ」
と折詰を出して置く。
周吉「ああ、多喜川か——行ったのかい」
小野寺「今日は紀ちゃんをすっかりつき合わさしちゃったよ」
紀子「小父さま、もっと召上りたいんでしょ? お酒——」
小野寺「ああ、いいね」
周吉「あるのかい?」
紀子「ええ」
小野寺「熱くしてね」
紀子「はい」
と行きかけるのへ、
周吉「お前、どうだったい、血沈——?」
紀子「十五に下ったわ」
周吉「そうかい、そりゃよかった」
で、紀子が去ると——
小野寺「もうすっかり元気だな」
周吉「うん」
小野寺「やっぱり戦争中海軍なんかで働かされたのがたたったんだね」
周吉「その上、たまの休みには買出しで、

芋の五、六貫目も背負って来たからな」
小野寺「ひどかったな——いたむわけですよ」
紀子がお盆に箸や盃、蓋物、小皿などをのせて運んで来る。
周吉（折詰を開きながら）「京都の方、みんなお達者かい、奥さん……」
小野寺「ああ——どうも悪いもの貰っちゃったよ」
周吉「何が？」
小野寺「いやア、紀ちゃんに大へん不潔扱いされちゃってね」
周吉「誰が？」
小野寺「おれがだよ、きたならしいって云われちゃったよ、ねえ紀ちゃん——」
紀子「そうよ」
と微笑を残して去っていく。二人とも明かるく哄笑する。
周吉「美佐ちゃん、元気かい」
小野寺「ああ、あいつもね、どこで聞いて来たのか、結婚は人生の墓場なりなんて云やがってね、二十四まではお嫁にいかないって云やがるんだよ」
周吉「ふウん」
小野寺「そう云われりゃ、成る程そんな気もするしね、まあ、仕様がないと思ってるんだよ——紀ちゃんどうなんだい」
周吉「うーむ、あいつもそろそろなんとかしなきゃいけないんだがね……」
紀子がお銚子を持って来る。
周吉（受け取って）「少しぬるいな」
紀子「じゃ……」
周吉「あとの熱くして——」
紀子「はい」（と立ってゆく）
小野寺「ここ、海近いのかい」
周吉「歩いて十四、五分かな」

小野寺「割に遠いんだね、こっちかい海」
周吉「イヤこっちだ」
小野寺「ふウん——八幡様はこっちだね？」
周吉「イヤこっちだ」
小野寺「東京はどっちだい」
周吉「東京はこっちだよ」
小野寺「すると東はこっちだね」
周吉「いやア、東はこっちだよ」
小野寺「ふウん、昔からかい」
周吉「ああそうだよ」
小野寺「こりゃア頼朝公が幕府を開くわけですよ、要害堅固の地だよ」

27＝渚に打ち寄せる波
七里ケ浜である。遠く江ノ島が見える。

28＝海に沿うドライブ・ウェイ
微風を切って、爽やかに自転車を走らせてゆく紀子と服部——
服部「大丈夫ですか、疲れませんか？」
紀子「ううん、平気よ」

29＝砂丘
乗り捨ててある二人の自転車。

30＝その近く
砂の上に腰をおろしている二人——
紀子（明かるく）「じゃ、あたしはどっちだとお思いになる？」
服部「そうだな……あなたはヤキモチなんか焼く人じゃないな」
紀子（微笑して）「ところがヤキモチヤキよ」
服部「そうかなア」
紀子「だって、あたしがお沢庵切ると、

いつだってつながってるんですもの」

服部「そりゃアしかし庖丁と俎の相対的な関係で、沢庵とヤキモチの間には何ら有機的な関連はないんじゃないですか？」

紀子「それじゃお好き、つながったお沢庵——？」

服部「たまにはいいですよ、つながった沢庵も——」

紀子「そう？」（と微笑）

31＝東京　田口の家　茶の間

周吉が来ている。まさが紋服をたたんでタトウに包みながら話している。

まさ「昔からみりゃ、近頃の若い人は随分変ったもんよ——ゆうべのお嫁さんなんか、相当お里もいいんだけど、出てくるご馳走はあらまし食べちゃうしお酒ものむのよ」

周吉「ふウむ」

まさ「真ッ紅な口して、おサシミぺろッと食べちゃうんですもの、驚いちゃったわ」

周吉「そりゃ食うさ、久しく無かったんだもの」

まさ「だって、あたしなんか胸が一ぱいで、お色直しの時おムスビ一つ食べられなかったもんよ」

周吉「今なら食べるよお前だって」

まさ「まさか——でも、なってみなきゃわからないけど……」

周吉「そりゃ食うよ」

まさ「そうかしら」

周吉「そりゃ食うよ」

まさ「そうねえ、でもおサシミまでは食べないわよ」

周吉「イヤ食うよ」
まさ「そうかしら」
周吉「そりゃ食うよ」
まさ「――でも、メソメソされるのも困るけど、ああシャアシャアと行かれちゃうんじゃ、親だって育て甲斐がないわねえ……」
周吉「そりゃまァご時世で仕様がないさ」
まさ「紀ちゃんどうなの？」
周吉「あれだってメソメソなんかしやしないよ」
まさ「いいえさ、お嫁の話よ――もう身体の方もすっかりいいんでしょう？」
周吉「ああ、そりゃいいんだがね……」
まさ「ほんとなら、もうとうに行ってなくちゃ……」
周吉「ウム……」
まさ「あの人なんかどうなの、ほら――」
周吉「誰だっけ」
まさ「兄さんの助手の……」
周吉「ああ、服部かい？」
まさ「どうなの、あの人なんか」
周吉「ウム、――いい男だがね、紀子がどう思ってるか……なんともなさそうだよ、大へんあたりまえに、アッサリつきあってるようだがね」
まさ「そうよ、そういうもんよ、今時の若い人達ですもの」
周吉「そうかね」
まさ「そりゃわからないわよ、そんなこと、おなかンなかで何を思ってるか」
周吉「そうかねえ」
まさ「一度聞いてごらんなさいよ」
周吉「誰に？」
まさ「紀ちゃんによ」
周吉「なんて？」

まさ「服部さんどう思うって」
周吉「なるほどね……じゃ聞いてみようか」
まさ「そうよ、そりゃわからないもんよ」
周吉「うむ」
まさ「案外そんなもんよ」
周吉「うーむ……」（と考える）

32＝夕方　鎌倉　曾宮の家の表
周吉が帰ってくる。

33＝玄関
周吉、這入って来る。
周吉「ただ今――」
紀子「お帰んなさい（と夕食の仕度中らしい様子で現われて）お早かったのね」
周吉「うむ」
と紀子にカバンを渡す。

34＝茶の間
お膳の仕度がしてある。
紀子が来る。つづいて周吉――
周吉「叔母さんとこで奈良漬貰って来た、カバンにはいってる」
紀子「そう（とカバンから出し、机の上の葉書を取って）二十八日ペン・クラブですって――」（と渡す）
周吉（受取って）「ああ、カントリー・クラブでやるのか、今度は――」
紀子「今度の土曜日よ」
周吉「うん」
紀子「うち、服部さんいらしったのよ」
周吉（と見て）「いつ？」
紀子「お昼ちょいと過ぎ――すぐご飯召上る？」
周吉「ああ」

紀子「散歩に行ったのよ、自転車で」
周吉（明かるく）「服部とかい？」
紀子「いい気持だったわ、七里ケ浜――」
と云い捨てて台所の方へ去る。
周吉、何か心たのしく、上衣とズボンをぬいで、台所の方へ出てゆく。

35＝中廊下
周吉が来ると、出合い頭に紀子が台所から鍋を持って出て来る。
周吉「服部、なんだって？」
紀子「ううん、別に……」
と茶の間へ這入ってゆく。
で、周吉はそのまま突き当りの洗面所へゆく。

36＝洗面所
そこで手を洗いながら――
周吉「紀子、タオル――」
紀子がタオルを持って来て、
紀子「はい」
と渡すと――
周吉「自転車、二人で乗っていったのかい？」
紀子「まさか――借りたのよ、清さんとこのを」
と台所へ去り、お櫃を持って茶の間へゆく。

37＝茶の間
紀子、お櫃をそこへ置くと、脱ぎ捨てられた服を片づける。
周吉が戻って来る。
紀子が着物を着せかけてやる。
周吉「シャボン、もうないぞ――帯……」
紀子「はい」（と帯をとって渡す）

周吉、食卓の前にすわる。
周吉「今日はよかったろう、七里ケ浜」
紀子「ええ――（と向い合ってすわりながら）茅ケ崎の方まで行っちゃったのよ」
周吉「そうかい」
で、紀子はご飯をつけ、周吉もおつゆをよそう。
紀子（ご飯を渡しながら）「なんだか黒いもの……」
周吉「うむ――（そして食事を始めながら）お前、服部さんどう思う？」
紀子「どうって？」
周吉「服部だよ」
紀子「いい方じゃないの」
周吉（黙々と食事をつづけながら）「ああいうのは、亭主としてどうなんだろう？」
紀子「いいでしょう屹度」
周吉「いいかい」
紀子「やさしいし……」
周吉「そうか……そうだね」
紀子「あたし好きよ、ああいう方」
周吉「ふウン――叔母さんがね、どうだろうっていうんだけど……」
紀子「何が？」
周吉「お前をさ、服部に」
紀子、途端に吹き出しそうになり、茶碗と箸を置いて、笑いを忍ぶ。
周吉「なんだい？」
紀子「お茶……お茶頂戴……」
周吉（お茶をついでやりながら）「どうしたんだ」
紀子「だって、服部さん、奥さんお貰いになるのよ、もうとうからきまってるのよ」

周吉「――そうか……」
紀子「とても可愛い綺麗な方――第一あたしより三ツ年下の……」
周吉「そうか……」
紀子「いずれお父さんにもお話あるわよ、その方よく知ってるのよ、あたし――」
周吉「そうか……」
紀子「お祝い何あげようと思ってるんだけど……」
周吉「そうかい……結婚するのかい、服部……」
紀子「ねえ、何がいい？」
周吉「うーむ……きまってたのかい、お嫁さん……」
　食事をつづける二人。

38＝銀座の舗道
　風景描写一、二――

39＝喫茶店
　明かるく向い合っている紀子と服部――
紀子「ねえ、何がいいの？」
服部「そうですね……」
紀子「どんなもの？」
服部「そりゃ先生から頂くんなら、何か記念になるものがいいな」
紀子「せいぜい二、三千円までのものよ、高くて」
服部「何がいいかな」
紀子「ある？　そんなもの――」
服部「ありますよ、考えますよ」
紀子（ニッコリして）「お二人でね」
服部「そうしましょう」
紀子「まア……」
服部「ね、紀子さん、厳本真理のヴァイ

オリン聴きに行きませんか」
紀子「いつ？」
服部「今日、切符があるんですがね」
紀子「いいわね」
　服部、切符を二枚出して、見せる。
紀子（微笑して）「これ、あたしのために
　取って下すッたの？」
服部「そうですよ」
紀子「ほんと？」
服部（微笑して）「ほんとですよ」
紀子「そうかしら——でもよすわ、恨ま
　れるから」（と返す）
服部「いいですよ、行きましょうよ」
紀子「いやよ」
服部「恨みませんよ」
紀子「でもよしとくわ」
服部（微笑して）「繋がってますね、お沢
　庵」
紀子（明かるく）「そう、庖丁がよく切れ
　ないの」

40＝劇場の廊下

　開演中で、ヒッソリと静まり、ただ扉の前に女給仕が佇んでいるだけである。
　場内から聞えるヴァイオリン・ソロ
——

41＝場内

　服部がそのヴァイオリン・ソロに聴き入っている。
　隣の椅子があいている。

42＝黄昏の丸の内の舗道

　（ヴァイオリン・ソロをここまでかぶせて——）なんとなく寂しそうに、紀子が一人で歩いている……。

43＝夜　鎌倉　曾宮の家　茶の間

周吉がひとり夕刊を読んでいる。
表の戸があく。

女の声「こんばんは――」
周吉「誰？」
女の声「小父さま？」
周吉「アヤちゃんか」
女の声「ええ」
で、周吉が立ってゆくと――

44＝玄関

紀子の同窓の北川アヤ（二十七）が訪ねて来ている。

周吉「ああ、お上りよ」
アヤ「ええ――紀ちゃんは？」
周吉「もう帰ってくるよ、まアお上り」
アヤ「ええ」

45＝茶の間

周吉、来て、座蒲団を敷く。アヤが這入って来る。

アヤ「こんばんは――」
周吉「さ、こっちへおいでよ」
アヤ「葉山の姉のとこへ行ったもんですから……」
周吉「ああそう――アヤちゃん、近頃盛んなんだってね」
アヤ「何がですの？」
周吉「なかなかいそがしいんだっていうじゃないか」
アヤ「そうでもありませんわ」
周吉「ひっぱり凧なんだって？　タイピスト――」
アヤ「タイピストっていうんじゃないのよ。ステノグラファーよ」

周吉「ああそうか、そりゃ失礼——じゃ英語の速記もやるんだね？」
アヤ「やるわよ」
周吉「偉いんだね」
アヤ「偉くもないけど……」
周吉「イヤ偉いよ——もう小遣いには困らないね」
アヤ「まアまアね」
周吉「その後、あれかい、お父さんお母さん、なんともおっしゃらないかい？」
アヤ「何を？」
周吉「お嫁の話——」
アヤ「ええ、ここんとこ暫く——いいあんばい」
周吉（微笑して）「一度で懲々《こりごり》かい？」
アヤ「何？　結婚？」
周吉「うん」
アヤ「そうでもないけど……」
周吉「なんとか云ったね？」
アヤ「誰？」
周吉「ほら、前の——」
アヤ「ああ、健？」
周吉「ああ、健吉君か——逢わないかい、その後」
アヤ「ええ、一度も」
周吉「逢ったら、アヤちゃん、どうする？」
アヤ「睨みつけてやるわ」
周吉「そんなにイヤかい」
アヤ「逃げ出しちゃうわ、とッても嫌い」
周吉「そうかね」
表の戸があく。
紀子「ただ今——」
アヤ「お帰んなさい！」
と勢いよく立上ろうとするとシビレがきれている。

周吉「どうしたい？」
アヤ「シビレきれちゃって……」
　紀子が這入って来る。
紀子（明かるく）「ああ、来てたの、アヤ
——（周吉に）ただ今」
周吉「あああお帰り」
アヤ「お父さまと懇談しちゃった」
紀子「泊ってくんでしょ？」
アヤ「うん」
紀子「二階行かない？」
周吉「お前、ご飯は？」
紀子「いいの、お父さんおすみになった
んでしょう？」
周吉「うん、おれは食った」
紀子「じゃ……」
　と会釈して出てゆく。

46＝階段

　二人、上ってゆく。

47＝二階

　二人、来る。
アヤ「紀子、こないだのクラス会、どう
して来なかったの」
紀子「大勢来た？」
アヤ「十四、五人——椿姫も来たわ」
紀子「ああ村瀬先生もいらしったの？
　相変らず口角泡を飛ばしてた？」
アヤ「うん、ツバキだらけ。それが紅茶
に這入るのよ、だから、まわりの人だァ
れも飲まないの。あたしは遠くにいたか
ら飲んだけど——」
紀子「あの人来た？　ほら——」
アヤ「誰？」
紀子「学校出てすぐお嫁に行った——」
アヤ「ああ池上さん？　来たわ——ずる

いのよ、あの人、椿姫がお子さんおいくたり？　って聞いたら、三人でございます、って澄まァしてるの、ほんとは四人いるのよ、一人サバよんでるの」
紀子「もう四人？」
アヤ「うん、そうなのよ――それからスケソーダラね――」
紀子「ああ、篠田さん？」
アヤ「うん、あの人放送局やめてお嫁に行くんだって」
紀子「どこへ？」
アヤ「三河島第一班――」
紀子「ほんと？」
アヤ「なんとなくそんな気がするじゃないの？」
　で二人が面白そうに笑っていると、襖があいて周吉がパンと紅茶の仕度をして持って来る。
紀子「あ、どうも……」
周吉「パンに紅茶だ」
アヤ「小父さま、すみません」
周吉「いや――これでいいのかな」
紀子「あ、お砂糖がない……」
周吉「ああそうか」（と戻りかける）
紀子「お父さん、いいのよ、あたし取りに行きますわ」
周吉「そうかい、じゃお父さん先に寝るよ。アヤちゃん、おやすみ」
アヤ「おやすみなさいませ」
紀子「おやすみ……」
周吉「おやすみ」
　周吉、出ていく。
紀子「食べる？　パン」
アヤ「もっとあとで――ちょいと、スプーンもないじゃないの？」
紀子「そうなのよ――あの人来てた？

渡辺さん……」
アヤ「あ、クロちゃん来なかった。あの人今これなんだって、ラージーポンポン。七ケ月……」
紀子「ふウん、あの人いつお嫁にいったの？」
アヤ「まだいかないのよ」
紀子「まあいやだ」
アヤ「いやだって仕方がないわよ、すべては摂理よ、神様の……もうあんたと広川さんだけよ、お嫁に行かないの」
紀子（平然と）「そお？」
アヤ「いつ行くのよ、あんた」
紀子「行かないわよ」
アヤ「行っちゃいなさいよ早く」
紀子「いやよ」
アヤ「行っちゃえ行っちゃえ」
紀子「何云ってんのよ。あんた、そんなこと云う資格ないわよ」
アヤ「あるわよ。大ありよ」
紀子「ないない、出戻り！」
アヤ「あるある！　まだワン・ダンだ！　これからよ、ヒット打つの」
紀子「あんた、まだヒット打つつもり？」
アヤ「そうよ。第一回は選球の失敗だもの、今度はいい球打つわよ。行っちゃいなさい、あんたも早く！」
紀子「……」（呆れ顔で笑っている）
アヤ「何笑ってんのよ！　真面目な話よ」
紀子「ねえちょいと、パン食べない？」
アヤ「パン、あとあと」
紀子「お腹すいちゃった……」
アヤ「すいてもいいの！」
紀子「じゃ、あたしだけ食べる」（と立つ）
アヤ（慌てて）「あたしも食べるんだ、実

は」
紀子「仕度してくるわね」(と行く)
アヤ「ジャムない？」
紀子「ある」
アヤ「持って来て、少し」
紀子「どっさり、実は」
アヤ「そう」
と、紀子出てゆく。

48＝階下の部屋
暗い——。紀子がおりて来て電灯をひねり、足音をひそめて台所の方へ去る。
空っぽの部屋で時計が十二時を打つ。

49＝東京　焼跡の空き地
子供たちが三角野球をやっている。

50＝田口の家の子供部屋
まさの息子の勝義（愛称ブーちゃん、十二）が何か不機嫌な顔でグローヴに油を塗っている。

紀子が相手になっている。

紀子「ブーちゃん……」

勝義「……」(返事もしない)

紀子「ブーちゃん、どうして野球しないの？　喧嘩でもしたの？」

勝義「……」(まだムッツリしている)

紀子「何おこってんのよ」

勝義「乾かないんだよォ、エナメル」

紀子「何のエナメル」

勝義「バットだよォ」

見ると、エナメルを塗ったバットが机の上に立てかけて、乾かしてある。

紀子「ああ、赤バットにしたのね」

勝義（突慳貪《つっけんどん》に）「そうだよォ」

紀子「アラアラ、廊下エナメルだらけに

して、おこられるわよ！　お母さんに！」
勝義「もうおこられちゃったい！」
紀子「泣いたんだろ」
勝義「泣きゃしないやい！　あッち行け、ゴムノリ！」
紀子「なんだいブー！　泣いたくせに！」
勝義（いきなり、油のグローヴを突き出して）「くッつけちゃうぞ、あっち行けエ、ゴムノリ！」
紀子がハッと身を避けると、そこへ襖があいて、まさが顔を出す。
まさ「紀ちゃん——」
紀子（ふり返って）「お客様お帰りになって？」
まさ「いまお帰りになるとこ。ちょいと来てよ」

51＝玄関
三輪秋子が土間にたたずんでいる。
まさと紀子が来る。
まさ「アノ、これ曾宮の娘の紀子です。こちら三輪さん——」
紀子「……」（しとやかにお辞儀する）
秋子「三輪でございます、いつも北鎌倉で……」
紀子「はあ……」（と会釈）
秋子（改めてまさに）「どうも大へんお邪魔してしまって——」
まさ「いいえ、どういたしまして」
秋子（紀子に）「では、いずれまた」
紀子「はあ……」
秋子「ごめん下さいませ」
まさ「失礼申し上げました」
で、秋子が帰っていくと——
まさ「紀ちゃん、ちょいと」

と先に立って奥へ――。

52＝茶の間

まさと紀子が来る。

まさ「ちょいとそこへすわってよ」

紀子（すわりながら）「何、叔母さん――？」

まさ「ううん、ね、あんたもそろそろお嫁に行かなきゃならない時だし……」

紀子「ああ、そのこと？　いいのよ、叔母さん」

と立ちかかる。

まさ「よかないわよ、おすわんなさいよ」

紀子「――？」（再びすわる）

まさ「実はいい人があるんだけど、一度あんた会ってみない？」

紀子「………」

まさ「佐竹さんって、東大の理科出た人で、おうちは伊予の松山の旧家なの、いま丸ノ内の日東化成にお勤めでね、その方のお父さんも戦争前まではそこの重役してらしったの。年も三十四で、あんたとはちょうどいいし、会社でもとても評判のいい人なのよ。どお？」

紀子「………」

まさ「ほら、なんてったっけ、アメリカの……」

紀子「――？」

まさ「こないだ来た野球映画のさ、あの男……」

紀子「ゲーリー・クーパー？」

まさ「そうそう、クーパーか、あの男に似てるの、口元なんかそっくりよ」

紀子「……」（笑っている）

まさ（自分の額から上を手でさえぎって）「この辺から上違うけど……」

紀子、クスクス笑う。
まさ「ねえ、一度会ってみない？　ほんとに立派ないい人よ」
紀子「………」
まさ「ねえ、どお？」
紀子「あたしまだお嫁に行きたくないの」
まさ「まだってあんた、どうしてさ」
紀子「どうしてって……あたしがお嫁に行くと困るのよ」
まさ「だれが？」
紀子「お父さんよ、あたしは馴れてるから平気だけど、あれで変に気むずかしいところもあるの。あたしがいなくなると、お父さん屹度困るわよ」
と立って縁側へ出る。
まさ「困るったって仕様がないわよ」
紀子（縁側の椅子に腰かけて）「だけどお父さんのこと、あたしが一番よく知ってるのよ」
まさ「でも、お父さんはお父さんのこととして、あんたはどうなのさ？」
紀子「あたしそれじゃいやなの」
まさ「そんなこと云ってたら、あんた一生お嫁に行けやしないよ」
紀子「それでいいの」
で、言葉が途絶える。
まさ「――ねえ紀ちゃん、さっきの三輪さんねえ……」
紀子「――？」
まさ「お父さんにどう？」
紀子「どうって？」
まさ「あんたがいなくなりゃ、お父さんも困るだろうし……」
紀子　（じっと見返して）「――？」
まさ（つづけて）「どうせ誰かに来て貰うんなら、あの人なんかどうかしら――ちょいと、も一度ここへ来てすわってよ」
紀子、立ってゆく。
まさ「あの人も、いいお宅の奥様だったんだけど、旦那さま亡くして、子供さんもないし、気の毒な人なのよ。ねえ、どうかしら？　――しっかりした人だし、好みもいいし……」
紀子（真剣な顔で）「そのお話、お父さん知ってらっしゃるの」
まさ「こないだ、ちょっと話してみたんだけど……」
紀子「お父さん、なんておっしゃって？」
まさ「フンフンってパイプ磨いてたけど、別にいやでもなさそうだった」
紀子（急に不機嫌に）「だったらあたしにお聞きになることないわ」
まさ「でも、あんたの気持も聞いときたいしさ、どう？」
紀子（素ッ気なく）「いいんでしょ、お父さんさえよかったら」

53＝鎌倉　午後　線路ぎわの道
紀子がボンヤリ考えながら帰って来る。
線路を上り電車が轟然と通過してゆく。

54＝家の表
紀子、帰って来る。あけて這入る。

55＝家の中
縁側で、湯上りの周吉が爪を切っている。
紀子が黙って部屋へ這入って来る。
周吉「あ、お帰り。どうだったい、叔母さんとこ？」
紀子（冷たく）「別に……」
周吉「お風呂沸かしてもらったよ、いま

ちょうどいいよ」
紀子、答えず、茶の間へ這入ってゆく。
周吉、その様子を見て、気にして立ってゆく。

56＝茶の間
紀子が火鉢の前で考えている。
周吉「おい……」
紀子（振り向いて冷たく）「なに？」
周吉「なんだったい、叔母さんとこ？」
紀子「…………」
周吉「どうしたんだい」
紀子「…………」
周吉「どうかしたのか」
紀子、答えず、スーッと立って出て行きかける。
周吉「どこ行くんだい、おい」
紀子（冷たく）「買いもの……」
と出てゆく。
周吉、不審げに見送る。

57＝家の表
紀子が買物籠を下げて出て来る。
力なく考えこみながら歩いて行く。

58＝明るい朝　鎌倉　竹藪の前の畑
隣家の主人、林清造（四十七）が野良仕事をしている。
――鶯の声――

59＝曾宮の家
縁側の近くで清造の女房しげ（四十四）が布巾を刺している。
表の戸があく。
男の声「ごめんなさい……ごめんなさい……」

しげ、立ってゆく。

60＝玄関

しげが出て来ると、服部が立っている。

しげ「あれ、ま、今日はどなたさんもお留守でしたよ。皆さん朝からお出かけで」

服部「ああ、そうですか」

しげ「お能へ行くとかって、せえなすってね。出かけて行きなせいましたですよ」

服部「ああそうですか。じゃ、お帰りになったらこれを――」

と風呂敷包みから、結婚祝いのお返しの品物を出し、それに写真を添えて差し出す。

しげ「ああさいですか、かしこまりましたです」

服部「お礼に伺ったと云って下さい」

しげ「さいですか、お気の毒さんでしたよ」

服部「いいえ、じゃ――」

しげ「ごめんなせいまし」

服部、帰ってゆく。

しげ、品物を持って奥へ戻る。

61＝座敷

しげ、来て、品物を机の上へ置き、ふと、それに添えられた写真を取って見る。

服部の新婚写真である。

と、庭先きへ清造が来る。

清造「ちっとべえ薪でも割っとくかな」

しげ「ああ――なアあんた、見てみなよ、これ」

と写真を出す。

清造、縁側に乗り出してのぞく。
清造「アレ、服部さんだな、これ」
しげ「この人、紀子さんの旦那さんになるかと思ってたによ」
清造「ほんとだ」
しげ「うめえこと写すもんだね、そっくりだね、嫁さん別嬪さんだしよ」
清造「うーむ」
と二人で見入っている。

62＝能楽堂
観能中の周吉と紀子――大鼓小鼓の響き……。

周吉、謡本を見ながら、ふと向うを見て誰かに会釈する。

紀子、それで気がついて、その方を見ると――

向うの席に三輪秋子が来ている。

で、紀子も会釈する。

秋子もしとやかに黙礼を返す。

周吉はそのままた謡本と舞台とに気を取られているが、紀子にしてみると、何か父と秋子との間のつながりが心にかかるので、またそれとなく秋子の方を見る。

舞台に見入っている端麗な秋子の姿。

父もそれッきり秋子の方を見ないし、秋子も再び父の方を見ようとはしないが、しかし紀子だけは何か心が穏やかでない。

だんだん不愉快になってくる。

舞台では地謡が始まり、能がつづいている。

63＝帰りの路（戦災を受けた閑かな邸町）
周吉と紀子が来る。

紀子の胸には先刻のこだわりが重く残っている。
周吉（淡々と）「──今日のお能はなかなかよかったよ……」
紀子「…………」
周吉「多喜川でご飯でも食べて帰ろうか」
紀子「…………」
周吉「どうする？」
紀子（冷たくキッパリと）「あたしちょっと寄り道があるの」
周吉（気軽に）「どこだい？」
紀子（不機嫌に）「いいの」
周吉（初めてその不機嫌に気がついて）「帰りおそいのか？」
紀子（冷たく）「わからない」
云い捨てると、紀子はそこの路を斜めに向う側へ小走りに横切ってゆく。
周吉、さすがに険しく見送る。

64＝向う側
そこまで来ると、紀子はまた考えながら歩く。

65＝こっち側
遠く向うに紀子の姿を見ながら、周吉もコツコツ歩いてゆく。

66＝洋館の一角
そこに夕陽があたって──

67＝北川邸の応接室
紀子が窓から庭を眺めてボンヤリたたずんでいる、その後姿が寂しい。
庭の芝生に仔犬が一ぴき嬉々として独り戯れている。紀子、やがて力なく椅子に戻って腰をおろす。

アヤが元気よく這入って来る。
アヤ「ごめんね、待たせて」
紀子「ううん……」
アヤ「ちょいと手が放せなかったのよ。ショートケーキこさえてたの。バニラ少し入れすぎちゃった。でもおいしいわよ。（と前掛を取りながら）――あっちの部屋へ行かない？」
紀子（曖昧《あいまい》に）「うん……」
アヤ「さ、行こう！（と手を取って引き起し）ずいぶん冷たい手してんのね、あんた」
と先に立って部屋を出ながら、
アヤ「ふみイ！（と女中を呼んで、ドア口で女中に）あ、今のお菓子ね、あっちの部屋へ持って来て――」
と前掛けを投げ渡し、紀子の背を押して去る。
ウェストミンスターの時計が綺麗な音で時を打つ……。

68＝小ぢんまりした瀟洒な洋室
テーブルの上に紅茶の仕度がされ、ショートケーキが置いてある。
紀子とアヤが窓ぎわの椅子に着いている。
アヤ「どうしてそんな気になったのさ――？」
紀子（考えている）「……」
アヤ「ねえ、どうして？」
紀子（元気なく）「ただ、なんとなしに……」
アヤ、その様子を見て立ち、テーブルのショートケーキを持って来て、
アヤ「食べない？」
紀子「ね、むずかしいもの？」

アヤ「何が？」

紀子「ステノグラファーになるの」

アヤ「そりゃ大してむずかしいもんじゃないわよ、あたしだってやってるんだもの――ねえ、食べない？　おいしいわよ（とショートケーキを手渡して）――だけどあんた、今からそんなことしてどうするつもり？　――ねえ、どうするつもりなの？」

紀子「だから、ただなんとなしに……」

アヤ「なんとなしにやられちゃかなわないわよ！（そしてショートケーキを食べながら）あたしだって健があんな奴でなかったら、今時分こんなことしてやしないわ。出戻りでしきいが高いから始めたのよ。あんたなんかさッさとお嫁に行きゃいいのよ！」

紀子「そんなこと聞いてやしないわよ！」

アヤ「聞いてなくったって教えてあげるのよ！」

紀子「教えてほしくないわ、そんなこと」

アヤ「いいから只なんとなしに行っちゃいなさい！」

で、紀子は一旦手にしていた菓子皿をそのまま手もつけずに腹立たしげにポンと置く。

アヤ「食べないの？」

紀子「ほしくないの！」

アヤ「お上んなさいよ！」

紀子「食べたくないの！」

アヤ「おいしんだったら！」

紀子「沢山！」

アヤ「何さ、これッくらい！　あたしがこさえたんじゃないの、お上んなさいよ！」

紀子「いやなの！」

アヤ「お上んなさいッたら！　無理にだって食べさせるわよ！」
紀子「いやなのよ！」
アヤ「何さヒス！　いやならいいわよ！」
紀子（言葉がグッと咽につかえる）
「……」
アヤ「だからあんた、早くお嫁に行きゃいいのよ」
紀子、黙って立ち上り、ハンドバッグを手にとる。
アヤ「どこ行くのよ」
紀子「帰る」
アヤ「帰る？　ほんとに帰るの？」
紀子「……」（行く）
アヤ「あんた泊って行くんじゃなかったの？　泊ってらっしゃいよ」
と追って出ていく。あとに残されたショートケーキ。

69＝夜　鎌倉　曾宮の家　茶の間
周吉がチャブ台で何か調べ物をしている。

70＝玄関
紀子が元気なく帰って来る。

71＝茶の間
——紀子が来る。
周吉（調べ物をつづけながら）「お帰り！」
紀子（冷たく）「ただ今……」
周吉「どこ行ったんだい？」
紀子「アヤのとこ」
と答えてそのまま別室へ去ろうとする。
周吉「おい——叔母さんとこから手紙が来たんだがな」

紀子「――?」
周吉「土曜日にお前に来てくれって云ってるんだ、明後日……」
紀子、なんとも答えず、去る。
周吉、見送って、また調べ物にかかる。と、紀子が出て来る。
周吉（調べ物をつづけながら）「あらましの話は、こないだ行った時聞いたんだろう?」
紀子「…………」
周吉「一度会ってごらん、その人もくるんだそうだ」（とそこにある速達を押しやる）
紀子「そのお話、お断わり出来ないの?」
周吉「まあ一度会ってごらん、いやならその上で断わったっていいじゃないか」
紀子、答えず、再び黙って去りかける。
周吉「紀子――」

紀子「――?」
周吉「ちょいとおすわり」
紀子、冷やかな顔で、戻ってすわる。
周吉「叔母さんからも聞いたろうが佐竹っていうんだがね、その男。――お父さんも会ってみたが、なかなか立派ないい男なんだ。あれならお前としても、まアに不満はなかろうと思うんだが、とにかく明後日行って会ってごらんよ」
紀子「…………」
周吉「お前もいつまでもこのままでもいられまいし、いずれはお嫁に行ってもらわなきゃならないんだ。ちょうどいい時だと思うんだが……」
紀子「…………」
周吉「どうだろう。叔母さんも大へん心配してくれてるんだよ。なア――?」
紀子「でもあたし……」

周吉「うむ？」
紀子「このままお父さんと一緒にいたいの……」
周吉「そうもいかんさ」
紀子「…………」
周吉「そりゃお前がいてくれりゃ何かにつけてお父さんだって重宝なんだが……」
紀子「だったらあたしこのまま……」
周吉「いや、そりゃいかんよ。お父さんも今まであんまりお前を重宝に使いすぎて、つい手放しにくくなっちゃって……すまんことだと思ってるんだ」
紀子「…………」
周吉「もう行ってもらわないと、お父さんにしたって困るんだよ」
紀子「だけど、あたしが行っちゃったら、お父さんどうなさるの？」
周吉「お父さんはいいさ」
紀子「いいって？」
周吉「どうにかなるさ」
紀子「それじゃあたし行けないわ」
周吉「どうして？」
紀子「ワイシャツだってカラーだって、お父さん汚れたままで平気だし、朝だってきっとお髭お剃りにならないわ」
周吉（苦笑して）「髭くらい剃るさ」
紀子「だけど、あたしが片づけなきゃ、机の上だっていつまでたってもゴタゴタだし、それに、いつかご自分でお炊きになった時みたいに、おコゲのご飯毎日召上るのよ。お父さんのお困りになるの目に見えるわ」
周吉「うむ……。だが、もし例えばだ、そんなことでお前に心配をかけないとしたらどうだろう？　仮りに、誰かお父さんの世話をしてくれるものがあったら……」

紀子「誰かって？」

周吉「例えばだよ」

紀子「じゃお父さん、小野寺の小父さまみたいに……」

周吉（曖昧《あいまい》に）「うん……」

紀子「奥さんお貰いになるの？」

周吉「うん……」

紀子（愈々鋭く）「お貰いになるのね、奥さん」

周吉「うん」

紀子「じゃ今日の方ね？」

周吉「うん」

紀子「もうおきめになったのね？」

周吉「うん」

紀子「ほんとなのね？……ほんとなのね？」

周吉「うん」

紀子「……」（堪えられなくなる）

そしてサッと立ち上ると、逃げるように出てゆく。

72＝階段

紀子、駆けるように上ってゆく。

73＝二階

紀子、駆け上っては来たものの、ここまでくると足が緩くなり、ドッカリと椅子にかけて、じっと考えこむ。と、やがて周吉が階段を上って来る気配がする。

紀子（父が来た気配に）「こないでお父さん！」

そこのしきいぎわに立ってじっと見ている周吉……。

紀子「下行ってて！　……下行ってて！」
　周吉、静かに近づく。
周吉「ま、とにかく明後日行っとくれね」
紀子「…………」
周吉「みんながお前のこと心配してくれてるんだから……」
紀子「…………」
周吉「いいね？　行ってくれるね？　——頼むよ……」
紀子「…………」
　周吉、静かに出てゆきながら、ふと、階段の上の窓から夜空を見上げて——
周吉「ああ、明日も好い天気だ……」
　と呟やいておりてゆく。
　紀子、その足音を聞いている間に、ぐッと胸が迫って来て、サッと両手で顔をおおい、声を忍ばせて泣き入る。

74＝鎌倉　八幡宮の境内
　拝殿のあたりを散歩姿の周吉とまさが来る。
まさ「紀ちゃん、なんて云ってるの？」
周吉「別になんとも云わないんだよ」
まさ「なんとも云わないって、もうお見合いがすんで一週間にもなるのに……（と立ち止って）お返事しないわけにもいかないわよ」
周吉「うむ……そうなんだがね、あんまりしつこく聞いて、こじれられても困るしね」
まさ「先方じゃ大へん気に入って乗り気なのよ、あの人なら紀ちゃんもいうことないと思うんだけど……」
周吉「うむ……」
　そしてふと見ると、向うで写真屋が、地方から見物に来たらしい若い男と女の写真を写している。

それを見て歩きながら、

まさ「紀ちゃんまたなんだって今日東京へ行ったの？　のんきすぎるわよ兄さんも……」

周吉「…………」

まさ「今日はどうしても返事を聞いてかなきゃ……。紀ちゃん何時ごろ帰るって？」

周吉「さア……」

と、不意に、まさがチョコチョコと横へ切れて何か拾う。

まさ「兄さん、蟇口ひろっちゃった……」

そして戻って来て中をあけてみて、

まさ「こりゃ運がいいわよ、きっとこの話うまくいくわよ」（と蟇口をふところへ入れる）

周吉「お前、届けないのかい」

まさ「そりゃ届けるけどさ、だって縁起がいいじゃないの（とふところを叩いて）行きましょう！」

と急にトコトコ先に立って石段を上ってゆく。

そのあとから周吉がゆっくり上ってゆく。まさは中途で振り返って手招きするが恰度そこをお巡りさんが通りかかったのを見ると、急にまたセカセカ上ってゆく。

75＝東京　北川邸　洋室

紀子が来て、アヤと話している。

アヤ「ふうん、どんな人だった？」

紀子「…………」

アヤ「どんなタイプよ」

紀子「…………」

アヤ「肥ってンの？」

紀子「ううん」
アヤ「じゃ痩せッぽち？」
紀子「ううん」
アヤ「じゃどっちさ」
紀子「学生時分バスケットボールの選手だったんだって……」
アヤ「ふウん――好い男？」
紀子「……」（笑っている）
アヤ「どんな人よ」
紀子「叔母さんはゲーリー・クーパーに似てるって云うんだけど……」
アヤ「じゃ凄いじゃないの」
紀子「でも、あたしはうちにくる電気屋さんに似てると思うの」
アヤ「その電気屋さんクーパーに似てる？」
紀子「うん、とてもよく似てるわ」
アヤ「じゃその人とクーパーと似てるんじゃないの！　何さ！」
と邪慳に紀子の肩を突いて、一方のテーブルへゆき、そこで紅茶を入れながら――
アヤ「――でも、あんたにしちゃ感心よ。よくやったわね、お見合。――いいじゃないの、なかなか――考えることないじゃないの、行っちゃいなさいよ」
と云いながら紅茶を運んで――
アヤ「今時そんな人って滅多にいやしないわよ。いうことないわよ」
紀子「――でも、いやねえ……」
アヤ「何がさ」
紀子「お見合いなんて……」
アヤ「ぜいたく云ってるわ。あんたなんて、お見合でもしなかったらお嫁に行けやしないじゃないの！」
紀子「だって……」

アヤ「だってそうじゃないの！　じゃあんた、好きな人が出来たら自分で出かけてって結婚申込める？　そんな度胸ないじゃないの！　赤い顔してお尻モジモジさせるだけじゃないの！」
紀子「そりゃそうだけど……」
アヤ「見合いでいいのよ、あんたなんか！　――あたしは云えたけどさ、その代りみてごらんなさい、ちっともよかなかったじゃないの」
紀子「………」
アヤ「大体、男なんて駄目よ。ずるいわよ。結婚するまではうまいこと云っていいとこばっかり見せてるけど、結婚してしまうと、とてもいやなとこばかり出して見せるんだもの。恋愛結婚だってアテになりゃしないわよ」
紀子「そうかしら……」
アヤ「そうよ、おんなしことよ。行ってみるのよ。いやだったら出てくるのよ」
紀子「……」(笑う)
アヤ「平気よ。平気々々イ。とにかく行ってみるのよ。で、ニッコリ笑ってやンのよ。すると旦那様きっと惚れてくるから、そしたらチョコッとお尻の下に敷いてやンのよ」
紀子「まさか」
アヤ「そうよ、そういうもンなのよ。冗談だと思ってンの、あんた」
紀子「そうかしら……」(とニッコリする)
アヤ「そう！　そういう顔すりゃいいのよ！」
紀子「まア――」
アヤ「試してごらんなさい、きっと巧くいくわよ」

76＝夜　鎌倉　曾宮の家　茶の間
　周吉とまさ——
まさ「紀ちゃんおそいわねえ……」
周吉「うむ……」
まさ「あたし、またこようかしら」
周吉「もう少し待ってごらんよ。今度の
　電車で帰るよ」
まさ「そうかしら……」
周吉「いい返事してくれるといいけどね」
まさ「大丈夫よ。紀ちゃん気に入ってん
　のよ」
周吉「そうかな」
まさ「てれてンのよ、大体今時の娘にし
　ちゃ旧式なのよ、あのこ」
周吉「そうかな、うむ」
まさ「あれで、紀ちゃん、つまンないこ
　と気にしてんじゃないかしら」
周吉「何？」
まさ「名前、佐竹さんの」
周吉「佐竹熊太郎か」
まさ「ウム、熊太郎……」
周吉「いいじゃないか熊太郎、強そうで
　……そりゃお前の方がよっぽど旧式だよ、
　そんなこと気にしてやしないよ」
まさ「だって、熊太郎なんて、なんとな
　くこの辺（と胸のあたりをさして）モジ
　ャモジャ毛が生えてるみたいじゃないの。
　若い人って案外そんなこと気にするもん
　よ。それに紀ちゃんが行くでしょう？
　そしたら、あたし、なんて呼んだらいい
　の？　熊太郎さァんなんて、まるで山賊
　呼んでるみたいだし、熊さんて云や八さ
　んみたいだし、だからって、熊ちゃんと
　も呼べないじゃないの？」
周吉「うむ。でも、なんとかいって呼ば

なきゃ仕様がないだろう」
まさ「そうなのよ、だからあたし、クーちゃんて云おうと思ってるんだけど……」
周吉「クーちゃん?」
まさ「ウム、どう?」
表の戸があく。
まさ（急に緊張して声をひそめ）「あ、帰って来た!」
紀子「ただいま……」
まさ「来たわよ!」（と囁いて居ずまいを正す）
紀子が這入って来る。
紀子（冷たく）「ただいま――」
周吉「お帰り」
まさ「お帰んなさい」
紀子、そのまま黙って二階へ去る。
まさ（見送り、固唾《かたず》をのんで）「どうなんだろう」
周吉「うむ……」
まさ「あたし、聞いてくるわね」（と立つ）
周吉「おい」
まさ「何?」
周吉「うまく聞いてな」
まさ（のみこんで）「大丈夫よ」

77＝階段

まさ、緊張して上ってゆく。

78＝二階

紀子が外出着をぬいでいる。
まさが来る。
まさ「紀ちゃんお帰り……」
紀子「ただいま」
まさ「あのウ、こないだの返事ねえ――」

紀子、みなまで聞かず、ぬいだ物を持って一方へ――まさ、そのあとにつづく。

まさ「どうだろう？　……考えといてくれた？」

紀子答えず、椅子のところへ行って腰かけ、靴下をぬぐ。

まさはまたそのあとにつづいて、自分も椅子にかける。

まさ「ほんとにいいご縁だと思うんだけど……ねえ、どうなの？」

と不安そうに様子をうかがう。

紀子、それにも答えず、ぬいだ靴下を持ってまた立ってゆく。

まさもまたそれにつづいて立って行く。

まさ「ねえ、どう？　行ってくれる？　――ねえ、どうなの？」

紀子（気乗りもなく）「ええ……」

まさ（目を輝やかして）「行ってくれるの？」

紀子「ええ……」

まさ（パッと明かるく）「そう？　ほんとね？　行ってくれるのね？」

紀子（頷く）「……」

まさ「ありがとう！　あちらへそうお返事するわよ！　いいのね？　ああよかったよかった、これでほっとしたわ」

とセカセカ出てゆく。

79＝階段

まさ、セカセカおりて来る。

80＝茶の間

まさが来る。

周吉（見迎えて）「どうだった……？」

まさ「行ってくれるって！　思った通り」

周吉「そうかい、そりゃよかった！」
まさ「待っててよかったわ。（と帰り仕度をしながら）じゃ兄さん、あたしおいとまするわ。ああよかったよかった」
と玄関の方へ行く。周吉も立ってゆく。
まさ「さっそく先方へお返事しとくわ」
周吉「うん、ご苦労さんだったな」

81＝玄関
まさ、コートを着ながら……
まさ「まだ間に合うわね、九時三十五分――」
周吉「ああ、少しいそいだ方がいいよ」
まさ「そう……これでもう、あたしすっかり安心しちゃった。今晩からよく寝られるわ。日取りのことやなんか、いずれまたあたし来ますからね。兄さんもついでにまた寄ってよ」
周吉「ああ、行くよ」
そういう間に土間におりて……
まさ「やっぱり蟇口ひろったのよかったのよ」
周吉「ああ、あれ届けときね」
まさ「大丈夫よ、届けるわよ。じゃ閉めないで帰ります。さよなら」
周吉「ああ、ありがとう、気を付けてな」
まさ「ええ」
とセカセカ帰ってゆく。
周吉、土間へおりて鍵をかける。

82＝茶の間
周吉、ほっとした気持で戻って来る。と、見ると、紀子が来るので、
周吉「叔母さん、いま帰ったよ」
紀子（冷たく）「そう……」
周吉「大へん喜んでたよ」

紀子「……」（火鉢の前にすわる）
周吉「いいんだね、そう返事して……」
紀子「ええ……」（と何か元気がない）
周吉「だけど、お前、あきらめて行くんじゃないだろうね？」
紀子（冷たく）「ええ……」
周吉「いやいや行くんじゃないんだね？」
紀子（腹立たしげに）「そうじゃないわ」
周吉「そうかい、それならいいんだけど……」
紀子、つと立って出てゆく。
周吉、見送って——じっと考える。

83＝晩春の京都
朝まだき東山の塔——

84＝宿屋の洗面所
着いたばかりの周吉が歯を磨き、紀子が手を洗っている。
周吉「ゆうべ汽車の中、お前よく寝られたかい？」
紀子「ええ……」
周吉「お父さんもよく寝たよ。目が覚めたらもう瀬田の鉄橋だった」
紀子「あたしも名古屋から米原まで知らなかったわ」

85＝二階の部屋
二人のカバン等が置いてある。
小野寺が来て待っている。二人が戻って来る。
周吉「やあお待遠……さっぱりしたよ」
小野寺「疲れたろう紀ちゃん……？」
紀子「いいえ、そんなでも……」（と鏡台の前にゆく）
小野寺「そうかい……（周吉に）しかし、

よくやって来たね」
周吉「うん、紀子がね、急にお嫁に行くことになって……」
小野寺「ふん」
周吉「それでお別れに遊びに来たんだ――」
小野寺「そうかい、そりゃお目出度いな。そりゃよかった――（と紀子を見返って）お目出度う紀ちゃん、おい紀ちゃん、どんなお婿さんだい、小父さんとどうだい」
周吉「そりゃ比べものにならんよ」
小野寺「どっちだい」
紀子「そりゃ小父さまの方が素敵《すてき》よ」
小野寺「そうかい、ほんとかい――ご馳走するかな紀ちゃんに……（周吉に）どうだい、きょう昼――？」
周吉「うん」
小野寺「行こうか、瓢亭……」
周吉「いいな」
小野寺（紀子に）「美佐子も紀ちゃんに会いたがってるんだよ」
紀子（明かるく）「そう？　あたしもお目にかかりたいわ」
小野寺「その代り、きたならしいのもくるんだよ」
紀子「まア……」
小野寺「いいかい？」
紀子、困ったように笑って立ち上る。

86＝その宿屋の二階から見た東山

87＝清水寺

88＝その舞台

周吉と小野寺の後妻きく（三十八）

――少し離れて小野寺と紀子と美佐子（二十二）が欄干に倚って景色を眺めている。
きくは、しとやかでもあり、美しくもあり、見るからにいい奥さんである。
周吉（きくに）「京都はいいですねえ、のんびりしてて……」
きく「ええ……」
周吉「東京にはこんなとこありませんよ、焼跡ばかりで……」
きく「先生、時々おいでになりますの、京都――？」
周吉「いやア、何年ぶりですかなア……終戦後初めてですよ」
きく「まアそうですか」
その一方で――
小野寺「紀ちゃん、どうだい、きたならしいの……」
紀子（ハッと見て）「いやよ小父さま――」（と澄ます）
小野寺（微笑して）「聞かしてくれよ感想――」
紀子「……」（顔をそむけて澄ましている）
美佐子「なアにお父さま、きたならしいのって――」
小野寺「うむ？　不潔なんだよ、ねえ紀ちゃん」
紀子、困って、小野寺を軽く叩いてその場を逃れ、向うへ行って、そこでまた澄まして景色を眺める。そしてそっと振り返ると、こっちを見ていた小野寺がニコニコしながら手招きする。
紀子、首を振って、また澄まして景色を眺める。
――清水寺の舞台は長閑である。

89＝夜　宿屋の洗面所

水栓からポトリポトリしずかに水が落ちている。

90＝部屋

既に床が敷かれ、寝巻に着がえた周吉が床の上にあぐらをかいて、膝をなでている。紀子も寝仕度を整えて床の上にいる。

周吉「……今日はずいぶん歩いたな――お前、疲れなかったか？」

紀子（何か考えている様子）「いいえ……」

周吉「この前高台寺に行った時は、萩が盛りでなかなか綺麗だった……。明日はお前どうするんだい？」

紀子「十時ころ美佐子さんが来てくれって……」

周吉「どこ行くの？　なんだったら、博物館へも行ってみるといい」

紀子「ええ……」

周吉「寝ようか」

紀子「ええ……消しましょうか？」

周吉「ああ」

で、紀子が立って電灯を消すと、暗くなった部屋の窓に竹の影が映る。

周吉、床に這入る。紀子も床に就く。

紀子「――ねえ……」

周吉「うむ？」

紀子「あたし、知らないで、小野寺の小父さまに悪いこと云っちゃって……」

周吉「何を――？」

紀子「……小母さまって、とってもいい方だわ、小父さまともよくお似合いだし……きたならしいなんて、あたし云うンじゃなかった……」
周吉「いいさ、そんなこと……」
紀子「とんでもないこと云っちゃった……」
周吉「本気にしてやしないよ」
紀子「そうかしら……」
周吉「いいよ、いいんだよ」
　で、紀子はそのまま口を噤《つぐ》んで、じっと天井を見つめて考えつづける……。
紀子「……ねえお父さん……お父さんのこと、あたし、とてもいやだったんだけど」
　返事がない。
　で、見ると、周吉はもう眠りに落ちている。
　紀子はそのままじっと天井を見つめて考えつづける。
　周吉の静かな鼾《いびき》が聞えてくる。

91＝竜安寺　方丈の前庭
　所謂、相阿弥作「虎の子渡し」の石庭である。
　そこの方丈の縁側に、周吉と小野寺が腰をかけて休んでいる。
小野寺「――しかし、よく紀ちゃんやる気になったね」
周吉「うむ……」（と考えている）
小野寺「あの子ならきっといい奥さんになるよ」
周吉「うむ……持つならやっぱり男の子だね、女の子はつまらんよ――せっかく育てると嫁にやるんだから……」
小野寺「うむ……」
周吉「行かなきゃ行かないで心配だし……いざ行くとなると、やっぱり、なんだかつまらないよ……」

小野寺「そりゃ仕方がないさ、われわれだって育ったのを貰ったんだもの」
周吉「そりゃまァそうだ——」
と笑うが、その笑いにはどこか寂しい影がある。
——石庭のたたずまい。

92＝宿屋の庭
石灯籠に灯が這入って——。

93＝夜　部屋
紀子がカバンに荷物をつめ、周吉は紀子が買って来たらしい絵葉書などを見ている。
紀子「お父さん、それ取って頂だい」
周吉「うん？（とそばの何かを取って渡し）早いもんだね、来たと思うともう帰るんだね」
紀子（頷いて）「でも、とても愉しかった、京都……」
周吉「うむ、来てよかったよ——ぜいたくいえば切りがないが、奈良へも一日行きたかったね」
紀子「ええ……」
周吉（見ていた絵葉書を渡す）「オイ、これ」
紀子、受取ってカバンに入れる。
周吉（手廻り品などをゴソゴソ片づけながら）「こんなことなら、今までにもっとお前と方々行っとくんだったよ、もうこれでお父さんとはおしまいだね」
紀子「……」（荷物をつめていた手がふと止る）
周吉「帰ると今度はいそがしくなるぞお前は——叔母さん待っているだろう……」

紀子「……」（項垂《うなだ》れている）
周吉「明日の急行もいいあんばいにすわれるといいがね」
紀子「…………」
周吉「まァ、どこへもつれてってやれなかったけど、これからつれてって貰うさ。――佐竹君に可愛がって貰うんだよ――（そしてふと紀子の様子に気がつき）どうした？」
紀子「…………」
周吉「どうしたんだい？」
紀子「あたし……」
周吉「うむ？」
紀子「このままお父さんといたいの……」
周吉「……？」
紀子「どこへも行きたくないの。こうしてお父さんと一緒にいるだけでいいの、それだけであたし愉しいの。お嫁に行ったって、これ以上の愉しさはないと思うの――このままでいいの……」
周吉「だけど、お前、そんなこといったって……」
紀子「いいえ、いいの、お父さん奥さんお貰いになったっていいのよ。やっぱりあたしお父さんのそばにいたいの。お父さんが好きなの。お父さんとこうしていることが、あたしには一番しあわせなの……。ねえお父さん、お願い、このままにさせといて……。お嫁に行ったって、これ以上のしあわせがあるとは、あたし思えないの……」
周吉「だけど、そりゃ違うよ。そんなもんじゃないさ」
紀子「……？」
周吉「――お父さんはもう五十六だ。お父さんの人生はもう終りに近いんだよ。

だけどお前たちはこれからだ。これからようやく新しい人生が始まるんだよ。つまり佐竹君と、二人で創り上げて行くんだよ。お父さんには関係のないことなんだ。それが人間生活の歴史の順序というものなんだよ」

紀子「………」

周吉「そりゃ、結婚したって初めから幸せじゃないかもしれないさ。結婚していきなり幸せになれると思う考え方がむしろ間違ってるんだよ。幸せは待ってるもんじゃなくて、やっぱり自分たちで創り出すものなんだよ。結婚することが幸せなんじゃない。――新しい夫婦が、新しい一つの人生を創り上げてゆくことに幸せがあるんだよ。それでこそ初めて本当の夫婦になれるんだよ。――お前のお母さんだって初めから幸せじゃなかったんだ。長い間にいろんなことがあった。台所の隅っこで泣いているのを、お父さん幾度も見たことがある。でもお母さんよく辛抱《しんぼう》してくれたんだよ――お互いに信頼するんだ。お互いに愛情を持つんだ。お前が今までお父さんに持っててくれたような温い心を、今度は佐竹君に持つんだよ――いいね？」

紀子「………」

周吉「そこにお前の本当に新しい幸せが生れてくるんだよ。――わかってくれるね？」

紀子「……」（頷く）

周吉「わかってくれたね？」

紀子「ええ……我儘《わがまま》いってすみませんでした……」

周吉「そうかい……わかってくれたかい……」

紀子「ええ……ほんとに我儘いって……」
周吉「イヤ、わかってくれてよかったよ。お父さんもお前にそんな気持でお嫁に行って貰いたくなかったんだ。まア行ってごらん。お前ならきっと幸せになれるよ。むずかしいもんじゃないさ……」
紀子「……ええ……」
周吉「きっと佐竹君といい夫婦になるよ。お父さん愉しみにしているからね」
紀子「……」（頷く）
周吉「そのうちには、今晩ここでこんな話をしたことがきっと笑い話になるさ」
紀子（微笑を浮かべた顔に羞いを見せて）「すみません……いろいろご心配かけて……」
周吉「イヤ――なるんだよ、幸せに……いいね？」
紀子「ええ、きっとなって見せますわ」
周吉「うん――なるよ、きっとなれるよ、お前ならきっとなれる、お父さん安心しているよ、なるんだよ幸せに」
紀子「ええ……」
と明かるい微笑でそっと涙を拭く。

94＝鎌倉　曾宮の家の表
今日は紀子の婚礼の日である。
自動車が二台――そのそばで、まさの息子の勝義が一人で遊んでいる。
近所のおかみさんなどが四、五人、物見高く家の前に集まっている。

95＝座敷
周吉と服部が二人ともモーニングを着て、煙草など吸いながら話している。
服部「ゆうべパラパラッと来たんで、どうかと思ってましたが……」

周吉「ああ、いいあんばいだったよ、お天気になって、――降られちゃ大変だからね」
服部「そうですねえ」
周吉「君は新婚旅行どこ行ったっけ？」
服部「湯河原でした」
周吉「そう――紀子たちも湯河原へ行くんだが、あすこは駅からバスだけかい」
服部「いいえ、ハイヤもあります」
周吉「そう、ハイヤもあるの」
しげが来る。しげも今日はきちんと着更えている。
しげ「先生――お二階で呼んでなせいますですよ」
周吉「ああそう」
しげ「お嬢さん、綺麗にお仕度出来なせいましてね――まァ一ぺん行って、見てあげなせいましよ」
周吉「そうですか、じゃ――」
と立ってゆく。

96＝階段の下

周吉がくると、まさがおりてくる。
まさ「兄さん、お仕度出来たわよ」
周吉「そうか」
まさ「自動車もう来てるかしら――？」
周吉「ああ、来てる」
で、まさは再び先に立って二階へ上って行く。周吉もつづく。

97＝二階

花嫁姿の紀子が姿見の前で椅子に腰かけている。
美容師がその角隠しの形などを直し、助手の女が一隅で道具を片づけている。
まさと周吉が来る。

周吉　（美容師に）「どうもご苦労さん——
（と会釈して、鏡の中の紀子に）やア出来たな……」
と微笑みかけて、そこに腰をおろす。
美容師　（まさに）「では私共はお先に……」
まさ　「ああどうぞ……」
で、美容師は去りぎわに、そこの唐草模様の衣裳包みを手にして、
美容師　「では、これお持ち致しますから……」
まさ　「ああ、すみません」
そして美容師が助手と一緒に出てゆくと、そのあと、三人の間に短い沈黙がくる。
目を伏せている鏡の中の紀子——
それを見守っている周吉——
なんとなく涙ぐましくなってくるまさ——
まさ　「紀ちゃん、持っているわね、お扇子……」
紀子　「ええ……」
まさ　「……綺麗なお嫁さんになって……亡くなったお母さんに一目見せてあげたかった……」
とそっと涙を拭く。
周吉　「じゃ、そろそろ出かけようか」
まさ　「ええ」
周吉　「途中ゆっくり行った方がいいからね」
まさ　「兄さん、何か紀ちゃんに……」
周吉　「イヤ、もうなんにもいうことないんだ」
まさ　「そう——じゃ紀ちゃん、行きましょう」
で、紀子が静かに立ち上ると、まさは

片隅の手廻り品などを入れた小カバンを持つ。

と、紀子がそこにすわって、

紀子「お父さん……」

——で一旦立ち上った周吉も、紀子の前に中腰にしゃがむ。

紀子「……長い間……いろいろ……お世話になりました……」

周吉「ウム……幸せに……いい奥さんになるんだよ……」

紀子「ええ……」

周吉「幸せにな……」

紀子「……」（深く頷く）

周吉「なるんだよ、いい奥さんに」

紀子「ええ」

周吉「さ……行こうか」

紀子、頷いて立つ。周吉、手を添えて、いたわりながら、並んで出てゆく。

まさ、見送り、改めて室内を一廻り見廻って、二人のあとから出てゆく。

98＝家の前

近所の人たちが前よりも一層ふえて、紀子の花嫁姿を見ようと群がっている。

99＝二階

誰もいなくなった部屋に、残されている姿見と椅子——。

100＝その晩　小料理屋「多喜川」

披露宴からの帰りの周吉とアヤが来ている。アヤの傍にはパラピン紙に包んだ花束が置いてある。

周吉（手酌で一ぱい注ぎ、アヤに）「アヤちゃん、どう?」

アヤ「ええ（と受けて）これで三杯目よ」

周吉「うむ」
アヤ「あたし五杯までだいじょうぶなの。いつか六杯のんだら引っくり返っちゃった」
周吉「そうかい」（と微笑する）
亭主（小鉢物を出して）「お待遠さま――先日小野寺先生とご一緒にお嬢さまいらっしゃいまして……」
周吉「そうだってね」
亭主「驚きましたよ。すっかり大きくおなりになって――」
周吉「ああ……」
亭主「今日はお嬢さまは――？」
周吉「いま東京駅で送って来たとこだ……嫁に行ったよ――」
亭主「左様ですか。そのお帰りで？――そりゃお目出度う存じます」
周吉「ああ、ありがとう……」

亭主「――左様ですか……」
と次の料理に移る。
いつか他の客もいなくなり、周吉とアヤだけになっている。
アヤ（徳利をとって）「小父さま――（と酌をしてやりながら）紀ちゃん、もうどの辺かしら？」
周吉「うむ……大船あたりかな……」
アヤ「そうね……小父さまもこれから当分お寂しいわねえ」
周吉「ウム――そうでもないさ、じき馴れる、……（と徳利をとって）どう、アヤちゃん、四杯目」（とさす）
アヤ「ええ（と受けながら）――ねえ小父さま……」
周吉「うむ？」
アヤ「小父さま、奥さんお貰いになるの？」

周吉「どうして?」
アヤ「だって紀子気にしてたわ、一ばん そのこと気になってたらしいわ」
周吉「………」
アヤ「およしなさいよ、そんなものお貰いになるの! 駄目よ貰っちゃ! いい?」
周吉(微笑して)「うむ……」
アヤ「ほんとよ!」
周吉「ああ、ほんとだよ——でも、ああでもいわなきゃ、紀子はお嫁に行ってくれなかったんだよ……」
アヤ、感激、じっと見て、いきなり周吉の首を引き寄せ、その額にチュッと接吻する。
周吉、あっけにとられている。額に口紅のあとがついている。
アヤ「小父さまいいところあるわ! とても素敵! 感激しちゃった!」
周吉、ニコニコ笑っている。
アヤ「いいわよ、寂しくないわよ。寂しかったら、あたし時々行ってあげるわよ。ほんとよ」
周吉「ああ、ほんとに遊びに来ておくれね、アヤちゃん」
アヤ「ええ行くわ——ああいい気持——」と頰をなで、そこに残っている杯を乾して、
アヤ「五杯目——」(と出す)で、周吉が酌をしてやると、それを勢よくぐっと乾して、
アヤ「おしまい」(と盃を伏せる)
周吉「アヤちゃん、ほんとだよ、ほんとに来ておくれね……小父さん待ってるよ」
アヤ「ええ行く、きっと行くわ。あたし

小父さまみたいに嘘つかないわ」
周吉「なに？」
アヤ「そんな上手な嘘つけないもの」
周吉「ハハハハ――（そして寂しく）仕様がないさ、小父さんだって一生一代の嘘だったんだ……」

101＝鎌倉　その晩　曾宮の家の前
周吉がションボリひとり帰って来る。
這入る。

102＝部屋
留守をしていたしげがその音で出迎えに立ってゆく。
しげ「ああお帰りなさいまし」
周吉「ああ、ただ今――」
そして、二人、這入って来る。
しげ「お嬢さん、ご無事にお立ちなせいましたですか」
周吉「ええ、お蔭さまで……」（と帽子をぬいでかける）
しげ「さいですか……ほんとにお目出度うございましたですよ」
周吉「どうもいろいろありがとう……」（とオーバーをぬいでかける）
しげ「いいえ――ではおやすみなせいまし」
周吉「イヤどうも……清さんによろしくね」
しげ「へえ……」
周吉「おやすみ」
で、しげが帰っていくと、周吉はひとり寂しくモーニングの上衣をぬいで鴨居の洋服掛けにかけ、ハタハタとその埃を払って、そのまま力なくそこの椅子へ行って腰をおろす。ふと机上の林檎を見て手にとり、むく。林檎の皮は長くつづかない。そのままじっと動かない周吉の姿。

103＝夜の海

ゆったりと大きくうねって、ザ、ザ、ザーッと渚に崩れる波……。

無言

川端康成

川端康成（かわばた・やすなり　一八九九―一九七二）大阪天満の生まれ。幼いときに両親と死別、祖父母に育てられた。十六歳のとき祖父を失い、伯父のもとにひきとられる。このとき「十六歳の日記」を書いた。出世作は「招魂祭一景」、ついで「感情装飾」「掌の小説」。横光利一や片岡鉄兵らとともに新感覚派と呼ばれた。その後、「伊豆の踊子」「浅草紅団」「禽獣」。戦後の代表作に「千羽鶴」「山の音」。ノーベル賞受賞後、自殺。本文は『川端康成全集　第八巻』（新潮社）を底本にした。

大宮明房はもう一語も言わないそうである。六十六歳の小説家だが、もはや一字も書かないそうである。小説のたぐいを書かないという以上に、字というものをまったく書かないのである。

舌がきかないように、右手もしびれているが、左手は少しは動くらしいから、書けば書けないことはないと思われる。文章などはとても書けないにしても、身のまわりの用を頼むとき、単語を大きい片仮名で書くくらいのことは出来そうである。ものが言えなくなり、身ぶり手真似も不自由なら、釘折れの片仮名でも書くのが、心を伝えるみちだろう。第一、まちがいが少い。

言葉はいくらあいまいなものにしても、鈍い身ぶり手真似よりは確かにわかりやすいだろう。たとえば明房老人が、ものを吸う形に口をすぼめるか、コップを口に持ってゆく手真似かで、なにか飲みたいというしぐさを見せたにしろ、水か茶か牛乳か薬か、そのたった四つのどれか一つを現わすことさえむずかしい。茶と水との区別もどうであろうか。「ミズ」とか「チャ」とか書けば明らかである。「ミ」か「チ」と一字でも通じる。

四十年間も言葉を文字に書くことで暮して来た人が、ほとんどそれらのすべてを失って今、かえってそれらの偉力を、もっとも単純に確実に知って使えるのに、それらを封じているのは、ふしぎなことではないか。一生におびただしく、まことにおびただしく書きつづけた言葉や文字よりも、「ミ」とか「チ」とかの一字の方が、明房の名言であり名文である。力を持つかもしれない。

明房老人を見舞ったら、私はそう言ってみようと考えていた。

鎌倉から逗子へ車でゆくのには、トンネルを抜けるが、あまり気持のいい道ではない。トンネルの手前に火葬場があって、近ごろは幽霊が出るという噂もある。夜なかに火葬場の下を通る車に、若い女の幽霊が乗って来るというのだ。

昼間通るのだからなんでもないけれども、私はなじみの運転手に聞いてみた。

「私はまだ出あいませんがね、うちにも乗られたのが一人います。うちばかりじゃなく、ほかの会社の車にも乗られたのがあって、夜ここを通るのには、助手をつけることにしています。」と運転手は言った。もういやになるほどくりかえした話とみえる。

「どのへん?」

「このへんでしょう。逗子からの帰りで、空車ですね。」

「人が乗ってると、出ないの?」

「さあ、私の聞いたのは、帰りの空車ですね。焼き場の下あたりから、ふうっと乗るんですか。車をとめて乗せるわけじゃないんだそうです。いつ乗るのかわからない。運転手がなんだか妙な気がして振りかえると、若い女が一人乗ってるんです。そのくせ、バック・ミラアにはうつってないんですよ。」

「そりゃ気味が悪い。幽霊は鏡にうつらないのかね。」

「どうですか。バック・ミラアにはうつらないって言ってます。人間の目には見えてもね……。」

「人間の目が見るんだろう。鏡の方が冷静じゃないの？」と私は言ってみたが、鏡を見るのはやはり人間の目ではないか。

「しかし、見たのは一人二人じゃないんですから。」と運転手は言った。

「どこまで乗って来るの。」

「こわいですから、夢中でスピイドをかけて飛ばせて、鎌倉の町へはいって、ほっとすると、いなくなっちゃってるんです。」

「鎌倉の女なんだね。鎌倉のうちへ帰りたいんだな。誰だかわからないの。」

「そこまでは……。」

　わかっていても、あるいは運転手仲間でどこの誰と取沙汰していても、客にはうっかり言わないだろう。

「きものを着ていて、幽霊は、まあたいてい美人ということになりまさね。うしろを振り向いて、幽霊の顔をまじまじと見られやしませんが。」

「なにか言わないの。」

「ものは言わないそうです。ありがとうぐらい言ってもよさそうですがね。しかし、幽霊の言うことは、うらめしやにきまってますから。」

トンネルへはいる前に、私は焼き場の山の方を振り仰いでみた。鎌倉市の火葬場だから、ここで焼かれた死人たちは、たいてい鎌倉の家へ帰りたいわけだろう。そういうものが一人の女に象徴されて、夜なかの空車に乗ってもいいかもしれない。しかし、私は信じなかった。「幽霊なら、車に乗らなくったって、自由自在にどこへでも行けて、どこにでも出られるんじゃないのか。」

トンネルを出ると、大宮明房の家はすぐだった。

春の来るけはいで、午後四時ころの曇り空に薄桃色があったけれども、私は大宮家の門の前で少しためらった。

明房老人が生きたままの幽霊のようになってから八ヶ月のあいだに、私は二度しか見舞いに来ていない。その一度は老人が倒れた時であった。私とは二十歳あまりも上の先輩として、尊敬もし、恩顧も受けて来た作家が、みにくいみじめな姿になっているのを、私は見るのがつらい気持もあった。

しかし、明房に二度目の早い軽い発作が来たら、多分今度は終りだろう。逗子と鎌倉と、言わば目と鼻の隣町にいて、おこたりがちなのは心にかかった。私が見舞いに行こうと思って果さないうちに、世を去ってしまった人も少くない。人生はそういうものだというあきらめにならされたほどだ。明房にも半切《はんせつ》を一枚は書いてもらおうと思いながら、むなしくなってしまった。そういう例はほかにも多い。ひとごとではない。私自身が夜半に嵐かという覚悟で、自分をだいじにはしていない。

作家にも脳出血や心臓麻痺あるいは狭窄《きようさく》で頓死した人は、私も知っている。しかし、明房老人のように一命をとりとめて、中風になっている人は知らない。死をこの上ない不幸とすると、回復のみこみのない病人というより廢人としてでも、明房が生きのびたのは大きい幸福だろうが、はた目にはその幸福を感じにくかった。明房自身がその幸福を感じているかどうかも、はた目にはわかりにくかった。

明房が倒れてからわずか八ヶ月だが、見舞いの人ももう少いようである。つんぼの老人とも応対しにくいけれども、耳は聞えて口のきけない人とも応対しにくい。こちらの言うことが向うにわかって、向うはなにを言いたいのかこちらにわからない方が、つんぼよりも気味が悪いようだ。

明房は早く妻に別れて、娘の富子がついている。子供は娘二人だったが、下の娘は嫁に行って、姉の富子が父親のお守役をつとめて来た。富子が家事をやってくれるので、明房は再婚しなくても不自由はなく、むしろ独身の自由を楽しみ通したのだから、富子は父親の犠牲になったとも考えられる。しかし、明房も幾度か恋愛はありながら独身を押し通したのは、よほど意志が強くて感情に負けないのか、あるいはなにか仔細があったのだろうか。

下の娘の方が父親似で背も高く派手な顔立ちだったが、富子も売れ残りそうな娘というのではなかった。無論今では娘を通り越して四十近いから、化粧もほとんどしないが、清潔な感じが出て来ていた。もとからおとなしい性質らしいが、老嬢の陰気さやとげとげしさは見えなかった。父親につくすことで心なぐさまるものもあったのだろう。

見舞いの客は明房の代りにこの富子と話をするわけだった。富子は父親の枕もとに坐っている。

私はこの富子のめっきりやつれたのにおどろいた。おどろくのがおかしいので、やつれるのは当然だが、急に老けてしなびた富子を見ると、私は暗い気持になって、この家の世帯も苦しいのだろうかと思った。

言ってもかいのないような病気見舞いを言ってしまうと、私は話しがなくて、

「トンネルの向うに幽霊が出るという噂、御存じですか。今も運転手に聞いて来ましたが……。」と、よけいなことを言ってしまった。

「まあ？　うちにばかりひっこんでいて、聞きませんわ。」と富子が知りたがるので、私は話さぬ方がよいと思いながら、かいつまんで話した。

「まあ信じられない話ですが……。自分がほんとに見るまではね。見たって、幻影というものもあるから、信じないかもしれませんね。」

「ほんとうに出るのか出ないのか、三田さん、今晩お帰りに、ためしてごらんになるとよろしいわ。」と富子は妙なことを言った。

「いや、明るいうちは出ませんよ。」

「御飯を召し上っていらっしゃれば、ちょうど夜になりますでしょう。」

「いや、もうおいとまします。それに空車でないと、その女の幽霊は乗って来ないようです。」

「それなら、御安心ですわ。父はいらしていただいたのを、たいへん喜んで、ごゆっくりしていただきたいと言っていますわ。お父さん、三田さんに御飯をさしあげるんでしょう。」

私は明房老人の方を見た。老人は枕の上でうなずいたようだった。私が来たのを喜んでいてくれるのか。明房の白目はどろんとよごれ、瞳にも薄黄色い濁りがかかっているが、その濁りの底から瞳はかがやいているようだった。もしそのかがやきが燃え上ると、二度目の発作が来るのではないか、そして今にも来そうな不安も私は感じた。

「あまり長居をして、先生がおつかれになりますと……。」

「いいえ。父はつかれはいたしません。」と富子ははっきり言って、

「こういう病人のそばにお引き止めするのは、おいやでしょうけれど、作家の方にいていただくと、父も自分が作家だという思いをいたしますから……。」

「はあ?」

私は富子のものいいまで変ったようなのに少しおどろいたが、腰を落ちつける覚悟をした。

「作家だという思いは、無論先生はいつもなさってるでしょう。」

「父がこうなりましてから、私のよく思い出す、父の小説がありますの。父のところへ毎日のように変な手紙をよこしていた、作家志望の青年のことを書いたものですが、その人はほんとうの気ちがいになって、脳病院へやられました。ペンやインキ壺は危いし、鉛筆も危いというので、持たせられませんでしたが、原稿紙だけは病室へ入れてもらいました。その人は始終原稿紙に向って書いていたんですって……。書いたつもりなんですの。紙は白いまま

です。そこまでは実話で、その後が父の小説なんです。青年の母親が見舞いに来るたびに、お母さん、書けたよ、お母さん、読んでみて下さい。お母さん、読んで聞かせて下さい。母親は一字も書いてない原稿を渡されて泣きたいんですけれど、よく書いてあるね、おもしろいよと言って、笑顔を見せるんです。あまりたびたび、読んで聞かせろとせがまれますから、母親は白紙を読んでやるんです。原稿を読むような風に、母親自身の話を聞かせることを思いつきましたの。そこが父の小説の思いつきですわ。母親はその子の生い立ちを話しますの。気ちがいは自分が書いた思い出の記を、母親に読ませて聞いているつもりなんでしょう。得意そうに目をかがやかせています。母親の話すことがわかるのかわからないのか、母親にもわかりません。けれども、母親は見舞いに来るたびに、それをくりかえしていると、だんだん上手になりますし、ほんとうに息子の作品を読んでいるような気がして来ます。忘れていたことまで思い出して来ます。また、息子の思い出が美しくなって来ます。息子が母親の話を誘って助けて、また作り変えているわけで、母親の小説か息子の小説かわかりませんでしょう。母親も話しているあいだは、われを忘れるようになりました。息子が気ちがいなのも忘れられます。一心に聞いている息子もそのあいだは、気ちがいであって、気ちがいでないのかもしれません。そのあいだは、母と子の魂が一つにとけ合って、天上に生きているようで、母も子も幸福です。これを度重ねているうちに、息子の気ちがいが治りそうにも思えて、母親は白紙を読みつづけてゆきます。」

「母の読める、というのでしょう。大宮先生の名作の一つじゃありませんか。忘れられない作品です。」

「息子が私という一人称で書いた形ですけれど、その男の子の小さい時分のいろんな思い出には、妹や私の小さい時のこともまざってるんですよ、男の子にして……。」

「そうですか。」

私には初耳だった。

「なぜ父はあんな小説を書いたのかしらと思いますわ。父がこうなってみると、私にはあの小説がこわいんですの。父は気がちがったわけじゃありませんし、私はその母親のように、父の一字も書かない小説を読んで聞かせることも出来ませんけれど、父は今でも、頭のなかで小説を書いているんでしょうか。」

おそらく明房老人は聞えるのに、こんなことの言える富子が、私には奇怪だった。返答に迷った。

「先生はもう立派な作品が沢山おありで、そんな文学青年とはわけがちがうでしょう。」

「そうでしょうか。私はまだ父が書きたがっているように思えますけれど……。」

「それは、お考えはいろいろあるでしょうね。」

私ならもう御免だが、しかし自分が明房老人の状態になればどうか、それはわからない。

「私は父の代りには書けませんわ。娘の読める、が書けるといいのでしょうけれど……。」

地獄の娘の声のように聞えた。富子がこんなことを言う女になったのは、生きたままの幽霊のような父につき添っていて、明房のなにか、乗り移ったのだろうか。明房が死んだら、おそろしい思い出の記を書くかもしれない。私はいくらか憎悪を感じそうで、「お書きになってみたらどうです、先生のことを……。」

先生が生きているうちに、と言い足すのは略した。ふとマルセル・プルウストの言葉を思い出した。なにがしという貴族が回想録に、多くの人の悪口を書き、それがやがて出版されるというので、「僕は死のうとしている。僕の名が現われなきゃいいのだが。僕はもう答えられないだろうから。」しかし、明房と富子の場合はまるでちがうだろう。二人は他人ではないし、父と娘という以上に心の神秘な、あるいは病的な交流があるかもしれない。

富子が父になったつもりで父のことを書いてみればどうだろうと、私も妙な考えにとらえられた。

それが空虚な遊戯になるか、哀切な作品になるか、とにかく二人を慰めるかもしれなかった。明房がまったくの無言でいる、言葉の饑餓から救われそうだ。言葉の饑餓は堪えられまい。

「先生は富子さんの書かれたものを、理解もされるし、批判もお出来になるんですから、白紙を読むのでなく、ほんとうに先生のことを書いて、読んで聞いてもらわれたら……。」

「それが父の作品になりますでしょうか、少しでも……。」

「少しでもは、確かでしょうね。それ以上は、神さまか、お二人の心の動きによらないとわかりません。」

しかし、明房の死後に書く思い出の記よりは生きていそうだ。もしうまくゆくとすれば、今のような明房の一日一日も、尊い文学的生命であろう。

「先生は無言でいらしても、あなたを助けることも、お直しになることも出来ますでしょう。」

「私のものになっては、なにも意味がありませんわ。父によく相談してみますわ。」と富子の声は生き生きした。

私はまたよけいなことを言ったらしい。深手の負傷兵を戦いに駆り立てるようなものではないか。無言の聖域を乱すようなものではないか。無言でいるのかもしれない。明房は字を書けば書けないでもないのを、なにか深いなげきと悔いとで、無言でいるのかもしれない。無言ほど多くを語る言葉はないことを、私だって経験しないことはないではないか。

しかし、明房が無言でいて、富子から明房の言葉が出て来れば、それも無言の力だろうか。自分が無言でいれば、他人が自分の代りに語る。万物が語る。

「そう？　三田さんに、お酒だけでも早くさしあげなさいと、父が言ってますわ。」と富子は立ち上った。

私は思わず明房を見たが、老人はなにも言ったけはいはない。

富子がいなくなって、二人で残されたので、明房は私の方に顔を向けている。なにか言いたげなのか、なにか言わなければと思わせられるのもいやなのか、明房はどんよりしている。

私の方から話すよりしかたがない。

「先生は今の富子さんの話を、どうお考えになりますか。」

「…………。」

無言が相手である。

「先生の、母の読める、とはまたちがって、不思議な作品が出来る。富子さんとお話しているうちに、そういう気持もして来ました。」

「…………。」

「先生は私小説や自伝をお書きになりませんでしたが、先生が御自分でお書きになれなくなってから、そういう作品が人の手で出来るのも、芸術の一つの運命を新しく示して見せることになるかもしれませんね。私なんかも自分のことは書きませんし、書こうと思っても書けないものと考えていますが、私が無言でいながら、自分が書けていったら、これは自分なのかと、目がさめるようによろこぶか、なさけないようにあきらめるか、どっちにしても、おもしろいかもしれませんね。」

「…………。」

富子が酒とつまみものを持って出て来た。

「どうぞおひとつ。」

「ありがとう。先生の前で失礼ですが、いただきます。」

「こんな病人はおさかなになりませんわね。」

「いや。さっきの話の続きを先生にしていたんです。」

「そうですか。お酒を温めながら考えたのですけれど、母がなくなってからの父の恋愛なども、私が父の代りに書いてみたら、おもしろいかもしれませんわ。父は私にいちいち詳しく話してくれましたし、今では、父の忘れていることで、私がおぼえていることだってありますから……。父が倒れたときに、女の人が二人かけつけて来たの、三田さんも御存じでしょう。」

「はあ。」

「父がこんな風にぐずついているせいか、私がいるせいか、もう現われなくなりましたけれど、あの人たちのことも、よく聞かされて知っていますわ。」

「しかし、先生が御存じのようには御存じありませんよ。」と私があたりまえのことを言うと、富子は気に食わないらしく、

「父は私に嘘を話したとは思えませんし、父の気持もだんだんわかって来るようですから……。」と立ち上った。

「父にお聞きになってみて下さい。ちょっと支度をしてまいります。」

「どうぞおかまいなく……。」

私は富子について行って、コップを借りた。無言の人を相手に話すのには、酒を早く入れた方がいい。

「先生の恋愛も、今では富子さんの所有になってしまったんですかね。私たちの過去というものは、そういうものなんでしょうか。」

「………。」

私は死という言葉をはばかって、過去という言葉を使ったようでもあった。

しかし、明房老人が生きているあいだは、明房の所有であろう。あるいは富子と共有にでもなっていると見るべきだろうか。

「過去は人にくれられれば、くれてしまいたいものかもしれませんね。」

「…………。」

「過去というものは誰の所有でもないんで、強いて言えば、過去を語る現在の言葉が所有しているだけかもしれませんね。自分の言葉ばかりじゃなく、誰の言葉だっていいわけだ。いや、しかし、現在の瞬間というものは、常に無言ですかな。こうして私のようにしゃべっていても、現在の瞬間は、ワとか、タとか、シとかの発音で、無意味な無言ですかな。」

「…………。」

「いや、無言は無意味どころじゃない、先生のように……。私も一生のうちには、せめてしばしの無言にはいりたいと思います。」

「…………。」

「うかがう前に考えたことですが、先生は片仮名ぐらいはお書けになりそうなのに、一字もお書きにならないのは、御不便じゃありませんか。用をお頼みになるのに、たとえば、水のミとか、茶のチとか……。」

「…………。」

「なにか深い仔細があって、一字もお書きにならないんでしょうか。」

「…………。」

「そうだ。ミとかチとかの一字で用が足りるとすると、ワとかタとかシとかの発音も、無意味でないわけかな。赤んぼの片言がそうですね。母親の愛情が理解する。先生の、母の読める、もそうでしょうか。赤んぼの片言が言葉の出発でしょうから、愛情が言葉の出発でしょう。たとえば、先生がありがとうとおっしゃりたいときは、アの一字ときめておいて、ときどき富子さんにアと書いておあげになったら、富子さんはどんなに喜ばれるでしょう。」

「…………。」

「そのアの一字の方が、先生の四十年間の小説よりも愛情にあふれて、力強いかもしれませんよ。」

「…………。」

「先生、なぜだまってるんです。アアアとよだれを流すように、声くらいは出るでしょう。アと書くお稽古をなさい。」

「…………。」

鉛筆と紙を持って来るように、私は台所の富子を呼ぼうとして、はっと気がついた。

「これはいけない。少々まわって来て、失礼しました。」

「…………。」

「せっかく無言にはいっていられる先生を、お騒がせしました。」

「…………。」

富子が座にもどってからも、私はなにか管を巻いていたようである。明房老人の無言のまわりを廻っていたに過ぎない。

富子が近所の魚屋の電話を借りて、さっきの運転手を呼んでくれた。

「また、ときどきお話にいらして下さいと、父が言っております。」

「はあ。」

私は富子に間の抜けた答えをして、車に乗った。

「二人で来たね。」

「まだ宵の口ですし、お客を乗せてますから、まず出ないと思いますが……。」

トンネルを鎌倉がわへ抜けて、火葬場の下にさしかかると、車があっと飛び走った。

「おい出たか。」

「出ました。旦那の横に坐ってますよ。」

「えっ。」

私は酔いがいちどきにさめて、ふと横を見た。

「おどかすなよ。じょうだんじゃない。」

「いますよ、そこに。」

「嘘つけ。危いじゃないか。ゆっくりやってくれ。」

「坐ってますよ。旦那には見えないんですか。」

「見えないね。僕には見えない。」と言いながら、私も寒けがして来て、強がるように、

「もしいるんなら、その人になにか話してみようか。」

「じょ、じょうだんじゃない。幽霊としゃべるのは、たたりますよ。とりつかれますよ。おそろしい、やめて下さい。だまって、鎌倉まで送ってやりゃいいんですよ。」

薪能

立原正秋

立原正秋（たちはら・まさあき　一九二六—一九八〇）小説家。朝鮮生まれ。能に深く傾倒し、独特な美意識と叙情性にあふれた作風で人気を集め、多くのベストセラーを生み出した。「白い罌粟《けし》」で直木賞受賞。他に「帰路」「冬のかたみに」など。本文は『薪能』（角川文庫）を底本とした。

一

壬生《みぶ》家には二人の息子《むすこ》がいたが、長男は第二次大戦で戦死し、まだ若い寡婦と一人の娘がのこされた。美しい寡婦はやがてその器量をのぞまれて他家に再婚して去り、残された娘の昌子は父方の祖父の手で育てられた。

分家した次男は兄の戦死にともない壬生家を継ぎ、大戦には生きのこったが、昭和二十一年の春のある夜、鎌倉駅前のマーケット街で、つまらぬことでアメリカ兵と喧嘩《けんか》をしてピストルで射殺され、三十四年の生涯を閉じた。やはりまだ若く美しい寡婦と一人息子がのこされたが、寡婦はあくる年の春、実家の人達のすすめる人のもとに息子をつれて再婚して去った。

しかし息子の俊太郎は新しい父親になじまず、その年の夏のはじめのある日、学校にでかけたまま帰らなかった。下校帰りに鎌倉の祖父のもとに行き、そのままそこに居ついてしまったのである。

祖父の壬生時信は、これはつまりは自然のなり行きだ、と喜び、孫をひきとって育てることにした。俊太郎を壬生家の跡継ぎにと考えたのである。俊太郎の母が東京世田谷と鎌倉を数度往復して、このことはあっさりきまってしまった。俊太郎九歳、昌子十三歳のとしで、やがて二人は、昌子が二十五歳の秋に和泉《いずみ》公三のもとに嫁すまでの十二年間、寝食をともにした。

壬生家は、日本橋で三代続いた毛織物の輸入商であった。毛織物の輸入ができなくなったのが昭和十六年頃で、そのまま終戦を迎えたが、輸入商として再起できる見込みは当分なかった。以前のように自由貿易ができるようになるまでには十年はかかるだろう、と考えていた矢先に、残された次男をうしなった壬生時信は、間もなく日本橋の店を売りはらい、以来、鎌倉の家をでなくなった。

没落しかけた壬生家にとって俊太郎は唯一の望みだったが、壬生時信は孫の俊太郎が二十一歳の冬、つまり昌子が和泉公三の妻となってから二か月後に、数々のおもいを残して世を辞した。昭和三十四年のことである。稲村ケ崎にあった広大な邸と土地はすでに他人の手に渡っており、邸の北側のわずか百坪ばかりの土地と、そこに建っている三十坪の能楽堂が、俊太郎に残された。

それから四年の月日がながれた。

二

恒例の鎌倉薪能《たきぎのう》が今年は九月二十二日に催される、と昌子が知ったのは、八月も末であった。その日の午後、昌子は買物にでた帰りに、若宮大路にある鎌倉彫の源氏堂によった。季節はずれの涼しい日で、街にはどこかもう夏の名残りが感じられる一刻であった。

昌子は源氏堂の店のあがり框《がまち》に腰かけ、お内儀《かみ》がいれてくれた上等の煎茶《せんちゃ》をのんでいたとき、店の壁にはってある薪能のポスターに気づいたのである。源氏堂によったのは、別に用があったわけではない。ときどき何気なしによると茶をもてなされ、何気なしにそこをでるのが、昌子の四年ごしの習慣となっていた。正確には、和泉公三の妻となった四年前の秋のある晴れた日から身につけてしまった習慣といってもよい。昌子は茶をひとくちのむと、もういちどポスターを見あげた。場所は例年と同じ大塔宮の鎌倉宮であった。昌子は前の年には独《ひと》りで薪能をみに行った。その前のとしとその前のとしには、能に興味を示さない夫の公三とでかけた。その前のとしには祖父と従弟の三人ででかけ、それから二か月後に彼女は和泉家に去り、さらに二か月後には祖父をうしなってしまったわけであった。

能を観《み》る、という贅沢《ぜいたく》な習慣が、昌子には身についてしまっていた。稲村ケ崎にいた頃、売りはらった屋敷内でたったひとつ残された能楽堂で、祖父がたて続けに三番も舞ったのをおぼえていた。祖父は七十九歳で亡くなる直前まで一日に一回は鰻《うなぎ》を食べていた。幼い時分から能をみなれ、仕舞《しまい》をやってきた昌子には、みる目ができていた、と言ってもよい。祖父の舞いが一流能楽師のそれに比肩できるのがいくつかあったと記憶していた。

源氏堂の店内の棚には、ひとつき前にみた能面が同じ位置に三つ並んでおり、ひとつは端正な増女《ぞうおんな》、ひとつは端麗な節木増《ふしきぞう》、そしてもうひとつは華麗な孫次郎だった。昌子は、こうして能面と自らを対置させることで、四年間、能面の作者である従弟の壬生俊太郎と逢《あ》ってきた。

「あの面《おもて》は、七月にここでみたのと同じものかしら」

昌子はお内儀にきいた。

「節木増だけはあのときのままです。あとは売れまして、つい十日ほど前に届いたものですのよ」

お内儀が面を見あげて答えた。するとやはり俊ちゃんは今でも面造りだけで生活しているのだろうか、と昌子はおもった。

「壬生さん、ときたまお見えになるんですが、こう売れなくっちゃ、とこぼしながらも、そのくせ主人がほかのものをすこし彫ってみたら、とすすめても、そのうちに、なんて笑っているんですのよ」

お内儀はわらっていた。

昌子はもう一杯茶をのんでから源氏堂をでた。

それから、おそい午後の陽《ひ》に桜並木がながい翳《かげ》をおとしている段かずらの道を駅にむかって歩いていたとき、子供の頃〈見せっこ遊び〉をしたことを想いだした。男の子と女の子がたがいに下半身を裸にして見せあう遊びだった。ときには相手の部分に手でふれてみたりした。手をふれるのはいつも俊太郎で、昌子が俊太郎のものにふれたことはない。子供心にも男のものはなにか兇暴《きょうぼう》に思えた。

その遊びは人気のない広い邸の一部屋でおこなわれ、庭のすみの繁みのかげでもおこなわれた。

公三といっしょになる直前、俊太郎から、見せっこ遊びをしたのを覚えているかい？　ときかれたことがあった。

「俺《おれ》はいまでも、あの白いふっくりした陶器のようなかたちと、やわらかい感触をおぼえているが、あんなあそびは、いまの子供達のあいだじゃ廃《すた》れてしまったろうな」

どうしてまた、こんな子供時分のことなどを想いだしたのだろうか、と昌子は歩きながら考える。しかし、想いでというものは、いつもこんな風に唐突にやってくるものかもしれない、いや、俊ちゃんとのあいだが疎遠になるにつれ、想いでだけが鮮明に彩《いろど》られて残るのかもしれない、と昌子は記憶にとどめている若者の二つの目を想いかえした。壬生俊太郎は父母に似ず醜男《ぶおとこ》にちかい容貌《ようぼう》だったが、純一無雑な目をしていた。大学ではサッカアの選手で、帰宅すると能面を打っていたが、彼はなんにつけても明確なもの、単純なものが好きな青年であった。あの大戦直後の荒涼とした時代に、わずか九歳で能面造りに興味をもった少年の存在は、ながく昌子のなかでゆるがぬ位置をしめていた。こんな太平な時代に、あのような一人の青年が生きているのは、稀有《けう》なことかもしれない、といまも昌子は歩きながら考えている。

壬生俊太郎がサッカアに見出したものは掟《おきて》と節度と勇気であった。そのなかで筋肉が躍動し、汗をながして勝敗をきめる、その緊張の度合、それが彼のすべてであった。そんな彼がいまだに面打ちに興味をもち続けているのはどうしたわけか、と昌子は和泉公三との婚約がととのったときに従弟にきいたことがある。昌子の考えでは、サッカアと面打ちではおよそ対蹠的《たいせきてき》な行為だったのである。俊太郎はわらって答えなかったが、彼はあるいは、祖父の能楽堂にかかっている古い能面から、他家に去った母親の面影を見出していたかもしれない。母のもとをでた彼は再び祖父の家をでなかったのである。

昌子は公三といっしょになってから間もなく、やはり従弟とは離れられないのではないか、と思った。これはどこかで予期していたことであったにしろ、それからの夫との毎日が虚《むな》しさに充ちはじめたのは予期していなかったことであった。見合結婚をした夫に不満のあろうはずはなかったが、夜、夫にからだをまかせながらも、能楽堂をおもいうかべ、そこで面を打っている醜男を想った。

祖父の告別式のとき、彼女は従弟をつかまえ、あたしに子供ができるまで俊ちゃん他の女と結婚しないで、と約束させた。日はすぎて行き、昌子のなかで虚しさは深まって行った。そして四年たったいま、その虚しさは、彼女の肉感と同じように熱っぽいものになっていた。四年すぎたいまでも昌子に子供はできなかった。ことしの春いらい、昌子は、従弟を訪ねようと思いたったことがいくどかあった。いちどなどは途中まで行き引きかえしてきた。思いとどまったのは、人妻としての貞節からではなく、いとこ同士という血の近さを意識したからであった。

昌子は九月二十二日を今年も心ひそかに期待したが、結局その日がきてみると、どうしたわけか薪能をみにはでかけなかった。あとから考えてみて、でかけなかったわけが自分なりに判った。公三に嫁してからは薪能の催し場でいちども従弟を見かけなかったからである。牽牛《けんぎゅう》と織女《しょくじょ》のはなしは遠いはなしではなかった。

「ことしは、薪能をみにでかけなかったのかい？」

と夫から言われたのは、十月にはいってからだった。日曜日の午後、つれだって街《まち》にでて、六地蔵通りの掲示板にはってある薪能のポスターを公三が見つけたときである。

「ええ、ことしはやめましたの」

昌子はしとやかに答えた。答えてしまってから、そうとは知らない夫にいたわられたことが、すこしばかり呵責《かしやく》となって残った。

そしてこの年はこともなく過ぎて行ったが、この二十九歳になる人妻の心のなかでは、暗い夜を彩る薪能のあかりが燃えつづけていた。

鎌倉薪能は、昌子が公三といっしょになった年から市の催しもののひとつに加えられ、それ以前にはなかった。しかし昌子が薪能をみたのはもっと早く、祖父と従弟の三人で大和路《やまとじ》をめぐった年の春、奈良の興福寺南大門で、金春《こんぱる》宗家の差配するそれに接したのがはじまりであった。昌子十八歳のとしである。しかし従弟に永遠をみたのはそれより以前であった。

三

四月の中旬、目黒の能楽堂に卒都婆《そとば》小町をみにでかけたのは、昌子としたら習慣のひとつにすぎなかった。「能を観るとか仕舞をやるとかは、女がわが身につける贅沢のひとつである。そのようにして身につけたものを見世物にしたり、あるいはそれで暮しをたてようとしてはならない」と昌子は生前の祖父からきかされていた。祖父がこう言ったのは、祖父が女能楽師を嫌っていたからであった。女がでると舞台の厳格さがくずれる、と祖父は言っていた。たいそうな目ざわりだ、とも言っていた。しかし昌子にはそんなことはどうでもよかった。女がわが身につける贅沢のひとつ、と心得ることで彼女はこれまで身を処してきた。事実、仕舞をやりながらも、春秋の別会にでたことはいちどもなかった。

その目黒の能楽堂で従弟にであったのが偶然なのか必然なのか、昌子には判らなかった。従弟が目黒の能楽堂にでかけているのは昌子も知っていたが、不思議と二人は同じ日にでかけたことがなかった。

「久しぶりで逢ったんだから、あとで、めしをおごってくれ。俺はいま文なしなんだ」

と俊太郎は言った。こうした従弟をみるのは楽しかった。

二人は最後の舞台をみずに七時に能楽堂からでた。東横線で横浜にでると、南京街に行った。夫の公三は、大学の慰労会だと称し、泊りがけで熱海にでかけていた。二人は支那料理をとってつもる話をした。

同じ鎌倉に棲《す》みながら、二人が祖父の告別式の日いらいいちども顔をあわせていないのを、他人がきいたら不思議と思うかもしれない。二人に、愛しあっている者同士の節度があったのは事実だが、たがいに逢うのを避けていた、ということはなかった。

「まだ子供はできないのかい」

俊太郎は驚くほどの速度でビールを飲み料理をたいらげながら、合間にきいた。

「俊ちゃん、結婚する相手のひとがみつかったの？」

「いや、そういうことではないが」

「あいまいな返事ね。……子供はできないのよ」

「できないようにしている、というわけではないんだろう？」

「あなた、あたしがあかくなるようなことを平気でいうのね。すこし不良になったようね。公三には子種がないの。子供の頃、頬張風邪《ほっぱりかぜ》をやり、それで子種ができなくなったんですって。その風邪にかかると、千人に一人はそういう人ができるそうよ。それがわかったのは一昨年のことだわ。医者からくわしく説明をきいたの」

「そいつは面白いはなしだな。この文明の世にねえ」

「あなた、公三を気の毒がっているの？　それともあたしを気の毒がっているの？」

「千人に一人の確率に感心しているところだ。選ばれた人だな。俺の知っている大学の先生にも子供のない人が多いが、すると奴らみんな、そのほっぱり風邪とかをやったのかな。奇妙なはなしだな、大学の先生に多いというのは」

「まさか。大学の先生だからそうなるということはないでしょう。それより、俊ちゃん、あなた、むかしとすこしも変らないのね」

「変ったと思っていたのか」

「独りでくらしているうちに意気地なしになってしまったのではないか、と考えたこともあったわ」

「俺ももう二十五になったよ。泣いていられるとしでもあるまい。昌ちゃんも、もう今年は三十二か三のはずだな」

「ひどいことを言わないでよ。二十九じゃないの。それより俊ちゃん、あなた、いま、どうやって生活しているの？」

「なんとかやっているよ。暮には危くお祖父《じい》さんの能面と能衣裳を売りとばすところだったが、源氏堂が助けてくれた」

「戦後十八年もたつというのに、おきあがれないのは壬生家だけのような気がするわ」

「嘆くことはないさ。移ろわないものなんてないよ。そうそう、昌ちゃん、久振りで俺のサッカアを見物にこないか」

「サッカアはやめたはずじゃなかったの？　いつか福田さんに道であったとき、そんなことをきいたけど」

「いったんはやめたさ。学校をでたときには、人並みに月給とりになって平凡な一生を送ることを考えた。もっとも、いまじゃ、平凡以下のろくでもない人間になってしまったらしいが。去年のことだ。さっき昌ちゃんが言ったように、俺は意気地がなくなり挫《くじ》けそうになったことがあった。そのとき俺の頭のなかをよぎっていったのは、慈愛深かったお祖父さんの顔でもなければ、小さいときに別れた美しいおふくろの顔でもなかった。灼熱《しゃくねつ》の陽光のもとでの競技場をなつかしく想いだしたのさ。あの健全な時代が再び俺に訪れるだろうか、と考えた。それからまたサッカアをはじめたのさ」

「そのとき、あたしの顔はおもいださなかったの？」

「ひとの奥さんをおもいだしたって仕方ないだろう」

「あなたは、あたしを理解しているはずじゃなかったの？」

「白状すると、昌ちゃんの家の前まで行ったことが三度ある。いまのはなしの前のことだがね」

昌子のなかをゆるやかに感動が噴きあげてきた。しかし彼女は女らしい質問をした。

「では、薪能にはどうしてこなかったの？　あれだけ固い約束をしておきながら、一年に一回だけ逢える日を、どうして反故《ほご》になどしたの？」

「俺が行かなかったのは一昨年だけだ」

「続けて二年もあたしが公三といっしょだったというわけね」

「俺は遠くから人妻になりきってしまった女を眺めたものだ」

「あたしはまた、いちども俊ちゃんに逢えなかったから、今年も、とその場の虚しさを考え、去年はでかけなかったわ。でも、一昨年は独りででかけたわ」

「世のなかって、そんなものだ」

「そうかもしれないわね」

昌子は料理の皿に視線をおとした。自分にたいして渝《かわ》らぬ気持を抱きつづけてくれた従弟がたのもしかった。彼女はしばらくして目をあげると、サッカアの競技場はどこなの、と従弟に訊《たず》ねた。

「秩父宮ラグビイ場だ。こんどの日曜日」

「なんとか時間を都合してみに行くわ。あたし、さっき逢ったときから感じていることだけど、俊ちゃん、しばらく逢わないうちに、すこし不良になったようね」

「さっきもそう言ったが、服装のことか？」

「表情もよ。目つきがすこし悪くなったわ。悪い女でもできたんではないか、とさっきから考えているところよ」

「いや、そんなことはない。俺はいま清浄潔白な身だ」

俊太郎はすこし狼狽《ろうばい》しながら打ちけした。

四

和泉公三は、週に三日、毎朝七時に山の内の自宅をでる。あとの三日は講義が午後で、十一時に家をでる。坂道をおり、横須賀線の線路沿いに北に三百メートルほど行くと、そこに北鎌倉の駅がある。彼は電車で東京駅にでると、中央線にのりかえ、お茶の水駅でおりる。自宅から大学までおよそ一時間四十分かかる。これが彼の十年来の日課であった。

「あたし、明日のひるすぎから、仕舞のおさらいにでかけますが、あなたはお家にいらっしゃるでしょう？」

土曜日の朝、昌子は、夫を門まで見送りながら話しかけた。

「僕は今日の夜は座談会の予定があるが、おそくなれば築地で泊るから、明日の帰りはひるすぎだな」

公三はめずらしく機嫌のよい声で答えた。だいたいが朝のうちは機嫌の悪い男だった。神田の私立大学で英文学を講じて十年、あと数年もすれば助教授から教授になれるはずであった。かなり才能はある、と言われていたが、それは昌子には興味のないことであった。和泉公三の唯一の後悔は、官立大学に地位を得られなかった一事であったが、しかし彼は仲間から尊敬されていた。大学の先生で思想は進歩的、という広く知れわたった法則を守っている夫を、昌子は眺めているだけであった。仲間の奥さん同士のつきあいもあったが、昌子はでなかった。別にそんなつきあいを俗事だと考えたわけではなく、興味がなかっただけのことである。

公三は築地《つきじ》明石町《あかしちょう》に仕事部屋と称するものをもっていた。そこに仕事部屋をもったのが、ごく単純な動機からでたものであることを、昌子は理解していた。彼は下町でうまれ、そこで育った事実につよい郷愁をもっていた。築地にあった海産物問屋が空襲で焼ける前に父親が亡くなり、同時に彼は母と妹と北鎌倉の別荘にうつった。店は番頭にまかせてあったが、つぎの空襲で店は番頭や他の奉公人や犬猫もろとも焼けてしまった。大戦後、ここで余生をおくろう、との母の提案で、彼は問屋を再興する意志もなかったので、築地の地所は売り、山荘に棲みついてしまった。山荘のまわりに彼の嫌いな蛇がいることをのぞけば、彼の山荘ずまいは甚《はなは》だ快適であった。

学者としての彼は三冊の著書をもち、人間的にも角のとれた四十代にはいっていた。別に指摘できるような欠点などそなえていない男であった。母は七年前に亡くなり、妹もかたづいていた。

「この頃はよく築地で泊りますのね」

「いそがしいのだ。きみは、明日のおさらいは鎌倉かい？」

「いいえ、東京ですの」

従弟のサッカア競技を見物に行くなどと気楽に言える相手ではなかった。以前、彼から、結婚前の従弟とのあいだを疑われたことがあった。子供の頃から十年以上もいっしょにくらせば愛情ぐらいは芽ばえているはずだ、いとこ同士っていうではないか、と公三は言った。彼はそのとき妻が満足な答をしなかったことから、自分の疑いを確実なものに仕上げてしまっていた。昌子が夫から疑われたとき沈黙したのは、独りでほうりだされた従弟をかわいそうに思うあまり、夫の前で従弟を弁護しかねない自分を考えたからであった。沈黙したいまひとつの理由は、見合結婚にしろ昌子は夫を愛していると思いこんでいたからであった。

夫をおくりだした昌子は、明日競技場で従弟に逢うまでのながさを考え、稲村ケ崎に従弟を訪ねてみよう、と急に思いたった。結婚した自分を三度まで訪ねてきて、ここに入ることができずそのまま帰ってしまった従弟の心情にひきかえ、自分にはまったく思いやりがなかった、ひどい仕打をしたものだ、と考えてしまった。昌子はかんたんな化粧をすますと着替をし、家をでた。北鎌倉駅から電車にのり鎌倉駅でおりた。そうだ、なにか食べものを持って行ってあげよう、と寿司屋によったが、まだ早い午前のことで店はしまっていた。喫茶店によりサンドイッチをつくってもらった。そして再び鎌倉駅に戻り、稲村ケ崎までの乗車券を買い、駅の地下道を通って江ノ島電鉄のホームに立った。やはり従弟を訪ねるのはやめるべきだ、と思いとどまったのは、このときであった。これは急に思いついたことではなく、サンドイッチを包んでもらっていたときすでに芽ばえてしまった感情であった。夫から疑いをかけられた数年前のことをおもいだしたのである。彼は疑いをかけながらも、嫉妬《しっと》し、十三もとしの若い妻にひたすら没頭してきたものであった。それになによりも、独りずまいの従弟を訪ねようと思いたったのが、単なる肉親の同情心からだけではないことが、昌子を足ぶみさせた。近親意識と愛情が相剋《そうこく》し、昌子のなかでそれはとしとともに深まっていた。以前より従弟の目つきがよくなかったことも気にかかっていた。明日サッカア競技を見物に行って従弟に逢うのと、今日これから従弟に逢うのとでは性質がちがう、と昌子はわけてみたわけである。それに、昌子はやはり夫を愛していると思っていた。ただのいちども俊ちゃんを訪ねたことはなかったのに、いまになって夫を裏切ろうというのは、どうしたことだろう？　こうして昌子は江ノ電のホームからでてきた。

それから昌子は源氏堂に行った。なんとはなしに時間をもてあましたのである。

「おやまあ、奥さま、こんなにお早くお買物ですか」

お内儀が店のあがり框にいて、入って行った昌子に声をかけた。お内儀はなにかさばさばした表情で微笑《ほほえ》んでいた。昌子はいきなり自分のかくしどころを見られてしまったような気がして、すこし顔をあからめ、受皿をみにきたのだとでまかせを述べた。

お内儀が数種類の受皿をとりだして並べているあいだに、昌子は飾り棚の面を見あげた。

面は五つあり、泥眼《でいがん》と小面《こおもて》がふえていた。あとの二つがいつから飾られたものかは知らなかったが、ともかく従弟は確実に自分の好きな仕事をしているわけであった。それらの面を前にしてみると、あらためて感慨もわいてきた。俊ちゃんの前であたしは夫を庇《かば》いすぎているのかもしれない。すると、すこしばかり自分という女がさびしくなってきた。

しかし、欲しくもない茶托の受皿を五枚買って源氏堂をでたときには、能面と逢ってきたことで、心がはればれした。ともかく明日は競技場で従弟に逢えるのだ、と希望があった。

春の午後はながかった。昌子が午後の日ながさを感じだしたのは、もうかなり前である。ときたま夫の帰らない日があることが、いっそう日ながさを感じさせた。日ながさを身にしみて感じた日に夫が築地で泊ったりすると、その日の夜のながさが身にこたえた。近くの円覚寺や東慶寺で撞《つ》く入相《いりあい》の鐘の音がきこえてくる頃、もしその日に夫が帰らないことが前もって判っていたりすると、鐘の音をきいていて奇妙な感情になることがあった。なぜあたしは生きているのだろうか、と考えてしまうのである。この感情は、壬生家が没落してしまった事実とつながりがあるような気がした。鐘はきまって円覚寺の方からさきに撞きだした。すると、ちょっと間をおいて東慶寺の鐘がなる。この日も、円覚寺の鐘がきこえだした頃、今日は夫が帰ってこないんだ、と思いかえし、従弟を訪ねなかったことが改めてくやまれた。そんなに重大に考えることはなかったのだという気がしてきた。従弟のところに持って行くはずだったサンドイッチをとりだして食べてみたが、ひどく味気なかった。こうした夕刻はこれまでにもいくどかあった。こんな一刻、あたしは夫を愛しているのだろうか、と考えることがしばしばあった。前もって夫が帰ってこないと判っていた日に、突然夫が帰ってきたりしても、さほどの感じが湧《わ》かないこともあった。自分が思っているよりも夫を愛していないのかもしれない、と思うことがあった。自分でも危険だと感じる一刻である。

一日のながさがすぎて待ちくたびれ、夫との臥牀《ふしど》に夢のないねむりを望むこともあった。結婚してからは一日の大半の思考がそこに注がれていたようであった。しかし、肉感のあらしがすぎてしまうと、自分でも気づかない愛の疑似行為をしてきたのではないか、と自分を振返ることがあった。ここにあるのは反省ではなく、内面の不安定だった。そしてそれは人妻の内面の不安定ではなく、没落した旧家の娘のそれであった。あたしは身のおきどころがない、と考えることが何度かあった。こうした一刻、暗い夜を彩る薪能の篝火《かがりび》をおもい浮かべたことが数度あった。

五

公三は予定を変えたのか夜おそく帰ってきた。昌子は内心まるで恋人との逢引《あいびき》の現場でも見られてしまったように狼狽した。事実この日はいつものように午後の日ながさを感じながらも、夫を待つ気持はすこしもなかった。夜、早目に床についたときも、明日をおもっていたのである。春の競技場に躍動する若い肉体をおもい、そのなかをさまよっていた。

狼狽がすぎてみると、公三の帰宅が迷惑なことに思えた。そして夫が真夜中の風呂場でからだを洗っているあいだ、昌子は夫の蒲団《ふとん》をのべながら、自分が狼狽したこと、迷惑に思ったことを改めて反芻《はんすう》し、自分にびっくりした。あたしはこの前俊ちゃんから、人妻になりきってしまった女、と言われたが、この動揺はどうしたことだろう?

あくる日曜日、昌子は予定通りサッカア競技をみにでかけた。夕方から来客があるから四時までに帰ってきてくれ、と前夜公三から言われていたので、午前中に仕度だけはしてでてきた。ラグビイ場に到着したのは予定の時刻を四十分ほどすぎた頃であった。試合ははじまっており、見物席には学生と一般の人が百人ばかりいた。昌子はそれらの人達からすこし離れた場所のベンチに腰をおろした。

競技場で敏捷《びんしょう》に動きまわっている選手達のなかから俊太郎を見分けるのは容易だった。彼はいま一群と離れた場所でボールを左右の足でドリブルしながら小刻みに走っていた。そこへ、一群とは別のところ、俊太郎のちかくにいた二人が殺到してタックルにかかったとき、俊太郎が右足の内側でボールを蹴《け》った。長い脚《あし》が鋭角にのび、瞬間、正確なキックがきまると、ボールは別の若者の足にとらえられた。春の陽光のもとにくりひろげられた若者達の動きは、まことにきらびやかだった。俊太郎がそう言ったように、昌子もまた、若者達の動きをみているうちに、失ったものをとりもどした気分になった。昌子のなかでゆるがぬ位置をしめていた俊太郎の像は、いますこしも変っていなかった。

静かな競技場で、ときどき若者達の鋭いさけび声があがり、昌子はそのつど睡りからさめたような気持で彼等の姿を目で追った。大学にいたとき俊太郎はレフトインナアを勤めていたはずだったが、いまはどこを勤めているのか。掲示板をみると、ＯＢ同士の試合であった。

ときどき風がたち、競技場では土ぼこりが舞いあがっていた。

やがて競技が終った。

昌子はしまいまで試合をみていたわけではない。競技場の若者達のはげしい動きをみながら、別のことを考えていた。

気づいたら、白っぽい陽ざしのなかを競技場から従弟がこっちに歩いてきた。彼は土ぼこりにまみれ、二つの目だけが輝いている顔中から汗を流し、獣のようなにおいをふり撒《ま》きながら昌子のそばに腰かけた。昌子のなかを、彼とともに暮していた頃の幸福がよみがえってきた。

「俊ちゃんのこんな姿をみるのも久しぶりだわ」

昌子はこのとき自分に夫がいるのを忘れていた。このときの昌子は、仮の世界から脱けだしてきて、本来の姿にたちかえった、というべきかもしれない。

「俺はいますごく幸福なんだ」

俊太郎は腕で顔の汗をぬぐいながら言った。このような純一無雑な目をみるのも昌子には久しぶりのことであった。

「これから、みなさんと、ごいっしょするんでしょう?」

「いや、俺はぬけてくるよ。なにかうまいものを食わせてくれよ。昌ちゃんの手料理をくえなくなってから久しいが、ま、それはあきらめるとして。とにかく、からだを洗ってくるよ」

俊太郎はたちあがった。

「俊ちゃん、悪いけど、今日はこれで帰らねばならないの。夕方から公三に来客があるのよ」

従弟と食事に行けば、夕方までに帰宅できそうもなかった。

「そうかい」

俊太郎は無愛想に言ったが、あきらかに失望していた。

「そのかわり、なるべく近いうちに稲村を訪ねるわ」

「なんの風の吹きまわしだね。もちろん俺はよろこんで迎えてやれると思うがね」

「あそこをでてから、あたし、お祖父ちゃんの葬式のときいらい、いちども訪ねなかったし。……昨日、源氏堂で、俊ちゃんの打った面をみたわ」

「それはありがとう。で、いつ訪ねてくるんだね？」

「はっきりした日はお約束できないわ」

「はっきりした日は約束できない、か。ま、あまり希望はもたないことにしておこう。気がむけば面を打ち、そしてときどきサッカアに熱中する。これだけでも充分の慰めだからな」

「俊ちゃん、そういう言いかたはやめて！」

「俺が拗《す》ねていると思っているのか？　もしそうきいたとしたら、帰って溜《たま》った耳のあかでも掃除《そうじ》するんだな。またもし皮肉にきこえたとしたら、昌ちゃんの心が不純になった証拠だな。このあいだ、目つきが悪いと言われたが、おおねのところでは俺は少しも変っていないよ。少し不良じみたところはできたかもしれないが。これは認めるよ」

俊太郎は、じゃあ、とあっさり別れのしるしの手をあげると離れて行った。

昌子は、競技場を歩きさる従弟の広い背中をみていたが、彼は控室にその姿を消すまでふりかえらなかった。ふり向いたら昌子は手をあげてやるつもりでいたが、考えてみると、九歳で母のもとをでて、いちどもそこに戻らなかった彼が、いまさらふり向くわけがなかった。想像以上の失望をあたえてしまったかもわからない、と思うと、胸がいたんだ。よびとめて、食事に行こう、と言ってやりたかったが、やはりそれはできなかった。昨日いらいの自分の姿を思いかえしてみて、従弟に向ける自分のまなざしが怖かったからである。従弟と自分とを繋《つな》いでいるもののなかには、不安定なものがひとつも含まれていなかった。それだけに、こんな気持のままながい時間従弟と逢っていれば、自分を偽れそうもなかった。

見まわすと、見物席の最後の人がでて行くところであった。昌子もたちあがった。

昌子は競技場をでて地下鉄の駅に向って歩きながら、漠とした美しい夢を追っていた。たしかに俊太郎と逢っているときには紛《まぎ》れることのない手ごたえを感じた。だが、このとき、前夜の夫の愛撫をおもいかえしたのは、どうしてだったろう。一方では夫の手の感触をからだ全体で感じ、片方では純一無垢《むく》な青年の目を望見していた。昌子が独りできまりの悪い思いがして、そっと辺《あた》りを見まわした。自分がたいそうふしだらな女のような気がしたのである。

地下鉄で渋谷にでて東横百貨店によった。地下の食料品売場におりて行き、ウィスキイを一本と肉の罐詰のつめあわせを注文し、届先に従弟の住所を記した。今日ともに食事できなかった謝罪のつもりだった。

それから帰宅したら、ちょうど四時で、公三は三人の来客とビールをのんでいた。来客というのは、同じ大学で英語を教えている仲間で、この四人はあつまるといつも、どういうわけか英語でしゃべった。昌子にはなにか奇異な光景だった。この四人のあつまりをみて、いつも昌子が想うのは、祖父の顔であり従弟の顔であった。壬生の血筋にはこんな連中はひとりもいなかった、とほぼ悔恨にちかい気持で夫を遠くから冷やかに眺めるのである。四人の大学の先生が俗事をしゃべっていたわけではない。狷介《けんかい》な壬生の血筋が彼等に溶けこめなかっただけの話である。ある意味では、この四人こそは、現代を上手に泳ぎきっている者として最もすぐれた人達であった。事実、昌子の知るかぎり、彼等の移り身の素速さほどみごとなものはなかった。

六

やがて夏になった。

昌子はまだ稲村ケ崎に従弟を訪ねていなかった。春いらい夫に没頭していたのである。そうすることで賢明な人妻になりきろうと努めた。

源氏堂には、五月の末にいちど、七月にはいってからいちど行き、能面と逢ってきた。いままでは、足かけ五年間能面と逢うことでささやかな安らぎをおぼえてきた行為に、ためらうことなく浸ることができた。従弟が面を打ちサッカアに全部を集中することで幸福を感じているのと同じ程度に、昌子は自分の安らぎに幸福を感じた。じっさい、考えてみても、自分ほどぶきっちょな女はいなかった。公三やその同僚、同僚の妻達をみても、かれらはみんな実に上手に生きていた。外国から高名な演奏家がくると演奏会にでかけ、評判の映画があるとそこにもでかけ、やれ催しものだ、旅行だ、スキーだ、と目まぐるしく生活をたのしんでいるのに、一方はわが身につける贅沢のためにひっそりと仕舞のおさらいに通い、ときどき能面に逢いにでかけていた。どこかでそれは現世とかけはなれた日常であった。とは言え、公三とのあいだもうまく行っていた。春から初夏にかけ、夜の臥牀《ふしど》のなかで、歓喜に燃え滅びゆく一刻を経験したことがいくどかあった。かつてなかったことで、感覚が深まってきたのは年齢のせいだろうと思った。

公三は、七月なかば学校が休暇にはいると間もなく、十日間の予定で信州の夏季大学の講師に招かれて行った。

夫がでかけてしまうと、暑さがいちどにやってきたような数日が続いた。昌子の部屋も暑かった。暑さのさなかで昌子は夫との歓楽の眩暈《くるめき》を反芻し、わが身をもてあました。いままでは夫と自分の位置がかなりはっきり見えていた。内面の不安定が肉感にとりかかわり、ともかく一応の平安を得ていた。その肉慾《にくよく》の相手が目の前にいないとなると、奇妙なさびしさが心にひろがってきた。十日間も相手を眺められないのはさびしかった。そこにいないという事実が、五年間の慣れをなつかしませたのである。しかし一方では、自分のからだを開眼《かいげん》してくれた相手を愛していない事実を認めないわけにはいかなかった。そこには、つらさが介在していた。

夫がでかけてから十一日目の朝、昌子はいつものように八時に床からでた。家の周囲では樹木の葉に朝の陽がきらめき、おびただしい光が砕け散っていた。蟬《せみ》が一日の日ながさを告げはじめていた。そんな風景を眺めているうちに為体《えたい》の知れない倦怠《けんたい》がおそってきた。このとき昌子は、こんなに熟《う》れてしまったからだを十日間も独りにしておくのは、いったい、どうしたことだろう、と考えてしまった。数日前、公三から葉書が届いていたが、彼は予定の十日目の夜には帰ってこなかった。

昌子は夫の書斎にはいってみた。

机の上には、この夏のはじめに出版されたばかりの夫の新しい著書がのせてあり、それは〈イギリスにおけるアメリカニュウクリティシズムの影響〉というおそろしく長い題の本だった。この長い題名が昌子のなかに別の倦怠をよんだ。そこで昌子は、草いきれのする山をおり、東京の夫の仕事部屋を見物に行くことにした。山荘にある夫のものは眺めつくしてきたので、夫が仕事部屋でどんな生活をしているかを知るたのしみがあった。こんなことを考えつかねばならないほど暇がありすぎた。じっさいなにもすることがなかった。だが、独り身でくらした十日間に、昌子が従弟を訪ねようと思いたったことは三度ほどあった。

昌子はかんたんな朝食をすますと、この夏こしらえたばかりでまだ手を通していない能登《のと》上布《じょうふ》の麻の単衣《ひとえ》に綴織《つづれおり》の帯をしめ、日傘をさして九時すこしすぎに家をでた。

築地明石町にある夫の仕事部屋は、そこを借りるときに昌子も夫といっしょに見に行ったことがあった。聖路加《せいろか》病院と都立京橋高等学校のあいだにある小さな料亭をかねた旅館で、東京駅八重洲口から鉄砲洲行のバスにのり、明石町でおりるとすぐのところであった。昌子がバスをおりて強い陽ざしの道を歩き料亭の門をはいったら、泊り客を送りだしにでたお内儀とあった。

「あら、いらっしゃいませ。あのう、奥様、先生はただいま信州でございましょうが？」

このお内儀の出来すぎた質問が昌子を足ぶみさせた。この人はなにかをかくしている、と直感した。お内儀が公三から信州行をきいていたら、先生はもうお帰りですか、と聞くのが尋常ではないか、と昌子は考えたのである。

「信州から速達で、ここにおいてある本を送ってくれとのことで、それをとりにまいりましたの」

お内儀の出来すぎた質問にたいする答としたらこれしかなかった。夫がここに泊っていたのを気にもとめなかったのがいけなかったし、過去の夫の不審な点がいちどに思いかえされてきた。

「それはそれはお暑いなかをたいへんでしたでしょう。おあがりくださいませ。ちょっと昨夜はたてこんだもので、勝手ながら、先生のお部屋にほかの客を通しました。それはあとで先生にあやまれば、先生のことですからお許し戴けると思いまして。ただいま掃除中でございますから、はい、すぐ片づきますから、ちょっとお待ちくださいませ」

お内儀の応答はやはり出来すぎていると昌子は感じた。

昌子は玄関をはいって下駄をぬぎ、お内儀が帳場に茶の用意を命じているあいだに、二階にあがった。階段をのぼりきったところで、階下から、奥様、ちょっとお待ちくださいませ、とお内儀がよびとめた。そのあわてかたが尋常でなかった。尋常でないことが昌子をつぎの行動にかりたてた。夫が借りている部屋の襖《ふすま》をあけた。掃除中なら入ってもかまわないはずであった。

そこは三畳の控室で、壁に夫の夏背広がかけてあり、その下の衣桁《いこう》かけに女物の絽《ろ》の着物と単帯《ひとえおび》がかけてあった。昌子は珍しいものでもみるようにその絽の着物を眺めた。背後にはお内儀が立っており、手でくちをおさえ、小声で昌子をよびとめた。うろたえたお内儀の目をみた昌子は、奥の間の襖をあけた。そこに、明けはなした窓に青い簾《すだれ》をかけ、夏蒲団をかけた男と女が肩をならべてうつ伏せになり、煙草をのんでいた。最初にこちらをふりかえったのは、眉《まゆ》の濃い豊満な感じのする顔立の女だった。女のくちからさけびがもれ、公三がふりかえった。ここまでは、珍しいものを眺める昌子の感情は変らなかった。それが、みるも哀れな夫の顔をみたとき、昌子は激怒した。つかつかと部屋に入り、蒲団を剝《は》ぎとった。剝ぎとった蒲団を簾《すだれ》をあげて外に投げた。二人とも裸だった。女はおきあがると大きなからだを折りまげるようにして素速く部屋からでて行った。公三はいきなりシーツで下半身をくるむと、待ってくれ！　と言った。昌子は乱れ函《ばこ》から二人の下着をとりあげると丸めて抱え、つぎには控室の夫の背広と女の着物と帯をとり、下着といっしょに丸めて重ね、階段をおりた。

「昌子、待ってくれ。誤解だ！」

背後で夫の声がした。なんてぶざまな男だろうと思った。なさけなかった。

帳場ではさっきの女が浴衣姿《ゆかたすがた》でお内儀とぼそぼそ話していたが、昌子をみると帳場の奥にはいってしまった。

「奥さま、ちょっとお待ちくださいまし。手前共で嘘《うそ》を申しあげたのは重々あやまりますから、ちょっとお待ちくださいませ」

お内儀が昌子の前にきて手をついた。

昌子はかまわず下駄をつっかけ、日傘をもつと外にでた。料亭をでると、向う岸の市場通りを距てた掘割に、丸めた衣類を投げこんだ。それから聖路加病院の前にでると車をひろい、鎌倉、と運転手に告げた。夫の哀れな顔のぶざまな恰好《かっこう》は許せなかった。自分の矜《ほこ》りを傷つけられた気がしたのである。鎌倉につくまで車のなかで考えたのは祖父のことであった。

夜になり、公三は料亭のお内儀をつれて帰宅した。お内儀が菓子折をだしてあやまるのを、あなたは商売で泊めたのだから、あたしにあやまることはない、と玄関から菓子折を持たせて帰らせた。夫は買ったらしい出来あいの自分のからだより大きいズボンをはいていた。ワイシャツも新しいのをつけていた。

「きみが妬《や》くほどの女じゃないんだ」

公三は言った。

「なんてことをおっしゃるの！　あたしがいつあの女に妬きました。あたしはあの女の顔もろくにおぼえておりません」

「信州から昨夜帰ってきたが、まっすぐ帰宅すればよかったのを、ちょっと本をとりに行って飲みすぎたのがいけなかった」

「おやめになって。弁解って、とても聞苦しいものですわ」

「ほんとだ。僕も弁解するつもりではなかったが」

公三はしかしそれからも二つ三つの弁解を試みた。昌子はうけこたえをしなかった。女のことや、どうしてそうなったのか、などについては一言半句も聞かなかった。それよりも、嫉妬の感情がわいてこないのが不思議だった。足かけ五年間のつみ重ねにはなんの意味もなかったのか、と思った。春いらいの歓楽のくるめく想いでが急速に色褪《あ》せて行った。一枚めくってみればこんなことだったのか、とこんどはほんものの悔恨がおそってきた。

和泉公三は料亭で妻にふみこまれたとき、誤解だ！　とさけんだが、彼はまったく妻を誤解していた。妻が嫉妬しているに相違ないときめこんで帰宅した彼は、はからずも別の鏡によっておのれの姿を見せつけられたのである。なにを話しかけても沈黙している妻に、彼はとうとうちからずくで挑んだ。このとき妻のくちをついてでたのは、スノッブ、よして！という思いがけない言葉であった。昌子が、如何《いか》なる事態になってもこれだけは言うまい、と自分に箝口令《かんこうれい》をしいていた言葉であった。あつまってくる同僚達のあいだにおいてみても、公三ほどおのれを知っている者はいなかった。

「なるほどね」

公三はにやにや笑いながら自分の蒲団を書斎に移した。どういう笑いなのか昌子には判らなかった。

「女がありあまっているというのにね。きみはわからない女だよ。不思議な女だ」

公三はもういちど現れてこう言いのこすと、再び書斎に引きかえした。

昌子はこの夜一睡もしなかった。暁方《あけがた》、ひとしきり葦雀《よしきり》のなき声をきいた。このとき祖父を想いうかべたのは当然のことかもしれない。「骨董屋《こっとうや》の小僧ははじめからほんものだけを見せられて育つから、にせものがすぐ見わけがつくようになる。和泉君はほんものだろうが、いやになったら、いつでも別れていいだろう」祖父はこう言った。あのときお祖父ちゃんは、ほんとは縁談に乗気でなかったのだろうか？

この日から二人のあいだは急速に冷えて行った。季節はこれから夏の盛りであった。

七

和泉公三は公然と外泊するようになった。ときには女に買ってもらったらしい夏ネクタイをしめてきたり、そして下着類はすべて向うでとりかえてきた。向うがどこなのか昌子は知らなかったが、かりに向うとよぶことにしていた。大学助教授の肩書さえなければかなり見られる男だったから、女に不自由しないだろうことくらいは昌子にもわかった。そして彼は、いったん毀《こわ》れてしまった夫婦のあいだをもとにかえそうと、妻の関心をよび戻そうとしていた。ところが昌子は、向うの女が妻である自分をどう見ているのか、などということはまるで考えていなかった。客間の洋間を自分の寝室にし、そこでなかから錠をおろして寝るようになってからというもの、昌子は毎夜のこと薪能の篝火《かがりび》をみた。斑鳩《いかるが》の里を黙然と歩いていた祖父の背中を夢にみた。夫とのあいだがどう変化して行くかは判らなかったが、しきりに祖父のこと俊太郎のこと俊太郎の父のことをおもいうかべた。

ところが、ある早暁のこと、昌子は、ここしばらく絶えていた感覚に目をさました。どうやってなかに入ってきたのか、公三がそばにいた。いったんはさからったが、旬日の渇きにやがて乱れて行った。一刻がすぎ、昌子は脇腹に夫の手を感じながら無言でいた。さっきまで秘事《ひめごと》をささやき続けていた公三は、女とは手を切るから、ここら辺で仲直りしよう、と言いだした。

「どだい父母のいないきみをもらうことには、反対した親類もいたが、しかしそれはどうだってよかったのだ」

ときわめて現実的なことを言った。暁方のひんやりした空気を肌で感じながら、昌子がこのとき覚えた孤独は言いようのないものだった。

いったんこうなったからには再び夫を拒むこともできまいと思った。しかし、精神によろこびを伴わない官能のよろこびが、そう永続きをするとも思えなかった。夫婦が最後に求めあう寝床に救いがないとすれば、総ては終りかも知れなかった。昌子は脇腹や腰や内股《うちまた》に夫の愛撫の手を感じながら、再び仮睡にまどろんでいった。今日は起きたら俊ちゃんに逢いに行こう、と思った。このときはじめて、自分の気持を自分自身にはっきり言いきれる勇気がでてきた。夫に女がいるのを知ったのは、きっかけにすぎなかった。

十時すこし前に、公三は、今日は夕方までに帰る、と言いおいて家を出て行った。昌子は夫の行先をきかなくなってから二週間になっていた。結婚したときにこんな不幸な事態は予想もしなかったことであった。公三がどこにでかけたのかは知るべくもなかったが、女と手を切るためにでかけた、と考えるのは妥当かもしれない。

そんな無駄なことをする必要はないのに、と昌子は思いながら夫を送りだした。それから数枚の汚れものを洗って乾し、前夜沸かしてまださめていない風呂の湯をつかってからだを洗うと、家をでた。正午であった。

八

稲村ケ崎の風景を眺めるのは祖父の告別式いらいはじめてである。祖父の墓所は扇ケ谷《おうぎがやつ》の寿福寺にあり、そこには戦死した昌子の父、アメリカ兵に殺された俊太郎の父もいっしょにねむっていた。毎年、墓参りだけはしてきたが、いつも独りで行く墓参りは心に寂寞《せきばく》感をよんだ。再婚して去った母は小田原に棲《す》んでいたが、公三との結婚式にきたときにいちどあったきりであった。母は新しい夫とのあいだに二人の子をうんだ、と人づてにきいたことがあった。その二人の子は、母に去られた頃の昌子の年齢に達しているはずであった。俊太郎の母のことも人づてにきいたことが数度あった。三人の子もちになった、ということであった。

俊太郎の母は東京の成城学園に棲んでいた。再婚した二人とも、新しい夫の手前をはばかってか、いちども墓参りにはこなかった。あるいは誰にも知られないようにひっそりと墓参りにきたことがあったかも知れないが、昌子も俊太郎も、自分達の母とはあっていなかった。

江ノ電の稲村ケ崎駅をおりてしばらく南に歩き、山道にかかったときには、陽ざかりにさらされた見覚えのある風景が胸をしめつけてきた。ある家の建仁寺《けんにんじ》垣《がき》は五年前と同じ姿でたっていた。坂道には真上から陽が照りつけていた。かつて、この坂道の登りおりには、たくさんの悲しみがともなっていた。父の出征を見送り、まもなく遺骨となって戻ってきた父を菩提寺《ぼだいじ》に送り、他家に去る母を見送り、それから空襲で焼けだされていっしょに棲むようになった俊太郎一家を迎えたが、間もなく俊太郎の父を見送り、俊太郎の母を見送り、そしてこんどは自分が公三のもとに去り、それからいくばくもなくして祖父を見送った。それらの年月、四季の移りかわりは、すべて悲しみに染まっていたように思う。坂道をのぼりつくして棲みなれた家の前に立った頃には、全身汗ばんでいた。みると、母屋《おもや》は一角をのこしてあとかたもなく取りはらわれ、そこに鉄筋造りの新しい二階屋が建っていた。白いコンクリートの塀がその家を囲み、二階のベランダでは派手な海水着姿の青年や少女達がかたまってなにかさわいでおり、ジャズがなっていた。

能楽堂は、その家の前を通って奥に行き、西側にあった。魚を焼いているにおいがした。みると、庭の海棠《かいどう》の樹の日蔭《ひかげ》で従弟が団扇《うちわ》で七厘をあおいでいた。

「おや、やはりきたのか」

俊太郎がたちあがって数歩こちらに歩いてきた。

「きたわ。くると言ったらくるわよ」

「いっしょにめしを食おう。いまさっき、そこの岬《みさき》でかさごとべらを釣りあげてきた。昨日は三十センチほどのあいなめを二本あげたが、お祖父さんがいたらなあ、と思った」

「ほんとね。お祖父ちゃんは毎日魚ばかり焼いていたものね。俊ちゃん、毎日釣りに行っているの？」

「ほとんど毎日だな。野菜と米だけ買えば、なんとか食って行ける、というところだな」

庭には樹と樹のあいだに紐《ひも》がはってあり、そこに洗濯物といっしょに若布《わかめ》と鹿尾菜《ひじき》が乾してあった。

「母屋はいつ取りはらわれたの？」

「去年の春だ。ここんところ、一日中あんな調子でさわぎたてているんで、こっちはなにひとつ手につかない始末だ」

「コンクリートの家にコンクリートの塀、なにか殺風景になってしまったわね」

「時代だよ。娘が二人いたのをおぼえているかい？」

「もう大学をでた年頃じゃないかしら」

「上の方は一昨年でた。二人ともきれいになってね。ときどきここにも遊びにくるよ。このあいだは、その上の娘を危く脱がせてしまうところだった」

昌子は顔をあからめた。

「さあ、焼きあがった。めしにしよう」

「俊ちゃん、あなた、ほんとの不良になってしまったのとちがうの？」

「昌ちゃんが心配するほどのことではない」

能舞台の裏側に細長い日本間があり、むかしそこは楽屋であった。いまは俊太郎が寝泊りしている。鏡の間だった板張りの部屋は、いまは俊太郎の仕事部屋になり、そこには彫りかけの面がいくつか並べてあり、ほかに造りかけの盆などがおいてあった。

「このお盆は源氏堂の仕事なの？」

「食えないから手がけはじめたが、面白くない仕事だよ。こまかいものでは帯どめとかブローチなどもこしらえているが。学校をでるまでお祖父ちゃんが生きていたら、僕も勤め人になっていたと思う」

「むかしを想いだすのは悲しいことだわ」

「三人で大和路を歩いたときのことを覚えているかい」

「忘れるはずがないわ」

「おぼえているかい。……むかし、おまえ達の親父達が学生の頃、わしは二人をつれてこの同じ道を歩いたことがあったが、こんどは父親のいない二人の孫をつれて歩いている。わしだけが生きのこった。……お祖父さんはこう言ったな。俺はいまになって、あのときのお祖父さんの悲しみの深さがわかってきたよ」

「あたし達には、いいことがひとつもなかったのね」

「俺は嘆かないことにしているんだ。ところで、昌ちゃんからそんなことをきくと、和泉さんとうまく行っていないのかな、などと考えちまうが、結婚したいまでも、いいことがないのかい？」

「ないわ」

「俺などの推測できない世界だが、そうかね、いいことがなにもないのか」

「おたがいに、血をわけた母が近くにいるというのに、あって慰めあうこともできないのね」

「よせよせ、そんなはなしは。俺は、おふくろを恨まないことにしているんだ。俺は、おふくろをすこしも恨んでいない、と自分に言いきかせ、自分で納得するのは、たのしいことだよ。そうそう、この春のサッカアの試合があってからしばらくして、俺は、新宿でおふくろにあったよ」

昌子は箸《はし》をおき、従弟をみた。

「偶然というんだろうな、あんな出会いは。中村屋の二階で友人と待ちあわせていたときだ。俺は窓ぎわにかけていたが、ななめ右の席、といっても十メートルは離れていたが、俺は、そこから絶えずこっちをみている視線を感じたんだな。俺はそっちをみた。三人の子供達に囲まれた親子団欒《だんらん》の光景、といえばわかるだろう。俺は自分のテーブルに視線をおとした。するといま見た、夫と三人の子供に囲まれた女の人が、おふくろではなかったか、と思えてきた。で、俺はすぐ再びそっちを見た。そのひとはあわてて俺から目をそらし、子供達としゃべりだした。だがそのつぎにそのひとがこっちをみたときに、二人の目がかちっと合ってしまった。こんどは二人が同時に目をそらした。俺はちょっと考えてから、ここをでよう、と決めた。夫と子供のいるそのひとに話しかけることはできなかったし、またそのひとも、夫と子供の前で、かつての息子に話しかけることはできまい、と思ったのだ。俺は三階に席をうつした。席をかえてから考えたのは、あの子は自分を恨んでいるからここからでて行った、とそのひとが思いはしないか、ということだった。それではあのひとがかわいそうだ。そこで俺はテーブルから紙ナプキンを一枚とると、つぎのように書いた。〈まったくの偶然でした。私が席をうつしたのは悪意からではありません。どうか御理解ください〉これを折りたたんで女給仕に渡し、もしそのひとが手洗いかなにかで席をたったら、後を追って行き渡してくれ、と頼んだ。女給仕はいやな顔をせずに引きうけてくれた。後で女給仕がきて、たしかに御家族にわからないように手渡しました、と告げてくれた。女給仕は俺を若いつばめかなにかと思ったんだろうな。そのひとの三人の子というのは、いちばん上が女の子で十五歳位、その下が十二歳位の男の子、いちばん下が八歳位の女の子だった。そのひとにしてみれば、その三人の子も俺も同じ腹をいためた子にちがいないが、別れてから十六年という歳月は、そう簡単ではない。糸口さえ見つからなかっただろうと思う。たがいに遠くに離れてくらしながら偶然であったのとちがい、すぐ近くにいながら十六年間ただのいちどもあっていない、という事実が、俺をそんなようにさせたんだな」

「俊ちゃんは、大人になったのね。あたしなら、とてもそんなに頭が早くまわらないわ」

「ところが俺はその日ここに帰ってきてから泣いたよ。水のような涙があとからあとから流れでるんだな。自分の泣顔をみるのがいやで、俺はお祖父さんの能面を壁からはずしてつけてみた。それから鏡をみた。そこにかかっている節木増だ。それから間もなくのことだ、面を打つのがいやになってきたのは。あれからひとつも打っていない」

「どうしてなの？」

「わからん。偶然とはいえ、なま身のおふくろに出会ったのは、俺にとっては幸福なことではなかったらしい。面打《めんうち》で世を終ることを考えていたが、それができないと判ってからは、なにをしてよいのかわからん。昌ちゃん、いま俺のなかは空っぽなんだ」

「あなたは、サッカアで自分をとりもどしたはずじゃなかったの？」

「あのときはね。……ついでに昌ちゃんに、もうひとつ話をきかせてやろうか」

「どんなこと？　あたしがきいてしまってもいいことなの？」

「それはどうだかわからんな。とにかくきかせてやろう。二十五歳の俺はいま、親父が三十四歳でアメ公に殺されたマーケット、あそこに毎晩ではいりしているが、そこで悪い女にひっかかってしまったのさ。ききたいかい？」

「そんなはなしなら、ききたくないわ」

「じゃ、きかせてやろう。春、目黒の能楽堂からの帰りに、悪い女でもできたんじゃないか、ときかれたことがあったが、女ができたのは去年の秋だ。未亡人で年は三十五歳、十人並みの器量で、お尻が大きく、おっぱいも大きい。俺はその女からいろんなことを教わった」

「俊ちゃん、よして！」

「要するにサッカアをやっているときと同じなんだな。なにも考えない。複雑な気持になったときの最後の避難場所だということを発見した」

「俊ちゃん、そのお方を愛しているの？」

「愛しているのはお尻とおっぱいと、それから……」

「もういいわ」

昌子はたちあがった。従弟がなにを言いだすかわからなかった。

「なんだ、おしまいまできけよ。まあ、坐れよ」

「そんな俊ちゃんをみるのは、かなしいわ。あなたはいつも男らしかったはずだわ」

「俺は嘆かないし、かなしまないことにしているんだ。面を打てなくなったことだけが唯一のかなしみだ。目黒でみた卒都婆小町、としをとっても昔の色香がのこり、しわひとつない、あの老女の面、俺が新宿であったときにみたのは、これだった。十六年目に偶然であったその人からは、なま身の女のなまぐささだけが発散していた。俺が勝手にこしらえあげていた像が、こっぱみじんに毀《こわ》れ果ててしまった、といえばいいかな。げんに俺のそばにいるおふくろなら、そんなひとでもよいし、年をとっても若さと美しさを保っているおふくろが自慢だろうと思う」

「それこそ俊ちゃんの勝手というものよ。中村屋であったときの俊ちゃんのお母さんの様子を、もうすこし話してちょうだい。なま身の女のなまぐささ、と言っただけではわからないわ」

「そうだな、年より若くみえたことは、いま話した通りだ。若くみえるのはあのひとの責任ではないだろう。だが、赤いスーツを着ていたのはショックだった。たしか四十七、八のはずだ。なにごとにつけても、にぎやかなこと、さかんなこと、大げさなことの好きな人ではないか、と感じた。てんでひどかった。なまぐさかった。その赤いスーツがまったく似合わず野暮なら、俺は救われただろう。どんぴしゃりと似合っていたんだ」

「嘆かないといっていたのに、それでは嘆いていることじゃないの。あなたには、他人にたいしての思いやりがあったわ、むかしから。俊ちゃんらしくないわ、そんなの」

「いや、俺は嘆いてなどいないよ。もう卒都婆小町の面をみるのがいやになった、というだけのはなしさ」

「俊ちゃん、あたし、これで帰るわ」

「女のはなしをきかないのか」

「ききたくないわ」

昌子は再びたちあがった。

「俺はその女を愛しているわけではない」

「それでもききたくないわ。俊ちゃん、あなた、サッカアはもうやめてしまったの？」

「やめた。マーケットの女とやることが、サッカアと同じなもので」

昌子はだまって部屋をでた。

「昌ちゃん、もう、ここにきてはだめだよ」

昌子はちょっと立ちどまったが、ふりかえらずに表にでた。

昌子はそこから見おろせる海もみずに山をおりてきた。その年上の女を愛していないにしろ従弟が自分以外の女にふれたことがつらかった。女のことをくわしく知ったら、自分が苦しむだろうと思った。嫉妬というほどのものではないかもしれない、と考えてみたが、公三と自分の肉のふれあいをおもいかえすと、やはり苦しかった。

北鎌倉の駅をおり、陽がじりじり灼《や》きつける道を家にむかった。十人並の器量でお尻が大きくおっぱいも大きい、と言った従弟の表情がおもいかえされた。明石町の料亭でみた公三と女の姿、マーケットの女の部屋で女と寝ている従弟、その二つのあいだに自分をおいてみた。すると、自分の立場のつらさがはっきり見えてきた。

九

あれほど、自分の気持を自分自身にはっきり言いきれる勇気をもって稲村ケ崎にでかけたのに、あくる日から昌子は、公三との足かけ五年間の生活そのものに義務を感じようと努めはじめた。これは自分でも意外であった。生活の平安を求める心がより強く動いたからかもしれない。

だが、この決心が続いたのは八月いっぱいであった。

そろそろ新学期がはじまる公三は、連日、図書館通いだと称して東京にでかけ、やはり、ときどき泊ってきた。ある日の朝、彼は玄関で靴をはいたとき、こんなことを言った。

「結局は、なんとかかんとか言いながらも、うまく納まるものだ。それにきみは、僕とは別れられないよ。だいいち、帰るところがないじゃないか。旧家の娘としての矜《ほこ》りだけでは生きて行かれないよ。そんな時代じゃないんだ」

彼は靴ひもを結ぶとたちあがり、妻と向きあった。

「ま、そんなところだな。かりに、これからも女をつくるようなことが僕におきたとする。きみはこの前のようにやはり妬くだろう。しかし、帰るところのないきみとしたら、少々のことには目をつぶり、それまで通りにやって行く方が賢明だろうね。だいいちね、向うは商売女だが、きみは大学の先生の奥さんとして尊敬を受けているんだ」

「そうですわね」

昌子はさしさわりのない返事をし、夫の顔をしげしげと視つめた。このひとは、いまでも、自分の妻から愛されていると思っているのだろうか。明石町で夫のぶざまな姿をみたことは、いまとなってみると、あのとき夫はあれ以外の姿はとれなかったのだ、と思うようになっていたが、妻からスノッブと言われて以後は、自分をかくそうとしない男になっていた。そうなってしまった男を朝夕眺めるのは、たとえ義務と慣れでともにくらしているにせよ、妻にしてみれば楽しいことではなかった。それに彼は、そう頭が悪い方ではないのに、いつも自慢と矜持《きようじ》を混同していた。ときどき学生が遊びにきたが、彼は手放しで自分の著作を礼讃していた。そんな彼をみるのはつらかった。

こんな朝夕を送り迎えながらも、昌子が従弟を考えなかったわけではない。いや、いちどならず、あの八月の陽ざかりの道を稲村ケ崎から戻っていらい、いまいちど訪ねよう、と決心しかけたものであった。考えてみても、彼ほど自分を愛してくれた男はいなかった。

九月にはいって間もない水曜日の午前、昌子は夫を送りだすと、染替えにだす着物を風呂敷に包み、由比ケ浜の染物屋にでかけた。その帰りに源氏堂によってみた。だが棚には能面がなかった。昌子の視線に気づいたお内儀が、壬生さんには困りました、と言った。

「もう打つのがいやになったと言い、主人がなんど催促に行ってもだめなんですよ。なんですか、いま、ちょうど、お能のブームとかでございましょう。それで、やっとぽつぽつ売れてくれたと思ったら、おかしなかたですよ」

お内儀の説明によると、この春までは面は一面五千円で委託であずかり、売れたら三割を源氏堂がもらう方法をとっていたが、春以後は一面三千円で買いとっていた。だいたい月に七面はさばけだしたし、東京のデパートからも注文がある。それをことわるのはどうしたことかということだった。

「七月のはじめに伺ったときには、たしか、三面ほど並べてあったわね」

「あれが売れてからですよ。あれっきり一面も持っていらっしゃらないんですよ。春からひとつも打っていないらしいんですって。みんな以前に打ってあったとかで。つい先日のことですが、宝生《ほうしょう》の能役者がみえられ、知人がここから買った面をみたが、たいへんいいものであった。あったらみせてもらえないか、とおっしゃるんですよ。それを打たないなんて。それに、すこしおかしいことには、いままで造るのをいやがっていたお盆だとかブローチだとか手鏡の台などをやりだしたんですよ」

あの日言っていたことはやはり本当だったのだ、と昌子はつらい気持になった。十六年ぶりの母との邂逅《かいこう》は、こちらが想像する以上の衝撃だったかもしれない。しかし、その急激な変貌《へんぼう》はすこし唐突すぎる気もした。なにか一本調子で歩いてきて、途中でぽきっと折れてしまったような感じを受けた。

店内には去年と同じく鎌倉薪能のポスターがはってあり、今年は九月三十日であった。昌子は結婚してからは、このポスターを目にとめることで、自分がいまひとつとしを重ねたのを知るようになっていた。記憶にある暗い夜を彩る薪能のかがり火は、興福寺南大門のそれがやはり鮮烈であった。

昌子は源氏堂をでてからも興福寺南大門の薪能のかがり火をみていた。その十八歳の春、昌子は正確には夜能をみていなかった。このとしは、昌子には二重の春であった。それまでは従弟と一つ蒲団で抱きあって睡ったこともあった。姉の役目を果たしている一方、母親の役も果たしていた。近親を意識しだしたのは旅にでる前であった。二人のあいだに節度があったにしても、甘美な世界にとどまっていたのは事実であった。南大門で薪能の篝火を前にして従弟に永遠をみたのは、二人が同じ境遇のなかにいたせいかもしれない。能という形式の永遠に、従弟の姿を重ねあわせていたからかもしれない。大和路の旅にでる前、一つ蒲団で睡ったとき従弟に乳房をさわらせたことがあった。従弟は無意識に母親を求めていた。ひどい懲罰だ、と昌子はいまになって自らをあざむけない自分のなかをみた。

帰宅しても、することはなにもなかった。ひっそり閑とした家で独り従弟を想うことだけがのこされていた。昌子はたちどまった。しばらく足もとの白茶けた地面をみつめた。血の近さは問題外だという気がした。母親と姉の役目を果たしてきたことも、考えてみると、自信をもってそうしてきたとは言いきれなかった。自分に子供ができるまで結婚しないように従弟に言いわたしたのも、その懲罰が自分にはねかえってきたようなものであった。面打をやめてしまった従弟にのこされたのは、このあたしだけかもわからない。二人とも、二人にのこっているのは、たがいの愛情だけだという気がした。

昌子は自宅を目の前にしてきびすをかえした。

十

従弟は刳貫盆《くりぬきぼん》を造っていた。昌子がはいった気配にもふりむかず、こっちに広い背中をみせて彫刻刀を動かしていた。昌子は日本間にはいった。

「俊ちゃん、またきたわ」

返事はなく、彫刻刀をにぎった腕だけが動いていた。

「どうしてこっちをみないの」

「もうここにきてはだめだ、と言ったはずだよ」

「そうだったわね。……今日、源氏堂によったわ。そしたら、俊ちゃんが面を打たなくなったと、お内儀さんがこぼしていたわ」

「つまらない仕事をしてきたものだ」

「そんなことはないわ。どうしてそんな言いかたをするの？」

「面を打つのは、俺にとっては、生きるための条件だった。掟《おきて》だったと言ってもよい。面というのは、喜怒哀楽のどの変化にも応じるよう造られてきたのだろうが、俺にとっては、ひとつの面はひとつの表情しか示さなかった。そのひとつの表情が毀れてみると、なにもかもがつまらなくなってきたわけさ。この前昌ちゃんがここにきたときには、打てなくなったのが悲しみだったが」

「俊ちゃんは、現実と自分の掟とやらをいっしょにしているわ。掟だけで充分じゃないの。そんなことを言わないでちょうだい」

「俺はいままで、おふくろの顔をつくっていた。増女《ぞうおんな》と孫次郎の節木増《ふしきぞう》が多かったのも、そのせいだったからだ」

「知っていたわ」

「知っていた？」

従弟は彫刻刀をおくと、はじめてこっちをみた。

「それは、ずいぶん前から知っていたわ」

「おふくろを考えて打ったにしろ、面が全部、昌ちゃんの顔そのものだったことを、知っていたというのか？」

「あたしは、それを、ずいぶん以前から知っていたわ。そうだと知っていても、あたしには、どうすることもできなかったことよ。それは俊ちゃんにしても同じだったはずよ。あたし達は、しらずしらずのうちに血の近さを障碍《しょうがい》に感じはじめていたのではないの」

「責めてなどいない。俺は、結婚してしまってからの昌ちゃんの悲しみさえ思いやっていたほどだ。だが、そんなことはどうだっていい。いま考えられるのは、俺はずいぶん単純に、そしてせまい生きかたをしてきた。そう思えてならない。もっと広い生きかたがあったと思う」

「後悔しているの？」

「いや、俺は後悔したことはいちどもない。昌ちゃんが去ってからは、はっきり言って、ほんとにつらかった。白状するが、死のうとしたことが二度あった。そんなとき、俺はいつもあくびをしてみせた。そうすることでなんとか生きながらえようと思った。サッカアに熱中し、中世の遺品を彫っていた俺の姿は、はたからみれば直截《ちょくせつ》だったかもしれない。だが俺はサッカアなど信じちゃいなかった。熱中するときの行為だけに我を忘れていた、と言ったらいいだろうか。中世の遺品を彫っていた俺の姿は、自分でもいじらしいと感じたことがあった。思いのままに彫れる行為だけが信じられたのだ。そこに永遠をみたと言ったのも嘘だ。たしかに、現世こそは仮りの世界で、あの中世の遺品にほんとの世界がある、と思ったことはあったが。昌ちゃんは俺に永遠をみていたかもしれない。俺が昌ちゃんに永遠をみたと同じようにね。だが、ほんとは、二人とも、そんなものを見たと思っただけにすぎない。思いあがりにすぎない。没落した家の子が現実のつらさから逃れようとしたときにみたのが、ありもしないそんなものだったわけさ」

彼はたちあがって昌子の前にきた。

「なにしにきたのだ？　俺に永遠をみにきたのか？」

彼の左腕がのび、昌子は背をつかまれて抱きよせられた。昌子は緊迫した二つの目をみた。顔に熱い息を感じた。

「俊ちゃん、なにをするの！」

「もうくるな、と言ったはずだ」

昌子は目を閉じ、帯がとかれるのを感じた。抗《あらが》う気持はなかった。今日の訪問は理性を超えていたし、従弟が、もうくるな、と言った意味も知っていた。

昌子は目を閉じたまま、こんなあかるいところで、と小さくさけびながら、一方では、いままであたしは、夫を裏切ったことがいちどもなかった、と自分を弁護してみた。だがこの日こそは、公三といっしょになった日から待っていた日かもしれなかった。二人は真昼の部屋でふるえながら結びあった。

「輝くような乳だ。むかし、俺は、この乳にさわったことがある」

昌子は乳に熱いものを感じた。

陽脚《ひあし》が移り、部屋にも光が充ちあふれた。昌子が海の音をきいたのは暮方であった。

昌子は能楽堂をでてきたとき自己の変容を信じていた。夫と別れる決心をつけて山をおりてきたのである。

十一

だが、自宅に帰りつき、間もなく帰宅した夫を迎え、その善良な顔をみたとき、あたしはたいへんなことをしてしまった、といつもの人妻に逆戻りし、その夜は常にないやさしさで夫につくした。夫がねむってしまってからも、この肌の火照《ほて》りは、昼間のあのほてりと同じものだろうか、と考えてしまった。ひどい残酷な一夜だった。あくる朝、陽のひかりをみるのがつらかった。

この日公三はどこにもでかけず書斎に閉じこもっていた。ひるすぎに、昌子は買物にでかけると言いのこして家をでると、まっすぐ稲村ケ崎に行った。自分が信じられなかったのである。

そして、そこで前日のようにほむらとなってわが身を灼《や》きつくしてみたが、もはや前日のように自己の変容を信じるまでには至らなかった。従弟と自分のあいだがまったく判らなくなってきたのである。

そして稲村ケ崎の山をおりてきたとき、前夜にまさる悔恨に責めさいなまれた。

この日から一週間、昌子は夫につくすことで自分をしばりつけてしまった。愛していない夫とは別れ、愛しあっている従弟といっしょになる、というきわめて簡単明瞭な筋書を前にしながら、自分が信じられなかった。従弟と自分を繋《つな》ぐ実体がつかめなかった。

十二

鎌倉薪能は旬日に迫っていた。あの闇夜《やみよ》を彩《いろど》る篝火《かがりび》は、薪能の日が迫ってくるにつれ、昌子のなかで鮮明さをましてきた。従弟を知ったいま、篝火はまったく別のものに見えてきた。九月十八日の朝、昌子は夫を送りだしてから間もなく、従弟からの手紙を受けとった。手紙を持参したのは六十がらみの婆さんだった。従弟がわざわざ手紙を持たせてよこしたのは、手紙が公三の手にはいるのをおそれたからにちがいなかった。

昌ちゃん、もう、ここへはこないでくれ。俺達は、おたがいに、実体のともなわない夢を追ってきたようなものだ。昌ちゃんを知ったことは、俺の幸福のひとつに数えてもいいはずだが、しかし、二人でいると、滅亡しか感じないのは、どうしてだろうか。いままで、いろいろな女を知ってきたが、それはみんなサッカアと同じ運動だったと思う。だが、昌ちゃんとは駄目だ。いっしょにいても滅亡しか感じない。二人とも同じ境遇だったことがおたがいを支えてきたことは事実だが、もうだめだよ。昌ちゃんのおやじは戦争で殺され、俺のおやじはアメリカ兵に殺された。その二人の息子をつれて奈良を歩いたお祖父さんが、こんどは二人の息子の子供をつれて同じ道を歩いた。そのときお祖父さんは俺達になにを語りたかったのか。そのとき二人の子供は、おたがいのうちに永遠をみた。この永遠は二人いがいの誰にも通用しない永遠だった。だが、ほんとにそんなものがあったのだろうか。

まだ二人の親父が生きていた頃、俺達は祖父の家で見せっこ遊びをしたことがあった。昌ちゃんが嫁にいくときまった日、俺はその見せっこ遊びをなつかしくおもい返したものだった。あれから足かけ五年しかすぎていないのに、ずいぶんながい年月に感じられてならない。このあいだ俺は、成熟しきった昌ちゃんのからだを前にして、もう、あの子供の日には還《かえ》るすべもない、と感じた。昌ちゃんのからだに滅入りこんで行きながら俺はかなしかった。汚れちまったかなしみ、あの純白な子供の日に還れないかなしみ、そんなかなしみだったと思う。俺はかなしみながら滅亡を感じた。

いまからおもうと、あの奈良でみた薪能のかがり火は、永遠などというものではなく、滅亡の火だった。むかし俺達はよくあのかがり火のことを話しあったものだが、昌ちゃん、あれは滅亡の火だよ。神事能である薪能のかがり火に滅入しかみなかったのはどういうことか、俺には判らない。このあいだ、昌ちゃんのからだに滅入りりこんで行ったとき、俺は、暗い夜に鬼火のように燃えているあの火をみた。生きていてもしようがない、そんなことも感じた。

どうしてこうも滅びのことしか思いつかないのか、昌ちゃん、知っていたら教えてくれ。

だが俺達はもう逢ってはだめだよ。俺も、なるべく近いうちに結婚するか、でなければ同棲できる女を見つけるよ。この前はなしたマーケットの女は、いいパトロンを見つけ、おかげで俺は捨てられてしまったが、こんどはもっと若い女をつくるよ。いままで俺は、絶望だけは認めないようにして生きてきたが、ともかく、もういちど、一縷《いちる》の希望を見つけて、生きて行くことにするよ。ではあばよ。
追伸　数日中に源氏堂に孫次郎を届けておくから、受けとってくれ。俺の打つ最後の面だ。金剛流四代の太夫孫次郎が、亡き美しい妻をしのんで打たせた面、それが今日の孫次郎だと、むかしお祖父さんからきいたことがあるが、俺がこの故事に倣《なら》えるのは幸福だ。

従弟も自分も孤独だという思いが渦《うず》をまいて噴きあげてきた。篝火に滅亡をみた壬生俊太郎の心情は、昌子にもあてはまった。神事能のかがり火に滅亡をみたのは、能の儀式そのものと関係があったわけではない。儀式の終了とともに消えて行く火に、没落しかけた旧家の末路をみたからかもしれない。能という形式の永遠に美をみたとしても、それは現世のものではなかった。祖父といっしょに大和路を歩きおえた末に出逢った薪能の篝火に、二人は意識せずに二人の晩年をみてきた、と言ってもよい。そのあかい火に、二人は、父に死なれ母に去られた宿命の象徴をみた。以来、二人は、その日を視つめて生きてきた。
公三といっしょになったとき、たしかに夢はあった。夫を愛し、子供をうみ、子供を育て……だが、たった五年でその夢は乱れ散って行った。妻としての義務を除けば、もはや公三とともに暮して行く意味がないように思えた。

でも、俊ちゃんは、どんな一縷の希望をみつけて生きて行くと言っているのだろうか。希望などは、はじめからなかったにひとしいではないか。

大和路を歩いたとき壬生時信は、二人の孫に希望を託していたかも知れないが、一方では滅亡のあとをたどっていたにちがいない。昌子はいまになってそのときの祖父の姿をよりはっきりと見た。まいねん、薪能をみにでかけたのは、舞曲そのものをみるためではなく、暗い夜を彩る滅びの火に惹《ひ》かれていたからだ、ということも判ってきた。そして、従弟を知ったいま、見えるのはあの火だけだ、という気がした。

この日から昌子は、自分が蒼空《あおぞら》ばかり眺めあげて暮してきたように思う。まいにち、虚空《こくう》の一角にあかい火をみた。

昌子はまいにち虚空の一角に篝火をみながら、その日がやがて祖父の告別式場での祭壇の蠟燭《ろうそく》の炎とかさなりあっているのをみた。そのかさなりあった炎の向うには、さらに、父の告別式のときの炎がゆらめき、叔父の告別式のときの炎がゆれていた。このとき、自分に残されたのは従弟だけだということが改めてはっきり見えてきた。なぜあたしは生きているのだろうか、と考えてきたことも、そう考えなければならなかった自分の位置も、明確にみえてきた。

昌子は亡き父を愛し、他家に去った母を愛し、亡き祖父を愛し、亡き叔父を愛し、俊太郎を愛してきた。それらの愛には、背負いきれないほどのたくさんの悲しみがともなっていた。みんなが滅び、みんなが離れてしまったのに、あたしと俊ちゃんだけは生きのこらなければならないものだろうか。こんな悲しみを知り、こんな愛を知ってしまった二人は、それ自体の充実したはげしさによって滅びるべきかもしれない。

昌子はこの日も縁側から暮れなずむ空を見あげ、虚空の一角にかがり火をみた。それは幾重にも重なりあってゆれていた。そしてある日の真昼、秋の陽を浴びて庭にたち、虚空をみあげていたとき、滅亡の美しさを信じてしまった。すると間もなく、かつて覚えなかった安《あん》堵《ど》がやってきた。

あくる日から昌子は睡眠薬をすこしずつ買いもとめた。俊太郎が同意してくれるかどうか、ということだけが残されていた。

十三

九月三十日、鎌倉薪能が催される日の朝、昌子は夫を送りだすと、源氏堂からもってきた孫次郎の面と小田原の母にあてた手紙を風呂敷に包み、北鎌倉の家をでた。

稲村ケ崎の能楽堂についたら従弟はいなかった。マーケットの女のところだろうと思った。昌子は能楽堂にはいり、舞台と橋懸《はしがかり》を掃き清めた。それから従弟の仕事部屋になっている鏡の間も掃除し、彫りかけの鎌倉彫は一か所にまとめて積みかさねた。掃除をすませたら十一時だった。

従弟が戻るまでの時間がながく感じられた。前日の昼間書いた母にあてた手紙をとりだし、もういちど読みかえした。

よそのひとになってしまったあなたに、こんなことをおねがいするのは、心苦しいことですが、どうか、娘のたったいちどのねがい事だとおぼしめし、ききとどけてくださいませ。俊ちゃんは、自分の母をすこしもうらんでいない、と自分にいいきかせ、自分でなっとくするのは、たのしいことだ、とあたしに言ってくれたことがあります。あたしも、あなたに、そんな気持をいだいております。

十七ねんまえから、俊ちゃんもあたしも、たがいをささえにして生きてきたのでした。二人とも、いちどもなきごとをいわず、けなげに生きてきたつもりです。あなたが、あたしの結婚式にいらしてくださった日から二か月後に、祖父は亡くなりました。それより前に、稲村のあの家は、能楽堂だけを残してあとはみんな他人の手にわたり、俊ちゃんは、あたしが和泉の家に去ってからいままで、能楽堂で独りで暮してきました。それまで俊ちゃんは、あたしを母とも姉ともおもっていたのでした。

どうして、こういうことになってしまったのか、わかりませんが、俊ちゃんもあたしも、生きているのがつらくなってきました。和泉との生活が不幸だったことはありません。あのひとは、あたしにはりっぱすぎるくらいの夫だったとおもいます。でも、こんなことを、和泉にたのむわけにはまいりません。どうか、この手紙をおよみになられましたら、稲村の能楽堂まで出向いていただけないでしょうか。

鎌倉駅前の銀行に、あたしが結婚のとき祖父からわけていただいたおかねが、そっく

りつんでありますから、後始末につかってくださいませ。実印も銀行にあずけてありま
す。のこったおかねは、まだいちどもあったことのないあたしの弟や妹達のためにつか
　ってくだされればありがたいのですが。
昌　子

手紙は巻紙に毛筆でしたためた。毛筆は祖父から習いおぼえたが、結婚いらい毛筆をもつのは久しぶりのことであった。前日、これをしたためながら、気持がなごやかだったことを、昌子は記憶している。

俊太郎は正午すこしすぎに帰ってきた。

「やはりきたのか」

彼は酒くさい息をした。目のふちもいくらかあかかった。

「昼間からお酒をのんでいるの？」

「いや、ゆうべの酒がまだからだに残っているんだ。このあいだ手紙に書いたマーケットの女ね、あの女は、パトロンがこない夜は俺を泊めるんでね」

「そんな話はどうだっていいわ。孫次郎をどうもありがとう。今日、ここに持ってきたわ」

「もらってくれないのか？」

「もちろん戴いておくわ。今日はね、大事な話があって伺ったのだけど、俊ちゃん、きいてくれるかしら」

「昌ちゃんの話なら、なんでもきくだろうな。きかないわけにはいくまい」

「そうだったわね。……俊ちゃん、あたしのはなしをきいてから、そのはなしがいやならいやと、はっきり言ってちょうだいね」

「なんのことだ？」

「このあいだのお手紙に、一縷の希望をみつけて生きて行くよ、と書いてあったけど、俊ちゃん、どんな希望があるの？」

「いまはそんなものはないよ。これからみつけるわけだ」

「これからみつけるのね。……あたしにも希望がないと言ったら、そしてこれからも希望など持てそうもないと言ったら、俊ちゃんは、あたしのために希望をみつけてくれるかしら……」

「昌ちゃん。親身になってともに感じることのできる間柄ってのは、そうざらにあるものではない」

一瞬、俊太郎の目が輝いた。

「そうだったわね。ではね、俊ちゃん、あたしが話すよりも、これを読んでちょうだい」

昌子は、小田原の母にあてた手紙を、封筒ごと従弟の前にだした。

俊太郎は封筒をとりあげ、表と裏をみて膝下《しっか》においた。

「読まないの？」

「遺書か？」

昌子はだまって従弟の目をみていた。

やがて俊太郎は封筒から巻紙をぬき、最初の数行をよみ、再び封筒におさめた。

「よまないの？」

「しまいまで読まなくとも、わかるような気がする」

そして彼は、きれいにかたづいた部屋を見まわした。

「昌ちゃん、今日は薪能の日だったな」

「あたしは、俊ちゃんの手紙をよんだ日から、まいにち、あの暗い夜を彩る篝火をみてきたわ」

「和泉さんとはだめなのかい？」

「公三でなくとも、やはり同じことだと思うわ。壬生の血は、こんな時代には合わないのかもしれないわ」

手紙をあいだにおいて二人はしばらくだまりあっていた。二人とも封筒のあて名に視線をおとしていた。

「それもいいだろう」

俊太郎はあっさり言ったが、表情がこわばっていた。

「俊ちゃん……」

「嘆くことはないよ。俺はいままで投げやりな気持になったことは、いちどもないよ。昌ちゃん、そんなことを心配することはないんだ。俺はいま幸福だよ。あんな手紙を書いたが、二人が逢わずにすごすなんて、考えられないことだ。二人が期せずしてこんな考えを抱いたのは、なにもまったく新規のものではないのだ。世の中には、こうしたまわり道もある、というものだ。昌ちゃん、もういちど、昌ちゃんを抱かせてくれ」

「いいわ」と昌子は言い顔をあからめた。「みんな俊ちゃんにあげるわ。結局は、はじめから、あなたのほかには誰にもあげなかったものよ」

近くのポストが最後にひらかれるのが三時だから、それ以後に手紙を投函すれば、明日の午前十時にポストがひらかれ、手紙が小田原の昌子の母の手もとに入るのは、明後日の正午頃になる、と俊太郎は語った。

手紙は四時に俊太郎がポストに入れに行った。それから二人は、朽葉がまだらに散りしいている近くの山を歩き、幼い時分から見なれてきた湘南の風景にわかれを告げた。それから帰宅して最後の歓楽を交した。あたりは深閑としていた。外面《とのも》では秋の陽が一日のおわりを飾っていた。

それから二つの蒲団を能楽堂の舞台に移し、見所《けんじょ》から眺めて目附柱よりに俊太郎、脇柱よりに昌子、と並べて敷いた。枕は囃子座《はやしざ》に向けた。

かつて祖父がここで舞い、多くの人が舞った頃のおもいでが、二人の心をやさしく包んだ。二人は部屋に戻ると薬をわけてのんだ。二人とも致死量を知らなかったし、これで死ねるかどうかは判らなかった。量が多すぎるとかえって失敗する、ということも昌子はなにかで読んでいた。

「なにか、ひどく楽しいことをしているようね」

「昌ちゃんも俺も、せいいっぱいに生きてきたからな。俺はいま、見せっこ遊びをおもいだしているところだ」

そう言いながらも、俊太郎の表情には一条の苦痛の色が走っていた。

それから俊太郎の希望で二人はもういちど歓楽を交した。それは数度つづいた。二人とも、かつてこんなに力強くこんなに残酷になったことはなかった。

二人は充ちたりた気持で能楽堂にはいり、舞台にのべたそれぞれの蒲団に横になった。

「囃子方の調べがきこえるかい？」

「きこえるわ。これは俊ちゃんとあたしだけの薪能よ」

昌子は着てきた水色の綸子《りんず》縮緬《ちりめん》のまま帯だけとり、俊太郎は壬生時信が着ていた藍《あい》の結城《ゆうき》紬《つむぎ》に着替えていた。二人とも、ひもで両足首と膝《ひざ》をあわせてしばった。

入陽がさしこみ、後見柱と鏡板が燦爛《さんらん》と輝いた。やがて陽は二人の足もとに移り、まわりを茜色《あかねいろ》に染めあげた。このとき、昌子は俊太郎が打った最後の面孫次郎をつけ、俊太郎は、これもまた祖父の遺品である中将の面をつけた。

二人はこうしてすっかり用意をすると、左手と右手をだして握りあった。

「これで俺達はむかしの日に還れたわけだ」

「そうね。みんなが変っていったのに、あたし達だけは変らなかったのね」

能面を通して陽の沈んで行くのがわかった。鎌倉薪能もはじまっている時刻だった。

「昌ちゃん」

「はい」

「奈良のあのときの篝火が見えるかい」

「みえるわ」

「まもなくお祖父さんにあえるよ。俺は親父の顔をよくおぼえていないが、親父にも間もなくあえるわけだ」

「そうね。俊ちゃん、もう、なにも言いのこすことはないわね」

「ないよ。そうだな、いますこし生きてみたかった、と言えば未練にきこえるかな」

「俊ちゃん！　もしそれがほんとなら、いまのうちなら助かるわ」

昌子は、薬をのむときにみせた従弟の苦痛の表情をおもいかえした。

「そういうことではない。なにかし残してきたような気がしたからだ。残っているのは借金だけだからな」

「それはさっき、小田原への手紙の終りに書き加えておいたわ。あたしの銀行預金のなかから返しておいてくださいって」

「それはありがたいな。こうして、誰にもうらまれずに死ねるのは楽しいことだ。俺は、不幸だったことはいちどもないよ」

「うれしいわ……」

それから二人は沈黙した。

陽はくれて行き、舞台のまわりも闇に包まれはじめた。

それからどれほどの時間がたったのか、昌子ははげしい睡りにさそわれ、俊ちゃん、とよんでみた。返事はなかった。握りあっている手を動かそうとしたが、自分の手に感覚がなかった。このとき昌子は笛の音をきいた。大鼓《おおかわ》が鳴り、太鼓の音がきこえてきた。地謡《じうたい》の澄みきった声もきこえた。それらはみな、廻りの囃子座、地謡座からきこえてきた。やがて小鼓《こつづみ》の音と気合のこもった裂声にあわせて、乱拍子をふんでいる仕手の舞台が現れた。仕手がなにを舞っているのかは判らなかった。

このときである。昌子は、ひときわ澄んだ大鼓の音とともに、九天の高みから薪能の篝火がこちらに近づいてくるのを見た。篝火は幾重にもなり、その向うには祖父の顔、父の顔、叔父の顔もみえた。昌子は、俊ちゃん！　とよんだが、声にならなかった。しかし、頭のなかの一か所がまださめきっていた。いやがる俊太郎を無理にさそったかたちになったが、願わくば二人とも生きかえらないように、と思った。もし、どちらか一人だけが死んだら、そのときの生き残った者のつらさが、いまから判るような気がした。

日常片々

永井龍男

永井龍男（ながい・たつお　一九〇四－一九九〇）小説家。東京生まれ。人情の機微に触れた作風で知られ、短編に本領を発揮した。文化勲章受章。作「朝霧」「コチャバンバ行き」「秋」など。本文は『一個・秋・その他』（講談社文芸文庫）を底本とした。

散歩

私が東京から越して来たのは昭和十年、その頃の鎌倉はまだ町であった。それから三、四年か、人口が法定数に達して市になった。

市制が敷かれたと云って、住んでいる者にはなんの変化もなかった。駅前から出るバスは、乗客の云う通り、停留所以外の場所で止めてくれたし、道に立って手を挙げさえすれば、どこでも気軽に乗せてくれた。駅の改札口も、「お早う」とか「やあ」とか声をかければ、定期券を見せなくてもそのまま通してくれた。狭い町のことだから、不正乗車などをして発見されれば、町のあちこちでたちまち評判になってしまう。どこそこの奥さんがという話を、その頃私も聞いたことがあるが、めったに例のない出来事だから噂が拡がったので、毎日毎日ごく静かな町であった。

地主や土地の人々は別にして、市民にも古い人が多く、祖父の代から住んでいる一家一族も別に珍しくはなかった。父親の出た東京の大学へ息子も通い、卒業してからも引き続き横須賀線で勤先きへ通うという一家、なかには祖父から三代この電車で、東京横浜の勤先きと往き来を続けている一族もあった。こういう人たちの間には一種の気風が生まれ、われわれ新参者とはどこかまったく違った生活態度が垣間見られた。土地、家屋敷その他、代々の遺産をまもって右からの風も左からの風も躱《かわ》して生きるといった、保身の術を身につけているように見えた。湘南人種とか鎌倉人種という呼び名があったように思う。土着の商人は、こういう邸《やしき》住まいを一口に別荘と呼んで、女中の電話一つでなんでも届けたので、別荘値段といわれるものが生じた。事実鎌倉の物価は、よそに比べるとなにがしか高かったようである。

たまたま旅行に出ると、横須賀線で顔馴染みだった車掌さんに逢うことが何度かあった。配属が変わって急行列車に乗り組んでいた。声をかけると、先方もなつかしそうに挨拶した。われわれは、勤めの後新橋駅を十二時五分前に出る終電車まで呑んで駆け込み、前後不覚で眠ってしまうことが多かったので、随分車掌さんに世話になった。

戦争が激しくなると、鶴ケ岡八幡宮へ武運長久を祈願する人が、俄《にわ》かに多くなった。やがて、町の商店にあるものは、せいぜい売れ残りの竹製の煙草のパイプ位、日曜祭日の八幡宮は水兵ばかり眼につくようになった。若い奥さんを連れた水兵が多かったのは、大半が応召兵だったからであろう。所在なく、駅と八幡宮を往ったり来たりした。喫茶店はおろか、休み場所は池の畔《ほと》りのベンチよりないので、八幡宮で厄除けの破魔矢《はまや》を受け、ただただ歩いて時間を消しているのであった。横須賀の兵舎をたずねてきた奥さんと、そんな風に時間をすごすよりほかはなかったのであろう。

十九年の末から二十年にかけて、いよいよ戦況が不利になると、疎開をする家が増えた。横須賀から上陸して、東京を目指す米軍の進撃路になるということで、海軍軍人の家族が逸早く鎌倉を捨てた。当時一般には跡を断ったトラックに、水兵を二、三人乗せてきて、手際よく家財を積み込んで出て行くのも見た。

幸い、鎌倉は戦災をうけずにすんだ。米軍の進撃路にもならなかったが、洋館を持つ家、水洗便所の家は、進駐軍将校用の住宅に接収され、檜造りの家がペンキで塗りたくられたりした。私はある晩若いG・Iに理由なくストレートを食わされ一週間寝込んだり、大船駅のホームへ横須賀線電車から蹴落とされたり、かむっている帽子を線路へ飛ばされたりした。それとこれとを比べれば、まず大難を小難で逃れたことになるだろうか。

その頃から鎌倉も大きく変わった。別荘方の人々も、疎開したまま戻って来なかったり、邸を売りに出して転出する人も多くなった。敗戦と同時に、旧くからの経済状態が一度に崩れたのである。米兵が姿を消しても、鎌倉はもう元の鎌倉にはならなかった。人口は十何万を数え、駅の周辺は飲食店の町に変わり、日曜祭日の主要道路は東京からくる車が列をなす。空地があれば家が建ち、山は崩して売りに出す。家というものの考え方も根本から改められて、親子は別居するもの、屋根瓦は赤くするもの青くするものに決まった。四囲との調和を考えるのは古臭く、家屋の色調は自然に逆らうために、自己の存在を示すために必要であった。大通りは自動車の往復に占められ、人間はコンクリート製の溝板の上を歩かせられる。溝板の一つ一つの坐りが悪く、一足歩くたびにゴトンゴトンと音を立てる。市役所の係りは、業者に請負わせて小路や横丁の道路を小まめに舗装するが、不思議なことに修理された道に限って雨水が溜り、数日は足もとに気をつけなければならない。道は整備しても、水捌けのことは考えないらしい。私はなるべく車の通らぬ道を選んで散歩をするので、その不思議さをよく知っている。

竹垣や珊瑚樹《さんごじゅ》の垣根が廃《すた》れて、どこもブロックの塀ばかりになったが、それでもわずかに静かな小路や横丁が残っていて、私はよく散歩に出かける。よそから来た人には行き止まりとしか見えぬ小路をそれからそれと抜けて通るのだが、そういうところで思わぬ人に出逢うことがある。三、四十年も昔、東京へ通勤していた頃に、よく同じ電車に乗り合わしたとか、駅前の呑み屋で始終顔を合わせたとかいう人が、自分の姿は分からぬながら、びっくりする程の老人になって、先方も足ならしの散歩に出たらしく、私の顔を見詰める。見詰められたまま左右に別れることが多いが、「やあしばらく」と声をかけたり声をかけられたりすることもたまにはある。ステッキを突き引き摺り加減に足を運びながら、はてなといった表情で見送られると、さて今の人はと、私の方も遠い昔を振り返る気持になる。

そういう人々は、たいてい親子三代の鎌倉人種というところで、まだどこかの谷戸に、余生を送っているのだなと納得が行く。こういう人々は、土地の隅々まで知っているので、そろそろどこそこの海棠《かいどう》が咲く時分だとか、あすこに普請を始めた家は、もう出来上がった筈だがと思ったりして、ぶらりと古い家から出かけてくるのかも知れない。

私もすでに、この土地で朽《く》ちるものと心を定めているが、他人の眼からすれば、あの人々と同様に老いさらばえて見えることであろう。

鉱泉宿

鎌倉のあちこちに、星月《ほしつき》の井戸とか鉄《くろがね》の井戸とか、風流な名のついた井戸が遺っているが、格別それらの井戸の水が良いからではなく、鎌倉が昔から水に恵まれない土地であったところからきているようだ。

鎌倉十二井などと云うが、山が浅く、飲料として用いる水がいたって少なかったので、たまたま用いるに足る井戸を掘り当てると、名をつけて所在を示したのではないかと思っている。

井戸を掘っても鉄気《かなけ》を含んだ水が多く、その証拠には、十二所、扇ケ谷、二階堂の山寄りの谷戸では、戦中まで鉱泉宿があったのでもわかる。これらの鉱泉は、いずれも紅茶か、所によっては珈琲のような色をしていた。井戸水を汲み上げて、そのまま沸し湯にしたのである。

こういう宿に下宿して、数冊の書籍を違い棚に、数冊を枕に暮している中年者もいた。宿のちゃぶ台を机代わりに、なにか書き物をしていることもあったが、それを書き上げると東京へ出かけて、二、三日帰って来なかった。ひげを剃って洋服を着ると、まだ若い人であった。灼けた古畳の部屋の軒に、夏場はへちまが下がっていたりした。宿の者が、簾《すだれ》代わりに種を蒔《ま》いたのである。

谷戸には木が多く、朝夕寺々の鐘が籠った。

鎌倉の水ながら、うまいと思うのが一カ所ある。

瑞泉寺の石段を上がり切って山門の右手に筧《かけい》が備えられ、よほどの日照り続きでない限り、一年中清水が滴《したた》っている。ここの水はうまい。

終戦後の進駐軍は、水道の水にカルキを存分に混入したので、茶にしても汁物《しるもの》にしても、咽喉を通らぬ時期があった。この瑞泉寺さんの水を一升瓶に詰めてリヤカーに積み、谷戸谷戸の茶好きの人に配給してまわったらどんなものかと、本気で考えたことがあった。失業中の男にすすめたが、乗ってはこなかったので、そのままになった。

蟬

鎌倉の横丁横丁の生垣は、たいてい珊瑚樹《さんごじゅ》を使ったものだった。手入れの届いたこの垣は、年々厚みが加わって落着きを感じさせたものだが、どこの小路も屋並みが増してからは、ブロック塀が全盛で、住まいというものを包んだ柔らかさを失ってしまった。珊瑚樹の垣から灯が洩れ、なごやかな人声が聞こえてきたりすると、おのずと古い町の雰囲気がただよったが、ここ何年かの間にすっかりブロックに変わってしまった。ただ、古い家の庭には、まだまだこの木が残っていて、いつの間にか独立した大きな木になり、七月の初め頃から実をいっぱいつける。紅い小粒の実にはちがいないが、紅というよりもう一つくすんだ、深みのある色である。垣に組んで数本ずつ一しょに植えた時は、毎年植木屋の手で几帳面に刈り込まれたものだが、そのまま放って置かれてから、十米近い丈けになり、枝という枝にぎっしり実をつける。

この実が、どれも小指の先きほどに生長する頃から、蟬時雨が一日一日と勢いを増し、日盛りにはなにもほかには聞こえぬほどの日が続く。そこに住んでいる人たちは、馴れっこになってしまって一向平気なものだが、たまたま東京から訪ねて来たりした人はびっくりする。わが家の経験では、蟬は桜の木がことのほか好きなようである。もう一昨年になると思うが、雨の多い夏で、八月下旬まで十九日も降り籠められたことがあった。さすがに蟬は少なく、何年も年期を入れてようやく地上まで出てきたろうに、この涼しさでは鳴く気にもなるまいと同情した。こういう時は、朝夕の日暮し蟬だけが耳につく。ごく短かな間、谷戸の山で心細げに鳴いて終わる。ところが、下旬から急に夏が舞い戻ってきた。さあ、みんみんも油蟬もつくつく法師も、一気に夏を取り返そうという勢いで鳴き立てる。

九月に入って二日三日、昼と夜が、蟬時雨と虫時雨にはっきりわかれ、月日を取りかえそうという意気込みが人間にも感じ取れるほどであった。

虫の鳴くのを淋しいとする常識があるが、あれは秋も末の末の話で、虫時雨の頃は、命というものの熾《さか》んさを直かに聞くような強さが籠められる。

秋日

九月に入ってからのある日、私は身辺を振り返る。

古い東京の下町で育った少年期にも、下校の途中などで、ふとそんな思いをしたことがあったし、若い時にも老いたいまも、何度かそういう経験がある。別にめずらしいことではあるまい。四季の変化に恵まれた島国の人間の生理が、おのずとそうさせるのである。

四十数年、私は海に近い町に住んでいる。昔は、東京からくる若者たちに夏場の浜をまかせて蟄居《ちっきょ》したので、秋風とともに町を返してもらった気がしたものだが、いまは四季を通じて町は賑《にぎ》わう。すでに、垣の内のみが私の領分で、日々に移ってゆく日差しや、灯の色の秋めくにつれて、あれこれ取りとめなくものを思い、庭木の下に佇《た》って星を仰ぐ。ただ、年々に独りの度合いが濃くなってゆくようだ。

その九月に、今年もめぐり合ったことを、有難く思うべきであろう。

からす瓜

紅葉は、京都の優しさ繊細さには及びもつかない。比べるだけ愚かだが、私は十一月中頃から十二月にかけての鎌倉が一番好きだ。

空気が澄み、町もようやく落着きを取り戻して、自分の住んでいる土地という気になる。毎日落葉焚《た》きに追われるのは、私の家ばかりではない。海寄りでも山寄りでも落葉を焚くので、風の静かな日には、遠い町の空に霞が棚引いたように見える。夜は夜で、沓脱《くつぬ》ぎ石の間などに、枯葉の吹き寄せられるかすかな音が聞こえる。

落葉焚きの、匂いもよいものである。これは短日が暮れてしまってからも、小路、小路に残っていて、通りがかりの人の身にまつわる。

鎌倉は、五十米位の小山並みに、幾重にも囲まれている。それを谷戸といい、寺や祠《ほこら》や住まいがその中にある。屛風《びょうぶ》を立てまわしたようなものである。

車の通らぬ小路を選んで歩くと、知らず知らずそういう谷戸のどん詰まりへ入ることがある。谷戸の向きによって、午前と午後では随分眺めが変わる。

秋の終わりの大雨にでもやられたものか、雑木山の肌が数本の雑木ごと削《そ》がれてこちらへ雪崩れ、山の中腹から古い墓所が、それを囲んだ竹の四つ目垣ごと崩れ落ちてきている。北向きではほの暗く、幾つかの古い墓石が投げ出されたままであった。尾根の雑木の間から、ところどころ空が透き、ひんやりした空気が身に染みてくる。そこへ出たままたたずんでいるうちに、私は削げた山から崩れた墓所へかけて、からす瓜の実が点々と朱を点じてからまっているのを見つけた。

梅

鎌倉には梅が多い。

どこの家にも、たいてい紅白の梅がある。それだけに種類も指を折って数えるほどで、小庭ですら大小まじえて白が三種、紅が二種ある。散歩しながらでも、ゆうに十種を越える花が見られる。梅は強い木なので、土地に合いさえすれば、いくらでも育つのであろう。たまたま到来する盆栽の梅や木瓜《ぼけ》は、一冬南縁に置いた後、みんな土に下ろしてやるが、どれも息をふき返して生長し、二、三年するとずいぶん大きくなる。福寿草《ふくじゅそう》までもとの姿に帰って、三月の初めには花をひらく。同じようにして育った松も一本ある。小さな鉢に閉じ込めて置くことが、私には出来ない。

格別花に凝るというようなことはないが、もらっては植え、買っては植えて十年、二十年、庭は植木屋の植木溜めのように雑然としてしまった。年々西洋種の花に心が動かなくなった代わり、野生のすみれなどが増えるのはたのしい。この草も種類が多いらしく、いまは三種である。古株はまだ寒いうちから咲き、その冬増えたのは気候が定まってから安心して小さな花を開く。

薄紅梅にも、濃い紅梅にも幾種類かあるが、なんと形容してよいか、薄いのも濃いのも昔の女の衣を染めた色合いである。また、一口に白梅といっても、八重と一重では白のおもむきが異うようだ。雪が朝から降り出した日に、白梅の白は和紙のもつ白さで、雪の白さとは異うことに気がついた。

鎌倉に、東御門《みかど》と西御門という地名が遺っている。かつての幕府の二つの門の跡を云ったのだが、ちょうどその真ン中辺りに、茅葺《かやぶき》屋根のまことに堂々とした民家があった。昔の庄屋とか大地主とかを誰にも想像させるどっしりした構えで、四囲を囲んだ庭も年を経た見事なものであった。その民家が終戦後間もなく、あるキリスト教の教団に借りられ、眼の青い尼さんたちの寄宿舎を兼ねた。資産家の持家と聞いていたが、個人では支えかねるようになったのであろう。男子は一切禁制ということで、四囲には有刺鉄線が張りめぐらされ、その頃各町内会の申し合わせで外灯を架設した時は、われわれは夜間外出をしないという理由で、費用の分担に応じなかった。

一月のある早朝、そこの炊事場から火が出た。煙突の火の粉が、茅葺屋根に飛火したのである。小路一つ隔てた近隣の人々が、逸早《いちはや》く失火を発見したが、有刺鉄線で厳重に囲んであるため、火急の消火が出来ない。邸内に讃美歌の合唱が聞こえるので、数人の人々が懸命に非常を告げたが、荘重な讃美歌の合唱は少しも乱れることはなく、外の騒ぎに引きかえて、邸内は静寂を極めているうちに、火の手はたちまち茅葺屋根全体に拡がり、消防署が駆けつけた時はすでに、手のつけようがなかった。

翌日焼け跡を見物に行って、顔馴染みの角の雑貨屋の老夫婦にそんな話を聞き、太い柱だけを数本残して全焼した民家の前に彳《たたず》んだが、私の胸を打ったのは、庭内の梅の古木が、どれもみな火事のほとぼりを受けて、白に紅に花を咲かせている異常な風景であった。

その後間もなくその焼け跡には、コンクリート建築の、大きなミッション・スクールが出来た。

夏蜜柑

梅のほか、鎌倉の庭に多いのは夏蜜柑である。

十二月の中頃まで、夏蜜柑は油絵具を塗りたくったように青が濃いが、葉にかくれて眼立たない。それが、年がかわると急に色づき、正月らしいおだやかな気分にする。

東京から来た人は、鎌倉は暖かいと云うが、私はどんなものかと思っている。霜は降るし、北向きの谷戸では霜柱も相当深い。ただ、天気のよい日に、日の当たる場所が多くあるという相違はあるから、もしそんなところに夏蜜柑がなっていると、暖かそうに見えることは確かである。

強霜に逢うと、夏蜜柑は枝を落ちるが、どの実もという訳ではない。放って置くと、五月頃花を開きながら、去年の実を幾つか着けたままの木も沢山ある。

庭の夏蜜柑で作ったといって、マーマレードの裾分けに預かることがある。香りが、なんとも云えずよい。こんな時は、ここもまだ捨てたものではないと思い直す。夏蜜柑は冬になって色づくということを、私は鎌倉に住むまで知らなかった。

遺産の返礼

このところ連日、梅雨空のたれ込めた中で、鉄骨打ちの轟音が絶えない。

大通りに添った、二百坪ほどの土地にマンションが建つのだそうで、直線にすれば我家から三百米ほどの距離だが、なかなか身にこたえる。その近所の人たちは、マンション建設に反対して署名運動を起こしたりしたが、聞き入れられなかった。三百米離れた私の家ですら、この轟音はこたえるのだから、この土地を囲んで隣り合わせた家の迷惑は察するに余りある。工事が進むにつれて、様々な障害が起こるであろう。

郵便物を投函するついでに、現場の様子を見に行った。黄色塗りのトラクターが、二十米ほどの、鉄道のレールそっくりの鉄骨を、容赦なく打ち込んでいた。トラクターの運転席に男が一人腰かけて、ハンドルを操作している。次ぎから次ぎと、鉄骨を持ち上げ宙に直立させてから、空地の外側に打ち込んで行く、よほど重量のあるおもりと見えて、一と打ちごとに鉄骨がめり込む。三回目には、こっちの頭を直かにやられているような重圧感におびえて、私は逃げ出した。

投函をすますと、私は向こう側へ渡って轟音を避け、元そこに在った土蔵付きの家を思い出しながら、家へ引き返した。

その家には、老夫婦が二人切りで住んでいた。会社の社長で、子供も身寄りも無かった。老夫婦は相談して、夫婦養子と暮すことを考え、自分の経営する会社の社員の中から、それに適した人物を選ぶことにした。社内でその由を発表すると、多数の希望者が申し出てきた。老後の生活を共にするのだから、いろいろ詳《くわ》しく調査をした結果、数組の候補者が残ったが、帯に短かしたすきに長しのたとえ通り、その中から一組を選ぶのは難事であった。おそらく重役連とも相談した上の話だろうが、最後には公平を期するために籤引《くじび》きで決めるという方法をとることになった。

――かくて養子縁組みはめでたくおさまった、というなら、この社長夫婦は決断力のある老人で、尊敬にあたいするが、話はまだ少し先きがある。

養子夫婦は、藤沢の方にある老社長所有の家に住んで、そこから鎌倉の老夫婦の家へ通っていたという話もあるので、三年前に老社長が病死した時は、養子夫婦と老人夫婦がどんな状態だったかいまは知る由もないが、取り残された老夫人が病床についてからは、表通りの商店の主婦が、食事その他の世話をしていたということだから、夫婦養子と老人たちとは、余りうまく行ってはいなかったと見るのがまず妥当であろう。

その老未亡人が、今年のはじめ夫の後を追って亡くなった。すると、この家は取りこわされ、マンションが建つという訳である。この家には立派な倉がついていた。倉庫とか物置ではなく、土を塗り固めて作った日本式の土蔵である。この表通りを通るたびに、私はこれを眺めてきたものだから、マンションが出来ると聞いた時、すぐあの倉はどうなるのだろうと考えた。

この辺の町内会は、老人福祉に熱心で、月々の集まりの他、一泊二泊のバス旅行も年に何度か催される。以上の話は、老未亡人の亡くなった直後、老人会の会員の一人で、私の家に週二回手伝いに来てくれる人が語ったいきさつのあらましだが、所どころもっと突っ込んで聞かぬとはっきりしない個所がある。老人会の集まりには、近所の動静が話題の中心になるらしく、私の聞いた話もその一つであろう。マンションが建つと聞いて、あの倉はどうなるだろうと私が質問したのがきっかけで、以上の話が出てきた。

もちろん、倉は簡単に取り払われて跡方もない。近頃淋しいことの一つである。

梅雨に入って間もなく、私はもう一つ、似たような話を友人から聞いた。

かなり高名な画家が、鎌倉うちに住んでいた。残念なことに、先年故人になったが、自分は癌と知りながら大作と取り組み、惜しまれて亡くなった。

この画家も子供に恵まれず、画家は実弟の娘を養女に迎えた。命数を知った画家は、後に残る妻のためにそのような配慮をしたと思われる。それから三年後、今年八十歳を越したこの未亡人も、癌を患って世を去った。

ところが、その遺言状には、養女に遺すものは皆無なことが明記され、遺産のすべては、数年間看病に尽くし死水をとった某夫婦に譲られるとあった。私の友人は、そのように語って、どうも裁判沙汰になりそうな模様だそうだとつけ加えた。

先年の秋口、私は胃潰瘍を患って鎌倉うちの病院へ入院した。友人の世間話を聞いているうちにその当時が思い出された。

その病院には、外科の設備はない。外科のある病院は、手術その他に用いる薬品の臭いが隅々まで染み込んでいて、患者の志気を阻《そ》喪《そう》させる作用があるが、内科専門だからそれがない上、所在も樹木の多い谷戸の中なので、閑静であった。

私の隣りの個室に、そろそろ八十に手の届きそうな老婦人が入院していた。病院では早朝六時過ぎに、係りの看護婦が各病室をまわって、体温と脈搏を計りにくる。その後朝食が運ばれてくるまで時間が空くので、廊下でも散歩するほかはない。ある日その時刻に廊下へ出ると、一足先きに隣室から、まことに小柄な老婦人が、しかも病人とは思えぬほど足まめに、とっとと先きに立った。

その年齢では付添婦とは思われず、馴染みになった看護婦に聞いてみると、それが隣室に入院している主だった。それから毎朝、私はこの老婦人が食前に廊下を散歩する姿を見かけるようになり、もう三年近く入院しているとも教えられた。そういわれてみれば、孤独な後ろ姿であった。老婦人は、これも高名な画家の未亡人で、令息夫婦の代になってから、ちょっとした風邪がもとで入院した切り、老人の肺炎は恐ろしいなどの理由で、入院したままだという。個室に入り付添婦も着いているそうで、こんな結構なことはないが、一日の費用は相当な額に達するだろう。これが三年近く続いていたというのだから、画家の遺産は大したものに違いない。この未亡人もいまは亡いと聞いている。裕福な家庭での、別居生活の一例かも知れない。

梅雨の雨は、しとしと降るものとは限らない。今日六月九日は、静岡地方から東にかけて大雨という予報の通り、横なぐりの風雨が音を立てて降り続けている。遺産とそれを取りまく人間の動きというものを、私はその中であれこれ考えてみた。

（「文体」昭和53年6月、第4号、夏季号、「婦人画報」昭和55年8月）

『ぼくの鎌倉散歩』より

田村隆一

田村隆一（たむら・りゅういち　一九二三―一九九八）詩人。東京の生まれ。第二次大戦後、鮎川信夫らと「荒地」を創刊。戦後詩の旗手として活躍。「言葉のない世界」で高村光太郎賞、「詩集1946～1976」で無限賞、「奴隷の歓び」で読売文学賞、「ハミングバード」で現代詩人賞を受賞。ほかに「四千の日と夜」など。推理小説の紹介・翻訳でも知られる。本文は『ぼくの鎌倉散歩』（港の人）を底本とした。

鎌倉――ぼくの散歩道

ほんの一漁村にすぎなかった鎌倉に、十二世紀の末（一一九二年）に出現した武家政権が、十四世紀初頭（一三三三年）に滅亡するまでの舞台となった中世の町は、おびただしい寺院を残したまま、近世ではふたたび一漁村にかえって、まるでタイム・カプセルにつめこまれたように明治二十年まで、ほそぼそと生きながらえてきた。

中世から、いきなり現代に直結させたのは、明治二十二年の横須賀線の開通だった。つまり、東京から横須賀の軍港に直結する軍用列車のおかげで、鎌倉は現代によみがえったのだ。大正年間にはサナトリウム、老人の避寒地になり、昭和に入ると別荘ブームが到来し、夏は海水浴場となった。戦後は東京のベッド・タウンになり、大資本による造成地の開発がつづいて、新住民が激増する。

夏は若者たちの世界で、サーフィンとヨットで海岸は占領される。そしてマグロのような若い女性のセミ・ヌードと、イワシのような青年たちの群れ。海の家のスタイルだけは、頑固に伝統を墨守していて、ムギ茶やゆでアズキのかわりにコーラとアイスクリームを売っているだけ。

では、老人たちと旧住民たちは、どこに身を隠しているのか。

それは谷戸である。

谷と書いて、ヤト、あるいはヤツと発音する。江戸時代から知られている代表的な谷は三十六あって、

薬師堂谷、胡桃ヶ谷、牛蒡ヶ谷、宅間ヶ谷、犬懸谷、釈迦堂谷、葛西ヶ谷、比企ヶ谷、経師ヶ谷、桐ヶ谷、尾藤ヶ谷、巨福呂《こぶくろ》谷、鶯谷、亀ヶ谷、勝縁寺谷、石切ヶ谷、扇ヶ谷、泉ヶ谷、智岸寺谷、藤ヶ谷、法泉寺谷、清涼寺谷、御前ヶ谷、山王堂谷、梅ヶ谷、無量寺谷、法住寺谷、佐介谷、七観音谷、佐々目谷、月影の谷……

そのほかに小さな谷をいれたら、どのくらいの数になるだろうか。ぼくが住んでいた稲村ヶ崎の小さな谷を思い出しても、一の谷、西ヶ谷、馬場ヶ谷、姥谷《うばがやつ》、といったぐあいで、しかもそれぞれに個性と風情がある。旧住民の民家がひっそりと谷あいに身をひそめていて、その庭には四季の花がたえない。思いがけないところにペンキ塗りの木造洋館があったりして、ぼくを愉しませてくれる。

＊

大小の台風が日本列島を通過すると、鎌倉は透明な秋の光のなかで息づきはじめる。

十数年まえに鎌倉の新住民になったばかりのころ、ぼくは北鎌倉の瓜《うり》ヶ谷《やつ》をよく歩いたものだ。ある秋の午後、駅前の鎌倉街道を横断して、細い小路に入り右折したまま歩いて行くと、瓜ヶ谷に出る。どの民家の庭にも、秋の果実が枝もたわわにみのっている。栗、柿、ヒメリンゴ、梨、夏柑……たぶん、ヒヨドリやコジュケイの餌になるのだろう。

この谷には、プロテスタントの信者でドジョーすくいの名手であるA夫人やジャコメッティのモデルになった哲学の教師をしているY氏が住んでいて、ときたま襲ってはウイスキーをご馳走になったものだが、この日は「隠里（かくれざと）」を訪ねるので、さっさと通りこした。

この谷には細い野川が流れていて、桜並木。谷の奥は大きくひらけていて、鎌倉にはめずらしい稲田が黄金の穂をたれていたっけ。

しかし、宅地造成の波にあらわれて、谷の斜面には自動車道路が貫通していて、新住民のプレハブ住宅が軒をつらねている。この分だと、瓜ヶ谷の稲田の余命、いくばくもなし、という感じ。

ぼくは急勾配のアスファルト道路を、下駄をならしながら、葛原《くずはら》ヶ岡《おか》を目指して、細い山道に入る。

下駄といえば、東京から鎌倉に移ってきたとき、まっさきに買ったのが下駄なのである。鎌倉の谷や小路には、下駄がいちばんふさわしいからだ。

葛原ヶ岡。刑場の露と消えた南朝の忠臣といわれた日野俊基の霊を祀った神社。その死の翌年、一三三三年、新田義貞によって鎌倉幕府は滅ぼされる。その岡つづきに、源氏山があって、眼下に鎌倉の町が眺められる。桜の木におおわれた源氏山をぬけると、「隠里」があって、江戸時代の『新篇鎌倉志』には、

「隠里　稲荷の近所にある。大巌窟を云ふなり。銭洗水《ぜにあらいみず》　隠里の巌窟の中にあり。福神銭を洗《あらふ》と云ふ。鎌倉五水の一也」

また『鎌倉攬勝考《らんしょうこう》』には、

「銭洗水　佐介谷の西の方にあり。土人いふ、むかし福人此清水にて銭を洗ひしといふ。妄誕の説なり。按するに、此辺に大ひなる岩窟有を、土人隠れ里といふ。されは上世此所にて銅気のある岩を掘て、此水にて洗ひ試し事もや有し、其ふることを誤り伝へしならん」

なにをかくそう、「隠里」とは銭洗弁天のことで、鶴ヶ岡八幡宮は応神天皇をおまつりしてあって、武の神さまであると同時に詩の神さまなのだから、イの一番に参詣しなければならないのだが、この世で詩を書いて生きて行こうと思ったら、銭洗の弁天さまのお力をかりなければならない。そこで、こっそりと「隠里」を探訪し、ローソクを奮発し、ポケットのお札を二、三枚、ザルに入れて、霊水で洗ったら、たちまち、翌年の春、アメリカに招待されて、東部から西部へと大学で詩の朗読をして歩いて、お金が儲かったのである。弁天さまの御利益を吹聴したら、ブラジルの美女マリリア・サントスまで「隠里」にお詣りするようになり、以来、カルダンのドレスしか着なくなった。「ヘビの日には、どんなに忙しくてもお詣りします」。東京とロサンジェルスを往復しているカトリックの美女は、大真面目なのである。

＊

とくにぼくが好きな鎌倉の季節は、サザンカと椿の花の晩秋初冬と、水仙、梅の花咲く早春だ。真冬は、西風の強い日があって、そういうときは、七里ヶ浜に出ると、丹沢山系と白雪の富士がくっきりと姿をあらわし、相模湾の彼方の伊豆半島の天城山に赤い夕陽が落ちて行く。

晩秋初冬、稲村ヶ崎の谷の奥にあるわが家の裏山から極楽寺におりる山道はすばらしい。萩の花が散り、ススキが銀色の穂を出し、赤トンボの群れが行き交う。

裏山には超ミニの熊野権現の小社があって、小さなリンゴが二つ供えられていたりする。それからグミの実が落ちている山道をのぼりつめると、夏草におおわれていた細い十字路もくっきりあらわれて、左手（西）は旭ヶ丘を経て鎌倉山にいたり、右手（東）の尾根をつたわって行けば、極楽寺の裏山、さらにその先を下れば、「月影の谷　若葉して道清し」の句碑が立っている。阿仏尼、『十六夜日記』の作者の屋敷跡に出る。

ぼくは北側の谷をおりる。十一月の声をきけばウルシ科の葉は、あざやかに紅葉し、火のように燃える。道は岩盤で、紫、紅、黄、ブルー、グリーン、ピンクの小さな木の実と、ウイスキーの琥珀やワイン・レッドの色とりどりの落葉で埋めつくされている。土地の人は、この北側の谷を「月影」と呼んでいる。

谷をおりきったところに、ひなびた地蔵堂があって、等身大の木造地蔵菩薩像が安置してある。その名も月影地蔵。左手にまがれば刈入れ近い黄金色の稲田を経て西ヶ谷。この谷の奥には、鎌倉時代特有の「やぐら」と呼ばれる武家の洞窟状の墓所がいくつかあって、自動車のガレージになったりしている。霊あらば怒り給え。

ぼくは細い野川に沿って右折する。極楽寺の方へ。

この境内は陽だまりになっていて、冬の午後などアケビのツルがからまっている棚の下のベンチに腰おろし、タバコを吸っていると、いつのまにかウツラウツラしてくる。真言律宗のお寺で、五万人余の病者のために施療にあたった忍性《にんしょう》の開山。幕府滅亡の戦火で、七堂伽藍、四十九院、それに慈善救済施設があったという壮大な寺院も焼滅し、わずかに吉祥院を残すのみ。

閑静な境内には百日紅《さるすべり》の大樹を中心に、白梅、紅梅、数種類の桜などがあって、ウイーク・デイには、ほとんど人影がない。ぼくと猫だけ。

境内の桜並木、黄ばんだ葉を見あげながら、ひなびた茅《かや》ぶきの山門をくぐり、江ノ電を脚下に見て極楽寺坂の切通しへ。

極楽寺坂、鎌倉七切通しの一つ。この切通しも忍性のつくったものと伝えられているが、中世の鎌倉へ入る西側の要路で（東側は逗子にぬける名越《なごえ》の切通し）、『太平記』には元弘三年（一三三三年）上野《こうずけ》の新田義貞の軍勢が幕府に攻め入ったとき、この極楽寺坂で激戦があったと記されている。

極楽寺坂の右側に、名執権といわれた北条泰時が創建した成就院という古刹があって、その山門から海岸線、つまり、ぼくの視線から記述すると、いまや湘南ハイウェイに分断されてしまった稲村ヶ崎の小さな岬を起点として、由比ヶ浜が一望にひろがり、逗子との境界線である飯島で、遠浅の湾はおわる。そのおだやかな湾の中央に滑川《なめりがわ》の水が流れこみ、逗子よりの浜を材木座海岸と呼ぶ。六月初旬はとりわけ絶品で、成就院のアジサイと遠浅の海浜とが絶妙のコンビネーションをつくり、そのアジサイも色の種類の多いこと。アジサイは、北鎌倉の明月院が有名だが、明るい海とアジサイのモザイクを賞味するのだったら、成就院にかなうものはあるまい。

＊

さて、いまは秋。

切通しの岩肌は、冷たいしずくに濡れ、シダ類が頭を垂れている。秋の香のただよう冷気のなかを、ダラダラッと坂をくだると、左手に安産の仏さま、手づくりのヨダレかけをした六体のお地蔵さまが岩かげに並んでいて、やがて、鎌倉十井の一つ、星の井、別名、星月夜《ほしづくよ》の井がある。江戸時代までは、このあたりは木々におおわれ、昼なお暗かったので、地名を星月夜と言ったそうだが、そのまま井戸の名前になったという説もある。

この井戸をすぎたところから、「坂の下」という江戸時代からの漁村で、由比ヶ浜から一・四キロの沖合を流れる黒潮のおかげで、イセエビ、イシダイ、シラスなどがあがり、その海の幸が、この小さな漁村をうるおしているのだ。

この「坂の下」も、いまではすっかり近代化されてしまって、「バロン」というスナックまでである始末。ぼくは「バロン」の細い道をぬけて、ドライブ・ウエイを横断すると、由比ヶ浜の西端に出る。

小さな漁船と網などが陽に干されているだけで、夏のあいだ、たぎりたっていた若者たちの裸体は、秋風とともに東京に去って行ってしまった。

ぼくは由比ヶ浜の磯づたいに、滑川の河口にむかって歩く。秋の空には鰯雲が、水平線上には大島がくっきりと姿をあらわし、秋がふかまるとともに、海の色も濃紺にかわる。大島が水平線から姿を消したとき、鎌倉に春がくるのである。

南には相模の海がひろがり、海を背にして、滑川の河口から鎌倉という中世の都市を眺めると、左手（西）には稲村ヶ崎、霊山《りようぜん》ヶ崎が源氏山につづき、さらに北上して葛原ヶ岡にいたる。北には勝上《しようじよう》ガ岳があって、東にのびて鷲峰《じゆぶ》山《せん》、大平山《おおひらやま》、天台山などの山々になり、東南（つまり海から見て右手）には、衣張《きぬばり》山、浅間《せんげん》山、名越山、弁《べん》ガ谷《やつ》山が海の方にのびてきて、飯島ガ崎になる。ここが逗子と鎌倉の境界だ。

鎌倉の山は、山といっても小高い丘と言ってもいいくらいで、いちばん高い山が標高一四〇・八メートルの天台山である。その山々を、ヘリコプターから眺めたら、山の裏は、大規模な宅地造成で削りとられ、玩具箱をひっくりかえしたような小住宅が密集しているのが分るだろう。だから、鎌倉の山は、舞台の書き割りのようなものだ。

滑川の河口から一ノ鳥居、そして二ノ鳥居から、頼朝が妻政子の安産を祈願してつくった段葛《だんかずら》がはじまり、そして三ノ鳥居から源平池を渡って六十二段の石段、その左手にそびえる大銀杏は、三代将軍実朝を暗殺するために、甥の公暁《くぎょう》が身をひそめていたというところから、「かくれ銀杏」と呼ばれている。この大銀杏を見るたびに、小学生のときの遠足を思い出す。あの記念撮影の行事は、テクノロジーの現代でも栄えていて、ぼくにほろ苦い郷愁をよびおこさせる。

＊

まっさきに銭洗の弁天さまにお詣りしてしまったのだから、六十二段の石段をのぼって、武と詩の神さまである八幡さまに参詣しなければ片手落ちだろう。

「康平六年（一〇六三年）、源頼義によって石清水八幡宮から由比郷に勧請されていた社が、頼朝によって現在のところへ移されたのは、治承四年（一一八〇年）のことである。それから十年後、これは焼失し、頼朝はさらにいっそう大規模な社殿を造営したが、その後、兵火によってそれも焼けてしまった。現在の本宮社殿は文政十一年（一八二八年）の建築である」と、ぼくの持っているブルー・ガイドブックス『鎌倉』にある。

朱と緑、それに黄金色で装飾されている本殿にぬかずくと、なんだか中国や韓国のレストランに入ったような気がしてくる。伊勢の神殿のような白木造りが、ぼくの好みにあう。だから日光の東照宮もあまり感心しない。そんなことを言ったって、詩の神さまなんだから、拝まなければバチがあたるだろう。拝んでいるうちに、遠足でやってきた小学生になったような気がしてくるから不思議である。

オミクジは小吉。

蓮池のそばのベンチで一服。

ぼくの推定では、徳川幕府によって再興されるまえの八幡宮は、もっと素朴で剛毅なものではなかったか、ということだ。

史上初の武家政権の精神的支柱となった建長寺、円覚寺、寿福寺などの禅宗の寺院の建築様式を想起すれば充分だ。そして、鎌倉時代にあって民衆の精神革命をとなえた日蓮宗の妙本寺の重厚な静寂さをかえりみればいい。そして、鎌倉時代は神社建築も仏寺建築の手法を積極的に取り入れだしたと言われているのだから、どう考えてもいまの八幡宮は、徳川幕府末期の文化的センスであって、頼朝が大火のあとで再興した本殿とは、およそ趣きを異にしていたものと思わざるをえない。幻の若宮を頭に描きながら、ぼくの下駄は、材木座、鎌倉幕府以来の中世の港町に歩いて行く。

＊

明治中期創業の酒屋さんの黒びかりしている古い上り框《かまち》に腰をおろして、ビールを飲んでいると、筋むかいの床屋さんが目に入る。まさに床屋さん、カミドコヤさんで、いまどきの理髪店でもバーバー・ショップでもない。明治開化の匂いが濃厚にただよっている床屋さんである。

　ぼくはホロ酔い機嫌になると、朝顔のツルが秋風にふかれながら、まだからまっている古風な戸をあけた。下駄をぬいで、スリッパ。六十四、五歳のご主人が、日本剃刀で、ぼくの不精ヒゲを剃ってくれる。

「お店はもう古いのですか」

　と、ぼくが声をかけると、

「そうですねえ、わたしの曾祖父が、幕末まで、この場所で髪結床をやってましてね。ええ、チョンマゲですよ。明治になって、祖父は横浜へ西洋式の修業にでかけましてね、イギリスの船員さんたちの頭をモデルにして、バーバーの技術をマスターしてきたんです。この鏡だって明治中期に、祖父がイギリスの商人から買ったオランダ製でしてね」

　ご主人がバーバーと発音すると、中世と明治を結ぶ横須賀線の文明開化のリズムがひびいてくるようだ。ぼくの目は、しぜんと「バーバー」の高い天井に吸いつけられて行く。世紀末のデコラティブ。

「ずいぶんシャレてるんですねえ、お店の天井……」

「はい、大佛次郎、久米正雄といった文士さんがたが、まだ帝大生のころ、この店で舞踏会をしたものです。大正のおわりでしたかねえ。昭和十一年になると、松竹の撮影所が蒲田から大船の草競馬場のあとに引越してきた。で、この材木座には、俳優さんたちがずいぶん住むようになって、上山草人《そうじん》さんはじめ、早川雪洲、上原謙、佐分利信などですよ。それで、このあたりを歌舞伎町というあだ名で呼ばれたくらいで」

＊

ぼくは床屋さんを出ると、鎌倉の東端にある光明寺の方へ歩いて行った。東京から鎌倉に移ってきた当初、材木座の借家に住んでいたので、光明寺にはよく散歩に行った。浄土宗関東総本山。北条経時が建立した寺で、後花園帝の宸筆《しんぴつ》になる天照山の額をかかげた山門の格調の高い美しさ、そのシンメトリックな様式とディテールに、ぼくの心は魅了される。その山門をくぐると、壮大な伽藍があり、夏には千年の蓮の花がひらくのだ。

光明寺というと、ちょうど十年まえの大晦日の夜のことがありありと浮んでくる。日記を見ると、昭和四十五年（一九七〇年）の除夜の鐘は、光明寺に行って聞いている。鐘楼には老若男女が列をなしていて、午前零時を待ちかまえているのだ。この夜は、一人に一つずつ鐘をつかせてくれる。

鐘が鳴りだしてから、ぼくは材木座の海岸に出る。見事な引き潮、和賀江島《わかえ》、貞永元年（一二三二年）に、勧進上人往阿弥陀仏が、名執権と言われた北条泰時に申請して、海難防止の大堤防を築いた。丸石を集積して、長さ二〇〇メートル、幅五〇メートルの半島形の堤防で、現在でも、その遺跡がある。満潮のときは、完全に海面下に姿を没してしまうが、引き潮のときは、頭を出す、その和賀江島が、その夜は全容をすっかり現して、そのさきまで歩いて行けそうな感じ。

沖は、はるか彼方に遠ざかり、白い波頭が、左から右へと、まるでライン・ダンスのように、夜の闇のなかを走っては消え、やがてまた、生れたばかりの白い波頭が、左手から順ぐりに右手に走る。その距離、ほぼ一〇〇〇メートル。あの夜の引き潮と、闇をつらぬく白い波頭は、生涯、忘れられないだろう。

＊

秋の日は暮れた。

ぼくはバスに乗って鎌倉駅まで。時計塔のある文明開化の駅も、近く大改築されるそうだ。いくらなんでもパルコ風にはなるまい。

鎌倉は不思議な町だ。

中世から一気に明治の文明開化に結びつき、近世がみごとに欠落している。徳川時代は幕府の天領になり、寺院だけが保護されていたにすぎない。

小町通りもヤング風の店がふえたが、一歩露路裏に入ると、戦前の東京の下町をおもわせる飲み屋と現代的なオカマ・バーが共存している。ぼくの行きつけの飲み屋は、平均年齢六十歳という養老院的居酒屋で、老男老女が、一堂に会して、古き良き時代の映画主題歌を合唱するのである。たとえば、『会議は踊る』『巴里の屋根の下』『三文オペラ』『自由を我等に』など。

客種も雑多で、生糸屋、株屋、水道屋、コンサルタント、教師、坊さん、市会議員、お医者さん、たまに新聞記者がいるかと思うと、新聞は新聞でもスポーツ新聞だったりして、とにかく「文化人」がいないだけ気持がいい。ときたま、往年の少女歌劇のスターもお出ましになって、シワガレた声で『スミレの花咲くころ』をお歌いになると、老人たちはたちまち青年にかえって行くのである。

そして、谷あいの民家の旧住民の中世紀的な夢と、新住民の住宅ローンの夢とが織りなすところに鎌倉の夜がある。

白昼、人影のない谷戸を歩いていると、ふと中世の死者たちの声を聞くような気がする。血で血を洗った鎌倉幕府の成立から滅亡まで、おびただしい死者の沈黙の上にきずかれた文明開化の町。

夜の江ノ電

午後九時ごろ
江ノ電に乗ってごらん
はじめは混んでいるが石上《いしがみ》
柳小路それから
腰越の小さな漁村にさしかかると
まったく無人になる

江ノ電
藤沢—鎌倉をつなぐたった十キロの単軌鉄道で
その車体も
玉川電車（ジャリ電）
市電（東京市の電車）
の下取りで
プラットフォームも車輛ごとにちがうから

乗客は足もとに気をつけなければならない
いっそのこと
北米西部の「真昼の決闘」のようにプラットフォームをつくらなければよかったのに

腰越は鎌倉という村の入口で
ここまででポルノのポスターやブス猫はおしまい
江ノ電は
まず高架鉄道を走り
それから
路面電車にかわり
ポルノのポスターと可愛いお婆ちゃんに別れをつげると
文化人が住んでいる
鎌倉村に入って行く
たった十キロの藤沢—鎌倉の距離で
よくも文化村と云ったものだ
ぼくは
人の顔に別れをつげて
腰越から

鎌倉にはいる

ブンカジン大嫌い
夜の海が前面にひろがる
漁火が見える　小さな灯台の光りが見える
相模湾の黒くて青い水平線
それも
稲村が崎あたりから見えなくなってきて
乗客はぼく一人
単軌鉄道はくねくねと民家の裏側を走りぬけ
手をのばせば
民家の窓の灯　樹木の枯葉に手がとどく
ぼくは
おもむろに立ち上り
緑のベレーをかぶり
赤いチョッキを身につけ
進歩的文化人になりすます

緑の党を
赤い党が支援する

こんな愉快な村はめったにない
宗教法人税法のおかげで
説教したがる坊主に
妾が四人もいるとは
ちっとも知らなかった　夜の江ノ電の
窓から見える
白い波頭　夜のなかの
白い波頭
乗客は
ぼく一人

橋

黒川創

黒川創（くろかわ・そう　一九六一―）京都市生まれ。二〇〇八年刊『かもめの日』で読売文学賞、二〇一三年刊『国境〔完全版〕』で伊藤整文学賞（評論部門）、二〇一四年刊『京都』で毎日出版文化賞、二〇一八年刊『鶴見俊輔伝』で大佛次郎賞を受賞。本文は『いつか、この世界で起こっていたこと』（新潮社）を底本にした。

思いだせずに過ぎていくことが、若かったころより、ずっと多くなっている。

大正時代、厨川白村《くりやがわはくそん》という有名な英文学者、文芸評論家がいた。四〇代に差しかかるころから『象牙の塔を出て』、『近代の恋愛観』といったエッセイ調の評論が次つぎベストセラーとなって、「恋愛至上主義」の筆者として世に広く知られ、京都帝大文科の教授をつとめていた。

同じ大学の法科には、河上肇《はじめ》という、こちらも高名な経済学者がいた。新聞に連載された彼の『貧乏物語』は、発展する資本主義経済の下での貧富の格差の拡大を論じて、これもたいへんなベストセラーとなった。年齢では、厨川白村より、河上が一つ上だった。

大正デモクラシーの時代である。遠く、ロシア革命も遂げられて、社会主義を日本で掲げる若者たちも威勢がよかった。庶民層の貧困克服に取り組もうとする河上の周囲にも、そうした若い連中が寄ってきた。

「掠《リヤク》」と呼ばれる行為があった。

金持ち、あるいはブルジョワ的（?）な人士のもとに押しかけて、なにがしかの金品の寄付を人民の権利（?）として要求し、せびったり、ゆすり取ったりする行為をさしていた。もとはと言えば、明治末に幸徳秋水が訳した、無政府主義の思想家ピョートル・クロポトキン『麺麭《パン》の略取』をもじって、「掠」という呼び方ができたらしい。〝掠奪〟のことである。河上肇のもとに出入りする無頼な若者にも、「厨川白村の家に押しかけて、〝掠〟をやろう」と、言いだす者がいた。

——白村は〝恋愛〟などと軟弱なことをはやらせて稼いでいる、カネならあるだろう——ということである。河上の家は、当時、京都帝大近くの吉田にあった。白村の家は、一五分も歩けば行ける岡崎である。

だが、こうした計略が河上の耳に入って、彼は、若者らをいさめて、止めた。河上本人は、温厚で、礼儀正しい人物だった。また、白村と同じく、彼自身も、大学という「象牙の塔」を出て、市井の人びとの場所からの学問を考えたいという希望を持っていた。だから、畑違いながら、白村の仕事ぶりにも、それなりの好意と共感を抱いていた。

……というようなエピソードを、どこかで、読んだ覚えがある。

けれども、それが誰の何という本でのことだったか、いっこうに思いだせないのだ。

若いうち、こんなことはなかった。いや、度忘れしても、しばらく時間を置けば、記憶は確実に戻ってきた。

ところが、こうして六〇歳になったとたん、ひどく物覚えがあやしくなった。

事実だと思い込んでいる記憶のほうは、大丈夫か？

と、作家の榎本敦は自問する。

彼岸を過ぎ、日はさらに長くなった。週末の土曜日をつかって、木村圭子は鎌倉まで出向くことにした。

○

直接の担当者となる若い編集部員に任せてしまうべきかとも迷ったが、最初の打ち合わせだけでも、自分が榎本敦に会っておこうと考えなおしたからだった。だが、出版部長という役目柄、平日に会社を長時間離れることは難しい。自分にとっても、むしろ、休日の時間を使って出向くほうが気楽なように思われた。

定年まで、あと二年だ。望めば、さらにいくらか会社に残ることはできるだろう。だが、ここで辞めようと決めている。榎本の場合は、いつも一作を書くのにかなりの時間がかかるし、たぶん、彼との仕事も、今度で最後になるだろう。

誰もが、年に一歳ずつ、年齢を重ねる。ベテランの編集者は、管理職への昇進、新事業への異動やらで、若い編集者に入れ替わる。ある程度、こっちがつなぎの役を果たしておかないと、彼ら若手の編集者が電話を受けても「榎本って、誰?」というようなことになりかねない。

半月ほど前、ひさしぶりに、榎本から電子メールが届いた。

《次の作品、とりかかる準備ができてきたので、近いうちに、アウトラインだけでもお伝えできれば。

参考までに、さわりの部分のメモを、添付しておこう……》

とのことだった。

三〇年あまりも、こうやって、彼とは仕事をしてきた。むかしは電話で入った連絡が、ファクス、電子メールへと変わったが、仕事自体の流れはたいして違わない。作品に取りかかろうというとき、いつも、こうした自信と弱気が入り交じった連絡が入る。彼の場合は、弱気がやや上まわっているような。ただし、今では、お互い、携帯電話の画面を見るにも、老眼鏡を取り出す境遇になっている。

おととしの晩秋、彼女は夫を癌で亡くした。膵臓癌だった。闘病中の世話と付き添い、そして、没後の片づけにも思った以上に手間がかかって、週末に東京から離れるなんて、ずいぶんひさしぶりだと、今になって彼女は気づいている。

横須賀線の車両の窓から射しこむ陽を受け、軽い眠気を覚えつつ、彼女は、榎本からの「メモ」のプリントアウトに、もう一度、目を通す。そして、ところどころ、赤ボールペンで自分用の覚え書きを入れていく。

○

一九二三年（大正一二）夏。

厨川白村は、この年で、満四三歳。前年の朝鮮旅行から、彼はひどく腸を傷めていた。

東京帝大文科を首席で卒業していたが、本来は秀才肌というより、並外れた努力家だった。学生時代の猛勉強と、粗食から、腸出血は慢性化して持病のようなものとなっていた。美男子だった。だが、関西の実家からの学資は十分ではなく、それによる刻苦勉励ぶりと相まって、気むずかしく、狷介な人物とも見られていた。

東京帝大卒業後、さらに大学院に進み、講師の夏目漱石の指導を受けながら、「詩文に現われたる恋愛の研究」という主題に取り組む。当時、彼自身が恋愛問題で悩んでおり、そこから発して、ひと回りあまり年長の漱石を相手に、激論に及ぶこともしばしばだった。小泉八雲、つまり、漱石の前任者であるラフカディオ・ハーンを深く敬愛していた分だけ、漱石を自分の師とは認めていないところが白村にはあって、その家を訪ねながらも、不遜な態度を取るのだった。あるときなどは、『ロミオとジュリエット』への漱石の見方を彼は受け入れず、夜分にまた激論となり、頭に来た漱石を「今の若い者は封建の道徳を知らない」と歎かせた。

だが、白村の経済的苦境は、結局、そうやって学生生活を続けることを許さなかった。大学院に進んでまもない秋のあいだに、熊本の第五高等学校教授の口がかかって、彼は学業を中断して赴任していく。

この赴任地で、長崎の軍医の娘、七つ年下の福地蝶子と結婚した。地元のミッション・スクール、活水女学校の卒業生で、その姉・蔦子とともに、うりざね顔の美人で知られた娘だった。

蝶子たちの一家は、同じ長崎出身の旧幕臣で、最初の遣欧使節団員、新聞人、劇作家、また一時は政治家でもあった福地源一郎の同族だった。そして、姉の蔦子が、福地源一郎の一人息子・信世に嫁いだことから、蝶子も身内の扱いを受けていた。一方、白村のほうでも、父の厨川磊三が若いころ長崎で蘭学を修めたことから、福地源一郎とは縁戚関係が生じていた。

白村の学生時代、福地源一郎の屋敷は、東京の芝・愛宕町にあった。白村もそこに出入りすることがあり、源一郎に保証人を引き受けてもらってもいた。蝶子は長崎で女学校を了え、東京に出てきており、最初、二人は親類同士としてそこで知り合った。源一郎の息子・信世も、東京帝大理科で地質学を学び、白村にとっては三つ年上の友人だった。

のち、白村は、この蝶子夫人とのあいだに、五男をもうけた（第三子は他家に養子、第五子は幼時に死亡）。蝶子は、母親となっても、女学生時代からの開明的でおしゃまなおもかげを保っていて、夫の白村にも、それを尊重するところがあった。

蝶子は、白村が書く原稿の浄書を手伝う一方、彼の書くもので同感できないところには、遠慮なく批判を加えた。彼の最大のベストセラーとなる『近代の恋愛観』に対しても、そうだった。白村も、屈せずそれに論駁しようとするので、書斎でも、食事のあいだも、えんえんと議論はたたかわされた。白熱してくると、白村は自分の妻を「君《きみ》」「君」と呼びながら論を述べた。それは、いわば、当時の書生コトバだった。互いにそれに気づいて、吹きだすことがあった。蝶子は、そういうとき、夫は自分のことを「友だち」のように思っている、と感じていた。

ともあれ、この一九二三年七月に入ると、白村は、生まれ故郷でもある京都を離れ、暑さを避けて軽井沢に移った。そこの高燥冷涼な気候風土が彼は気に入っていた。加えて、この土地にゆかりの新渡戸稲造、後藤新平らが開設した軽井沢夏期大学で、連続講義も引き受けていたからだった。

一方、鎌倉の海岸近くの松林では、洋館づくりの別荘の普請も進んでいた。妻・蝶子の姉夫婦、つまり、福地信世・蔦子夫妻が東京近郊・大森に住んでおり、共同で、主に白村の保養のためにしつらえることにした家だった。軽井沢での五日間の講義も終え、白村一家が、鎌倉・乱橋《みだればし》材木座の新築の別荘「白日村舎」に移ってきたのは、八月二日だった。

近くの材木座海岸は、亡き夏目漱石が、晩年の作『こころ』の冒頭で、その舞台としている海水浴場だった。

漱石は、九年前のその作品で書いていた。

「宿は鎌倉でも辺鄙な方角にあった。玉突だのアイスクリームだのというハイカラなものには長い畷《なわて》を一つ越さなければ手が届かなかった。車で行っても二十銭は取られた。けれども個人の別荘は其所此所《そこここ》にいくつでも建てられていた。それに海へは極《ごく》近いので海水浴を遣《や》るには至極便利な地位を占めていた」

「私は毎日海へ這入《はい》りに出掛けた。古い燻《くす》ぶり返った藁葺《わらぶき》の間を通り抜けて磯へ下りると、この辺にこれ程の都会人種が住んでいるかと思う程、避暑に来た男や女で砂の上が動いていた。ある時は海の中が銭湯の様に黒い頭でごちゃごちゃしている事もあった」白村も、夏の鎌倉の海辺に移ってきて、軽井沢に較べると、ここは「俗悪」だと断じた。だが、三人の息子たちは海で泳ぎたがっていたし、妻の蝶子も海が好きだった。

＊

メモに対する木村圭子のコメント。

《わたしも海が》

＊

八月三〇日。

中学校、小学校の新学期も迫って、白村は、息子三人を先に京都へ帰そうと、白いズボンにワイシャツの出で立ちで、横浜の停車場まで彼らを送っている。

白村に、こうした行動は珍しかった。なぜなら、彼は、八年前に、左脚のかかとの靴擦れから黴菌が入ったのがもとで、脚が腫れ上がり、ついに、左脚切断の大手術を受けたからだ。不自由な体で、しかも腸の不調が続いているにもかかわらず、なぜか、このときに限って、彼は自分ひとりで三人の息子を見送りに出かけることにした。

もっとも、彼の異様なほどの気丈さは、このとき始まったものではない。かつて一九一六年（大正五）一月、左脚の切断から、わずか九カ月後、彼は単身で米国留学に出発している。

米国での一年半に及んだ留学中、ボルチモアでは、フランスの女優サラ・ベルナールの舞台を見に出かけた。この名高い老女優は、右脚切断の手術を彼と同年（一九一五年）に受けている。しかも、白村は、自分の左脚切断のための入院当時に、いつも勉強家の彼らしく、「ロンドン・タイムズ」の紙上で、すでに彼女の右脚切断のニュースに接していた。

　大手術の直後であるにもかかわらず、サラ・ベルナールは、第一次大戦下、祖国フランスによる対独戦の前線に赴き、野戦劇場での慰問公演を続けた。それが終わると、パリでみずから開いた劇場の経営が傾き、わずか一〇人の俳優を引き連れて、〝お別れ巡業〟と銘打ち、四度目の米国巡業に出向いてきていたのだった。

　この夜の公演も、一人息子モーリス・ベルナールによる戯曲「クレオパトラの臨終」など、不自由な体で動きまわらずにすむ場面のものを見つくろってのものだったが、米国の観客たちはたいへんな歓迎ぶりを示した。科白はすべてフランス語だった。老女優は、往年と変わらぬ、なまめかしく、みごとに通る声の独唱を聴かせて、さらに観衆を喜ばせた。

「近世欧州劇壇の花形と謳われたこの名優も今は七十一歳の婆さんである。一昨年手術を受けて一脚を切断し、まだ舞台の人として活動をやめない所は明治初年の名優田之助が鉛毒の為め両脚を失って、猶《な》お劇界を去らなかった壮烈《ヘロイズム》を想わせる。

『……であろうとも』Quand même! と云うのが勝ち気な此《この》女優の金言《モットオ》である。片脚は失おうとも、年は寄ろうとも、戦争の危険はあろうとも、恐れもせず屈しもしない。為さんと欲する所をなし、行かんと欲する所に行く、病院を出てからまた戦地へ出かけて出征軍人の為めに其《その》技を演じては愛国の熱誠を示し、巴里《パリ》倫敦《ロンドン》の飛行機の恐ろしさを物ともせず、更に潜航艇の危険を冒して大西洋のこなた加奈陀《カナダ》米国に渡って最後の興行をしようと云う」（厨川白村「老女優サラ・ベルナアル」）

自分の旅の苦労については何事も語らず、白村は、この女優への長文の讃歌だけを記した。

＊

メモに対する木村圭子のコメント。

《ミュシャによるサラ・ベルナールの公演ポスターあり。「椿姫」とか「メディア」とか。彼女、五〇代くらいのとき？》

＊

息子たちを京都に帰した二日後――。

九月一日は、朝から暴風だった。

鎌倉の別荘に残っているのは、白村と妻・蝶子、ほかに、大森にいる蝶子の姉夫妻のところから、遠縁にあたる老女が片づけごとに来ていた。ここでの家事は、女中を置かず、蝶子がすべてをまかなっており、白村もそうした暮らしを好んでいた。蝶子が洗濯や炊事をしていると、よく彼も書斎から出てきて、ポンプを動かして水を汲んだり、皿ふきなどを手伝った。

だが、この日、彼は気分が悪いと言って、二階の日本間で朝から臥せっていた。八月初めに鎌倉へ移って以来、次に出版する評論集の準備、秋からの大学での講義の準備、『英詩選釈』の続稿の執筆、預かった原稿に目を通すこと……それら山積する用事を片づけようとしてきた。だが、ずっと腸の調子が悪く、軽井沢での滞在中ほど捗っていなかった。

　正午が近づき、蝶子は、階下で昼食の用意をしながら、親類の老女と世間話を交わしていた。夫は床に臥せったまま原稿を書いているのだろうと、彼女は思っていた。

○

　木村圭子を乗せた横須賀線の電車は、大船駅を過ぎていく。

　鎌倉駅の東口で榎本敦と落ちあって、やや遅めの昼食をとる約束になっている。鎌倉まで出向くなら、彼の自宅を訪ねてもよかったのだが、それも面倒に思えて、外で食事をしようと提案した。天気もいいので、あとで海のほうに歩いてみるのも、悪くないだろうと思っている。

　彼の鎌倉の家には、二度ばかり、今度のような仕事の打ち合わせで訪ねたことがある。駅前でバスに乗り、一五分ほど丘陵のあいだの道を上がっていく。丘の林に囲まれ、そこにだけ陽がさすような、小さな集落の一軒だった。古い二階建ての借家で、コンクリートの外壁のところどころに苔がむしていた。

　都内の目黒駅近くの賃貸マンションから、鎌倉の奥まったところに彼らが引っ越し、もう一〇年ほどになるだろう。

そう、最初、あそこの家を訪ねたときには、留美子さんが香りのよい紅茶を淹れてくれたのだった——と思いだす。彼女の仕事柄もあってか、木の棚に、愉しげな雑器がいろいろ並んでいた。薄い生地に微かなゆがみのあるカップで紅茶が出され、「あ、おいしい」と、とっさに、声をあげた。

「でしょう?」同い年の彼女は、白髪まじりの長いウエーヴの髪を耳にかけ、ほがらかに笑った。「丘の下に、スリランカの人がやってる紅茶の店があって、けさ、自転車で行ってきたの。でも、この人は、どんなお茶を出したって、反応がなくて」

○

その日、地震と津波が、鎌倉を襲う。厨川白村の妻・蝶子が、これについて手記を残した。

——一九二三年(大正一二)九月一日、正午前。

朝の暴風は収まって、百メートルほど先にある海岸の波の音さえ聞こえなかった。白村がいるはずの二階の日本間も、しんとして、昼食の仕度中の蝶子には、物音ひとつ届いてこなかった。

不意に、家全体で、凄まじい音が鳴り響いた。体を打ち上げ、打ち下ろす、激烈な上下動が始まった。地震が嫌いだと日ごろから言っていた親類の老女は、物音が起こったとたん、転がり出るように、家の外へ逃げていった。蝶子も続こうとしたが、もう揺れが激しく、身動きがままならない。

　天井が破れ、二階のストーブが落ちてきた。崩れた煉瓦の煙突が、ばらばら降ってくる。蝶子の左頬に、煉瓦のかけらが当たって、砕け散った。激しさを増す揺れに足を取られ、何度も叩きつけられながら、どうにか外へ這い出した。二階を見ると、揺れるたびに大きく建物が歪んで、今にもぺしゃんこに倒れそうだった。

「あなた！　……あなた！」

　声をかぎりに、彼女は夫を呼びつづけるが、返事の声は聞こえない。

　二階の部屋で、蒲団に入って原稿を書いていたなら、夫は義足を外していたはずだ。助けにいかないと、と蝶子は考え、二階に上がれる経路を探した。玄関の門口は、崩れた煉瓦にほとんど塞がれている。台所の勝手口も、大きな水槽が落ちてきていて、なかへ入れない。庭の藤棚のところに、細引きが垂れ下がっていた。これを伝い上がって、二階の窓に手がかかるところまでいこうとするが、腕力がなく、ただ、ゆらゆらと自分の体が宙で揺れるだけだった。

　そうこうしているうちに、どこを降りてきたのか、ひょっこり白村が現われた。義足をつけ、浴衣は破れていた。顔は傷を負い、血が滲んでいた。

　どうやって降りてきたのですか、と尋ねる時間も惜しみ、蝶子は、夫の腕を取り、

「さあ、逃げましょう」

とだけ言った。そして、その腕を、彼女は懸命に引っぱった。

近くの二、三百坪ばかりの広場に出た。激震に弄ばれ、体をぶつけあいながら、そこまで逃げるだけで、やっとのことだった。広場の松が、帆柱みたいに根元から揺れ、地面には地割れが生じていた。一〇人ばかりの避難者が先にいて、皆、着のみ着のままで、青い顔をしている。倒壊した家に、炎が回りつつあるらしく、ふすふすと煙が出ていた。前の街道を逃げていく人たちが、口々に、

「材木座の町は丸焼けだ」

「火の海だ」

と叫ぶのが聞こえる。

倒れた家の下敷きとなり、

「助けてくれ」

と救いを求める声も聞こえてきた。家族五人が圧し潰された、と絶望する声も。

白村は、昂ぶった表情ながら、沈んだ声で、

「原稿を取りにいかねばならん」

と言った。

倒れかけた家のなかへ、不自由な体の夫だけを行かせられない。だが、止めても聞き入れないので、蝶子は、

「では、わたしもついていきます」

と言った。妻の切羽詰まった表情を見て、白村は思いとどまった。広場に避難した人びとは、ここではどうも危険だ、津波が来るのではないかと言い合って、材木座の町とは反対の方角へ、小高い場所を求めて、二人、三人と去っていく。蝶子は、心細さがつのって、夫の手を引っぱり、彼らの後を追おうとした。だが、白村は、

「落ちつけ、落ちついて考えろ」

と、表情をこわばらせたまま言った。もっと適当な避難場所を考えつこうとしているらしかった。けれど、蝶子には、このさい、ほかの人びとが、あっちが安全だと走っていく後についていくよりほかに手だてがないように思われた。

広場の前の道をあと三〇メートルほど行くと、滑川《なめりがわ》に架かる海岸橋がある。長さ一〇メートルばかりの橋で、川の水量は多くない。そこを渡り、鶴岡八幡宮の一の鳥居の方角へたどれば、道のむこう側は小高くなっていく。

そっちへ逃げれば、身を守れるのではないかと、蝶子は考えた。白村も、やっと、それに得心した。だが、杖を家から持ち出せないまま逃げていたので、義足の彼は、何かにすがらずには歩けない。蝶子は、自分の体に彼をつかまらせて、駆けだそうとした。けれども、気持ちが急くばかりで、華奢な彼女の体は前に進めない。白村も、懸命に走ろうとするのだが、腸出血と不眠で衰えた体に、それだけの力は残っていなかった。

夫を肩につかまらせ、引きずるように蝶子は進んで、なんとか、橋に差しかかった。材木座の町のほうから逃げてくる人びとは、そのあいだにも、歩みの捗らない二人をどんどん追

い越し、押しのけて、続々と向こう岸の高みをめざして逃げていく。

先に立つ蝶子の足が、あと一歩で、橋を渡りきろうというときだった。真っ黒な山のような大波が、橋の下流の海のほうから、そそり立って襲ってくるのを、彼女は目の端で見た。津波！　と思ったが、一瞬ののちに、目の前が暗くなり、意識が遠のいた。


濁流に洗われながら、かろうじて自分の体は、河岸の壊れた石垣や棒杭のあいだに引っかかっている。岸辺に這い上がろうとするのだが、体が動かない。意識がはっきりと戻ってくるにつれ、棘のある針金が、幾重にも自分の体に絡みついていることに気がついた。助かったのだ――とわかる。同時に、夫の安否が、不安となって襲ってきた。焦って身をよじると、針金の棘が皮膚に食い込み、体中で痛みが走った。針金をひとところずつ体から外していき、ようやく、びしょ濡れの浴衣で、岸に這い上がった。

景色は、変わり果てている。海岸の方面に散在していた家々は影もなく、見渡すかぎり泥の広がりとなっていた。崩れた街道に、自動車が一台、泥にまみれ、横倒しで壊れていた。材木座のほうから駆けてきて、橋の落ちた川を渡ってくる人びとがある。多くは、横須賀あたりの海兵らしかった。

彼らにむかって、蝶子は、声を嗄らし、

「……このような人と、お行きあいになりませんでしたか？」

と何度も尋ねたが、誰も振り向いてくれなかった。

彼女はまだ知らなかったが、その人びとは、横須賀の海軍水雷学校から急派されてきた兵員だった。二〇人ほどで、一〇キロばかり離れた東京湾側の横須賀田浦にある学校から、三浦半島の丘越えに、相模湾側の鎌倉の浜まで駆けてきた。彼らは、鎌倉駅近くに警衛隊本部を設営し、町内の治安保持にあたりつつ、散在する海軍軍人宅の救援に従事すべし、という指令を受けていた。

蝶子は、小高い丘のかげや、泥田となった広がりのなかを、自分ひとりで、思いつくところから、夫が打ち上げられていないかと捜しまわった。白いものが遠くにちらりと見えると、そこに駆け寄る。たいてい、それは新聞紙か破れた布地などで、茫然と彼女は立ちつくす。浴衣は濡れたままで、吹きわたりはじめた風にさらされ、寒さで、がたがた、歯が打ちあって鳴った。

やがて、四、五人の子どもを連れて避難しているらしい紳士的な男が、川をはさんだところに現われ、声をかけてくれた。彼に励まされ、胸まで水に浸かりながら、川を徒歩《かち》渡りして、もと来たほうの岸に引き返し、自分たちの別荘に一度戻った。男は、蝶子の話に同情して、危険を冒し、その家のなかへ入って、湯殿にある浴衣と、台所に置いていた二斤のパンを取りだしてきてくれた。おかげで、彼女は、乾いた浴衣に着替えることができた。お礼にパンを一斤渡して、彼らと別れた。残りのパンも、通りかかった子どもに半分わけてしまい、あてもないまま足を引きずって、また夫の姿を求めて捜しまわった。

歩くうちに、近所の植木屋の若い者に出会った。別荘を建てるに際して、庭の手入れを頼んだ職人のところの者だった。白村が助けられ、自分たちのところで寝かせているので、あなたを探していたのだ、とのことだった。彼女は、夢中で、この若い者といっしょに植木屋へむかって駆けだす。道が壊れているので、つまずいて、途中で幾度ともなく転んだ。厨川白村は、材木座の集落に近い植木屋の庭に運び込まれて、戸板の上に寝かされていた。ここの下職が街道を駆けていると、泥田のなかに顔だけ出して苦悶している男がいることに、気がついた。それが白村であることにも驚いて、掘り起こして救い出したとのことだった。全身泥まみれで、耳、まぶた、鼻腔にも、泥が粘りついていた。左胸から、みぞおちにかけて、血が一面に泥の上まで滲みだし、けがのひどさを思わせた。

白村は、妻の顔を見て、

「ああ、これで安心した」

と声に出し、それから、うとうとしはじめた。

小鼻をぴくぴくと動かし、呼吸の音が切なく聞こえた。額に手を当てると、高熱があった。

そのあいだも、大地は絶えず揺れていた。

○

鎌倉の若宮大路、一の鳥居近くの細い路地を入った古い民家に、席数の少ないイタリア料理店がひっそりとあって、そこで遅めの昼食をとった。少量ずつの前菜の盛り合わせとサラダに、榎本はほうれん草とリコッタチーズのラビオリを頼んだ。若いころと違って、これくらいも食べれば、もう十分すぎるほどだと彼は感じる。彼女のほうは、トマトソースのペンネを注文した。デカンタの赤ワインを分けあった。

「麵麴の略取……」ペンネをフォークで突き刺し、そう言って、木村圭子は笑った。「蝶子が、子どもにパンを半斤差し出しちゃうところで、それを思いだした。子どもの『掠』か。いたたまれなくて、思わず、あげちゃったのね」

「あとで、あげたことを後悔したから、彼女もそれを覚えてたんだろうな。震災のあと、もう鎌倉じゃ、食糧なんか手に入らなかったろう。

海賊が浜から上がってきた、とも蝶子は言っている。じっさい、そんなことはあったみたいだ。船を持ってる者も、沿岸には多いから」

「ラジオは？」

「そう、それが重要」

指でテーブルを、榎本はこつこつ叩いた。

「――ラジオ放送がまだ始まっていなかった。放送開始は、二年後、一九二五年の春からなんだ。だから、よけいに、不安な噂ばかりが、だんだん広がっていくんだね。横浜は丸焼けだ、横須賀もそうだ、とか。恐かったと思うよ。朝鮮人が日本人を襲撃しているらしい、とか、そういうのも。ふだん、彼らがひどい仕打ちを受けてきたのを知ってるから、こんなときには逆襲されるに違いないって、後ろめたさが働いたんだろう」

「そうね」

それだけ言って、うつむきかげんにナプキンを唇に当てる。

「どうかな?」

てのひらを頬ひげに当て、いくらか不安のまじる面持ちで、彼は訊く。

「わかりました」

シンプルに、彼女は、とりあえず、そう言っておくことにする。

「——プランはいいと思う。

それで、いつなら書けますか?」


エスプレッソ・コーヒーを飲みほすと、二人は外に出た。春の遅い午後で、外は変わらずよく晴れていて、さらに数百メートル、相模湾に面する浜辺まで出てきた。波も風も穏やかで、黒いウエットスーツのサーファーとサーフボードの影が、半逆光の陽ざしのなか、低い波と戯れている。その様子が、遠く、砂の浜のむこうに見える。

滑川の淀んだ流れが、砂浜の河口に出てくる。その水ぎわに並んで立ち、

「あれが、その橋」

榎本が、二百メートルほど流れを遡ったところに架かるコンクリートの橋を指さす。黒のハイネックシャツに、焦げ茶の、どちらかというと冬物に近いジャケットを着込み、なかばは白い頬ひげを無精に伸ばしている。

キャメルのローファーが、浜砂に埋もれないよう、彼女は足もとに目を落とす。

「――橋の名前も、今だって〝海岸橋〟だよ。

むかしは、雨や台風で増水するたび、よく流される木橋だったそうだ。そのたびに橋の部材まで流失しちゃうと大変なんで、あらかじめ棒杭に針金でつないであった。つまり、増水で橋が流れても、針金をたぐって部材を引き揚げれば、また橋を組み立てられる。岸の石垣や堤防にも、針金を引き渡して、補強を施した。

蝶子の体中に針金が絡まっていたというのも、そういうものだったようだね」

「白村は、どっちへ流されたの？」

目を細め、橋を見はるかすようにしたまま、彼女は訊く。

「津波は、最初、川筋を遡って、あの橋を一気に壊した。そのあと、こうやって上流を見るなら、右手の岸から外側にあふれたらしい。そちら側の土地のほうが、低くなってる。あふれた水のいちばん先のほうまで、彼は運ばれていったようだ。田畑や民家の庭先を突っ切って、水流に転がされたり、廃材やら何やらがぶつかってきたりで、まったく、ひどい目にあったんだろう。そのあいだに、おぼれながら泥水を呑んでしまったんだね。橋から一五〇メートルくらい、流されたんだと思う」

「じゃあ、逃げてきた別荘の側の岸に押し戻されて……」

「うん。さらに上流のほうへ。

一の鳥居のあたりをめざして、二人は逃げたかったんだろう。あのあたりは、しばらく緩い坂が続いて、ほんの少しだけど小高くなっている。さっき歩いてきたとき、そのことには気づいたろ？　このあたりは、一面にぺったんこな土地だから、なんとか助かりそうな場所っていうと、あそこくらいしかない。橋から、あと三百メートルほどだよね。白村がふつうに小走りできる体でありさえすれば、なんということもない距離なんだが。運が悪かったな」

浜からまっすぐ内陸に延びていく参道のかなたに、石造りの大きな一の鳥居が見えていた。

○

鎌倉のこまごまとした地理や出来事に、どうしてこんなに榎本が詳しいかというと、もちろん、それは、くまなくそうやって町を彼が歩いたからである。

三年あまり前、大正時代の関東大震災による鎌倉での罹災状況について、資料を集めはじめた。遠からず、東海地震や首都直下型の地震が起これば、鎌倉は今度もまた大きな被害を受ける可能性が高い。そのことが気になった。これは他人事ではなく、滑川の源流に近い谷間の家に住む彼にとって、地震となれば、周囲の切りたつ丘がどれもこれも崩れてくるのではないかとも、不安はよぎった。

古い地図と、当時の町役場がまとめた『鎌倉震災誌』などを照らし合わせていくことから始めて、だんだん資料をたどるにつれて、厨川白村がそのとき鎌倉で罹災死していることに気づいた。さらに文献をさかのぼると、今ではほとんど忘れられている白村の履歴がわかってきた。妻の蝶子に関しても。

ひと通りの調べがつくと、鎌倉の町を実地に歩きはじめた。

二年前の二月末、南米チリの中部で、大きな地震があった。はじめは、ラジオが、午後の小さなニュースとして伝えただけだった。だが、翌日の朝には、どうやら日本にまで津波が来そうだ、と、かなり大きなニュースになってきた。

榎本は、妻の留美子と、自宅の居間で離婚の協議中だった。ラジオが、かたわらで低く鳴っていた。二月二八日、日曜日だった。前日から、彼らは、夜通し起きていた。

若いころ、一度、離婚歴があった。四〇前に留美子と知り合ったとき、彼女には亭主と幼い娘があった。彼女の離婚が成立し、娘が独立していくまで、ほぼ一〇年待った。けれども、その後、彼女と鎌倉で始めた暮らしは、数年も経つと、だんだんあやしくなってきた。四〇代をやもめ暮らしで通して、五〇代に差しかかるところで待望したはずの女との暮らしを始めてみると、思わぬことが、彼自身を戸惑わせた。

毎日、寝て起きる時間が、彼の場合はおよそ決まっていた。といっても、夜っぴて原稿を書くのが、若いうちからの習い性で、およそ、明け方に朝刊を読んでから寝床に入って、昼近くまで寝る。夜から明け方にかけての仕事の前には、できれば、夜九時か一〇時ごろから小一時間ほど仮眠をとっていた。

今になって気づけば、これ全般が、ほかの誰とも合致しそうにない生活習慣だった。

だが、留美子が亭主持ちで、ときどき外で人目を盗んで会うほかないような付きあい方が続いた一〇年間には、こうした不都合を感じることがなかった。なぜなら、彼らは、きまって午後から夜にかけての時間帯のうちの数時間を逢瀬にあてる成り行きとなるからだった。たまにしか会わず、そして、そこには、就寝も起床も歯磨きと洗面もゴミ出しもなかった。

とはいえ、ほぼ五〇にもなり、じっさいに二人で生活を始めると、すべてそのままとはいかない。彼女には、日中の仕事がある。独立しての自営業とはいえ、出かけず自宅で事務的な仕事をしているあいだも、メーカー、顧客と頻繁にファクスや電子メールのやり取りをしている。

むろん、当初は、彼自身の寝起きの時間帯を改め、二人の生活時間帯を合致させようと、努力してみた。だが、長年染みついてしまった体内の時計の動きは、ニコチン中毒のようなものか、改めがたい。勝負所となる長い原稿を書こうとすると、真夜中にかからないと頭が冴えてくれないのである。ついつい、また就寝時間が後ろに倒れて、朝刊を読み終えて寝床に入る。そのころには、もう彼女が起床の時間となっている。もっと自分が若ければ、どのようにしてでも、女との新しい暮らしに馴染ませるよう、これを変えていくことができただろうが。

おまけに、初老にかかって、だんだん彼は、朝方、寝床に入っても、寝つくまでに時間を要するようになってきた。夜通し、書き仕事などをして、ひどく疲れているのだが、ぱたん、と眠れない。

不眠がつのるにつれて、聴覚は研ぎすまされるように鋭敏になってくる。二階の寝床にもぐっていても、階下の電話で話す留美子の声が耳につく。これはまずいと、生活時間をふたたび彼女と合わせようと努めはするのだが、またじきにだんだんずれてくる。こうした階下での彼女の電話の声が、自分についての悪口を言ったり、笑いものにしているように聞こえてくるまで、さほどの年月はかからなかった。

　その二月二八日、日曜の朝にも、居間のラジオは低い音量で鳴っていた。二人とも、そうやっておくほうが、いくらか気持ちがまぎれるように感じていたのだろう。

　朝九時半を過ぎたころ、青森県、岩手県、宮城県の太平洋沿岸部に、大津波警報が出た。さらに、それ以外の北海道から沖縄にかけての太平洋沿岸部などにも、津波警報が発された。

　彼らのあいだに、子どもはない。彼自身には、それ以前にも。そして、それぞれが、ともかくも自立した職業を持ってもいる。だから、二人のあいだでの離婚協議とでも言うべきものは、金銭をめぐる取り決めではなくて、要するに、ほんとうに別れるのかどうか、いつ、どちらがここから出ていくのか、といった、際限ない堂々巡りの議論となって続いていた。というより、そういうものとして済ませておきたい気持ちも互いにないことはなく、どちらからの話もすでにそこで煮詰まっていた。ここに至るまでの半年あまり、榎本が、地元・鎌倉の津波被災に関する実地踏査に熱意を傾け、しきりに家から出歩くようになっていたことには、そこからの逃避めいた便宜を兼ねるところがあった。

　正午すぎ、ラジオのニュースは、まもなく日本の沿岸部に津波が到着しはじめるだろうと告げていた。

「海岸橋まで行ってくる。津波を見に」

堰が切れたように、顔を上げ、榎本が言った。例によって、ここの息苦しさから逃げたいという心理も、彼にはあった。

「——君も、行かない？」

え？　と、留美子は、心底驚いた顔をした。

「だって、津波のときは、そういうことしちゃ、いけないんでしょう？　危険で」

「波高三〇センチから、五、六〇センチの予想とかって、言ってるし。俺は、行くよ。こんな機会は、もう、ないもの。白村と蝶子が、あの津波のとき、そこにいた。その橋の上で、津波のじっさいの来かたを、確かめておけるかもしれないし」

なぜだか、彼女も手早くジーンズにジャンパーをはおって、毛糸のマフラーと手袋を取りだし、外出の準備を始めた。

二人は、丘からの坂道をそれぞれの自転車にまたがって、下っていった。海岸橋まで、そうやって、二〇分ほどの距離だった——。

「来ないな」

海岸橋の歩道の欄干に自転車を立てかけ、河口の海のほうを眺めて、榎本は言っていた。もう、一時間も、そうやって、震えながら待っていた。

「さっきからの風波にまぎれて、もう、来ちゃってたってことは、ないのかな」欄干から川面を見下ろすように身を乗り出し、手袋をこすり合わせながら、留美子は言った。「三〇センチの波だったら、そんな程度のものでしょう？　気づくのかな。見てれば、はっきり、わかるようなものなのかな」

「うん……。どうかなあ」

榎本も、身を乗り出して、川を見る。

「あのね、敦さん」

少し硬い声で、同じ姿勢のまま、留美子はこちらを見た。

「――わたしが、やっぱり、家を出て行くよ。もっと街のほうに住むのが、わたしの仕事には向いてるっていうことも、わかったし。あと何年、わたしに残されてるのか、わからないけど、これからもっと本腰を入れてやってみる。

だからね、あなたからも、もう、連絡はしてこないで」

津波は来たのか、来なかったのか。確信がないまま、結局、諦めが兆して、二人はそこから自転車を押しながら、この浜のほうへ出てきた。

若い巡査たちが、何人か路上に出て、ハンドマイクで「津波警報が出ていますので、危険ですから砂浜へは降りないでください」と、繰り返し、機械的な呼びかけを続けていた。近くの住民たちが、ぱらぱらと出てきていて、海辺の道路の高みで、柵や防潮堤に寄りかかったり腰かけたりして、海のほうを眺めていた。警告している巡査たちも、緊迫を感じさせない、だれた調子だった。二人は、そこでまた、もうちょっと波を待つことにした。

寒くて、道を渡ったところのコンビニで、使い捨てカイロと、燗酒を買ってきた。それで暖を取りながら、さらに二時間ほど、そうやって過ごした。結局、そこでも、津波が来たんだか来なかったんだか、わからないままだった。

○

黒いウエットスーツのサーファーが、サーフボードに腹ばいになり、両手で海の水を掻く。傾きだした陽光を浴びながら、沖合いに出ていく。いい波が来るのを、遠い海原で、揺れながら待っている。やがて、波をとらえ、ひょいとサーフボードに立ち上がる。波は、低いが、それでも白く割れていく。岸近くまで、波ともつれ合うように彼は戻ってきて、最後にとぷんと海に落ちる。泡立つ海面でサーフボードをつかまえ、うつ伏せに這い上がり、また沖へ出ていく。

「榎本さん」

沖のサーファーの動きを目で追いながら、木村圭子が尋ねる。

「――ちゃんと食べてる？　栄養とかバランスよく、規則ただしく」

「うん」

くすんと鼻を鳴らして、榎本は笑う。そして、足もとの砂地を少し蹴る。

「糖尿とかの危険もあるから、体重の管理。あと、癌検診。夜中にチーズかまぼことか、へんなもの食べるのも、だめよ」

「散歩を毎日三〇分してるし、料理もする。まだ、書いていきたいと思っているから、用心はしてるよ」

「なら、いいけど」

この男が、めったに弱音を吐こうとしないことを、彼女は思いだす。

「――わたしね、おととし、夫を亡くしたでしょう」

「うん」うなずいて、男はしばらく黙る。「お気の毒だったな。だけど、どう声をかけたらいいのか、わからなくて」

「いいの、それは。そうなんだろうって、思っていたから」

首を振って笑い、波に乗りはじめたサーファーを彼女は眺める。

「――夫の入院で、困ったのは、わたしが一人で決めなきゃならないことが、こんなに多いの？ っていうことだった。考えてもみなかったことばっかりで。

――痛みの緩和に、鎮痛剤を処置したほうが、よさそうです。ただ、呼吸抑制などが生じて、呼吸が止まったり、心停止に至ってしまうことが、まったくないとは言えません。承諾されますか？――

って、訊かれる。

万が一、ということで、訊かれるんだとは思う。わたしは『はい』って、答えるしかない。だけど、そんなこと、『はい、承諾します』って、わたしが言うの？

――再手術に同意しますか？ 全身麻酔に同意しますか？ どうですか？ ついては……。

――

って訊かれつづける。彼に命が残っているあいだは。

息子は、少し前に就職して、サンフランシスコへの赴任が決まっていた。まだ若かったけど、早く結婚したいんだと言っている恋人がいた。だから、相談しなかった。これから先も、わたしが決めなくちゃならないわけだし。

逃げたいけど、逃げられないでしょ。だけど、夫は、それをわたしが受けもってると感じて、耐えていられるのかもしれないよね」

「……そうだね」

「でしょ？」

風が吹き、指で髪を抑え、彼女は少し笑った。

「――でも、榎本さん。こんな歳になっての離婚って、そういう相手さえ、お互い、もう、失っちゃうってことでしょう。蝶子さん役は、あなたに、いなくなる。だけれど、それは、きっと、わかってたんだよね？」

○

一九二三年（大正一二）九月二日――つまり、関東大震災の翌日――、午後二時三八分。

厨川白村は、泥水が気管に入ったことによる嚥下性肺炎からの感染症で、高熱が続き、心機能が限界に達して、息を引き取る。

震災当日の鎌倉の町は、潰滅に近い状態で、医者も、氷を売ってくれる業者も、なかなか見つからなかった。ようやく医者はつかまったが、医院が倒壊し、薬がない。その廃墟から、どうにか注射器とカンフルの小瓶だけを取り出せたと、注射を一本打ってくれた。植木屋の若い者は、氷をひとかけ、町で喧嘩腰になって買ってきた。すぐに、それも尽き、蠟燭の火だけが頼りの夜になった。

夕刻のうちに、植木屋の下職が、あまりに気の毒だと言って、東京郊外・大森にある蝶子の姉夫婦の家まで薬を取りに行ってやると、命がけの覚悟で飛び出していた。地震が来たとき、まっ先に逃げだした遠縁の老女は、泥田に埋まって死んでいるのが見つかった。蝶子は、このことも姉に宛てた手紙にしたため、その若者に託していた。関東一帯の被災の惨状について、さまざまな噂が伝わってきた。夜のあいだ、黒い山影のむこうに空が赤く染まって、横須賀や横浜の方面が大火に襲われているらしいとわかった。

植木屋の下職の若い者は、往復三〇時間近くを駆けつづけ、翌二日の日没後、蝶子の姉夫婦宅から水薬を携えて戻ってきた。白村は、すでに死んでいた。若い者は、庭にへたり込み、風呂敷包みから水薬の瓶を取りだして、壁に叩きつけた。

白村は、その日、午後にこと切れるまで、四〇度を超す高熱に苦しみながらも、植木屋の夫婦、周囲で世話をしてくれる人びとに、「済まぬ」「済まぬ」と絶えず会釈し、妻の介抱にも「ありがとう」といたわった。カンフル注射だけは、さらに七本、受けることができた。氷がないので、血の滲み出る胸に辛子を貼りつけ、その紙を取り替える痛みに耐えていた。

白村の死去後も、余震は続いた。山崩れの音が、ごうごうと響いていた。

罹災者の遺体があまりに多く、火葬するには、五日間は待たねばならないとのことだった。残暑が厳しく、遺体はすぐにも傷みだすので、このまま、仮埋葬を急ごうということになった。植木屋の主人が荒削りの板を手に入れてきて、それを切り、柩をつくった。地震が柩を地下からゆすぶり出して、遺体を露わにしてはいけないと、釘で頑丈に打ちつけ、ぬきを渡し、上から銅線を幾重にも巻きつけた。

寺も地震でつぶれている。内陸側に五、六百メートルほど離れた、植木屋の親類の墓地を借り受けた。

三日の夕暮れ、野辺送りを営んだ。生前、白村は、いずれ自分が死ねば、柩に花束をたくさん入れてくれと言っていた。荒れ果てた鎌倉では、それも手に入らず、蝶子は花鋏で自分の髪を切り、遺骸の上に置く。

地震で大破した別荘「白日村舎」に、書きかけのまま残された長文の絶筆は、郷里の京都・岡崎にある動物園のことなどを述べており、「人間讃美」と題していた。ほかに、雑誌「英語青年」のために書いた原稿は、末尾に「以下次号」と記し、封筒に入れ、切手を貼った状態で、置かれていた。

植木屋の近くに、水雷艇の艇長が住んでいた。

――七日に、巡洋艦利根が、横須賀の田浦から、避難民を乗せて静岡の清水港に向かうことになった。厨川夫人も、それにお乗りになって脱出されるのがよろしいでしょう。――

と、彼は勧め、利根の艦長に宛てて、自分の名刺に紹介の添え書きをしてくれた。横須賀の田浦まで、鎌倉の浜からは、丘陵部を東京湾側に越え、およそ一〇キロの道のりだった。

○

ウエットスーツの若者が、サーフボードを脇にはさみ、浜のほうへと上がってくる。

「原発事故なんて、まるで、なかったみたい。

海なんか、こんなに、うらうらしていて」

「そうだねえ」

赤味がかってきた陽光のなか、トンビが空で旋回する。それを見上げて、榎本は木村圭子に答えている。

「――でも、それだけでもないさ。

ここから、ひと山越えると、米国海軍の横須賀基地がある。原子力空母ジョージ・ワシントンって、知ってる？」

「知らない」

あっさり、彼女は首を振る。

「そういう空母があんの。横須賀基地の岸壁にいる。横須賀本港、あそこが母港だから。

原子炉を二つ積んでいて、小ぶりな原発一基分くらいの発電能力はあるんだそうだ」

「ずいぶん、近いね」

明るい表情のまま目を見張り、彼女はこちらを見る。

「うん、気にすると、すごく。あれの原子炉が炉心溶融の大事故を起こしたら、どうなるか、っていう被害予想のシミュレーションをした地図を、見たことがある。仮に、秒速四メートルの風が吹いていたら、としてあった。空母がいる横須賀本港を円の中心にして、いちばん内側に描かれている同心円は、半径が八キロで、『全員致死、七シーベルト』と書かれていた。驚いたんだけど、丘の林に囲まれた、ぼくの家は、この範囲の内側だ。つまり、もし、こんな事故が起きて、そのとき東南東の風だったら、ぼくも含めて、風の通り道にあたるその範囲の住民は全員が確実に死ぬんだそうだ。たまたま、その地図を見るまで、知らなかったんだけど」

のんびりした口調のまま、彼は腕時計の針を確かめる。

「何か？」

用事があるのかと、彼女は尋ねる。

「いや……。案内したいものを思いついたんだけど、今日は、もう、船には遅いかな、と」

「え、船？」

「うん。〝横須賀軍港めぐり〟っていう観光クルーズがあるんだ。ぼくは、けっこうそれが気に入っていて、何度か乗ったことがある。ジョージ・ワシントンも、海の上から間近に見える。全長が三三〇メートルあまりの空母に、五五〇〇人が乗り組んで暮らしている。船のなかに、街があるっていうことだね。原子炉付きで。そのうち四〇〇〇人ほどが原子炉課の配属なんだそうだ。

ほかにも、あの港には、米軍や自衛隊のイージス艦が何隻も浮いている。そんな船の一つひとつについて、タカラヅカの男役みたいな海員姿の美人ガイドが、ちゃんと解説をしてくれる。

空母っていうのは、単独で航海することはない。必ずイージス巡洋艦、イージス駆逐艦が、艦隊を組んで護衛する。イージス艦っていうのは、強力なレーダーと高性能コンピューターで、五百キロ離れた場所まで、完璧に監視できるんだそうだ。一五四の目標を同時に探査して、一五だか一八だかの目標に対して、同時に対空ミサイルを発射できるとか、そういうの。でも、それって、ずいぶん、おっかなくない？　サッカーの試合だって、これっていうとき、いちばん恐いのは自殺点だよ。コンピューターにだって故障はあるだろうし、今はサイバー・テロだとか、いろいろ言うじゃないか。イージス艦が、とっさのとき、自軍のジョージ・ワシントンの原子炉に、対空ミサイルを撃ち込んじゃったら、どうすればいいんだ？　そういうことを想像しだしたら、こっちは不眠症がひどくなる一方なんだよ」

「素敵ね。ディズニーランドのジャングル・クルーズより」彼女は笑う。「ぜひ、まだ平和なうちに乗っておかないと」

「ただし、ジョージ・ワシントンも作戦航海に出たりして、岸壁を留守にしているときがある。そうすると、不思議なもんで、こっちはちょっと胸に不満が兆す。ふだん、原子力空母なんて、おっかねえなあ、って言ってるのにね。かえって、ちゃんとそれが着岸してるのを見て、〝あ、いた、いた〟なんて、胸が弾んだり。観光っていうのは、まったく、妙なもんだな」

○

厨川蝶子は、こうして、亡き夫・白村と一九二三年夏を過ごした鎌倉の地を、徒歩で離れる。九月七日未明のことだ。植木屋の主人は、ご婦人には道中が危ないからと強く言い、親族の息子を見送りに付けてくれていた。

行き先である横須賀田浦の長浦港から、蝶子を乗せた巡洋艦利根は、静岡・清水に向かって出港していく。この長浦港と、横須賀本港とのあいだを、明治期に開削された短い堀割の水路がつないでいた。今は、米海軍、海上自衛隊の軍艦や潜水艦が、横須賀本港にたくさん浮いている。〝横須賀軍港めぐり〟のクルーズは、長浦港のほうも、四五分間ほどの運航コースに組み入れて、のどかにめぐっていくのだそうだ。

「でも、今日は、もう、便がないな。もっと早く気づけば、食事の前に乗っておけたのに」

もう一度、腕時計に目を落とし、無念そうに榎本さんは言っている。

「――あのへんからは、対岸の千葉の富津あたりも、すぐ目の前に見える。東京湾の水道がすぼまって、幅一〇キロもないんだよ。東京スカイツリーだって、これだけ晴れてりゃ、きっと、ぼんやり見えただろうな」

「そうかあ、残念」わたしは答える。「わかってたら、クルーズの時間に間に合うように来たのに。でも、まあ、いずれね。定年になれば、時間はいくらでもあるから」

さあ、もう夕方だ。

海岸橋に、西陽が射しはじめる。

ベビーカーを押す若い母親。数メートルほどあとに続いて、スーパーのレジ袋を提げ、少し背の曲がりかけた老人が、左から右へと、橋を渡っていく。老人は、橋のなかばで足を止め、小休止をとるように、こちらをしばらく見渡す。そして、また荷物を持ちなおして、ゆっくり、橋を渡っていく。

——小説ができあがるまでには、まだ、時間がかかると思う。だけど、あの作者にとって、それは、いつものことだから。——

担当を引きつぐ若い編集者には、そのように伝えよう。

わたしたちは、そろそろ、この浜から引き上げて、駅近くの居酒屋で軽く一杯やって、そこで別れることになるだろう。これも、ひとつのちいさな運命だ。ただ、今日は、ずっと少々頼りなかった、この作家の男をつかまえて、もう少しだけ海辺を歩いていくことにしよう。

『ツバキ文具店』より「夏」

小川糸

小川糸（おがわ・いと）作家。デビュー作『食堂かたつむり』が、ベストセラーとなる。その他の著書に、小説『蝶々喃々』『つるかめ助産院』『にじいろガーデン』『サーカスの夜に』『ミ・ト・ン』『キラキラ共和国』など多数。本文は、二〇一七年本屋大賞四位となった『ツバキ文具店』（幻冬舎文庫）を底本にした。

字（336、337P）：かやたにけいこ

私は、小高い山のふもとにある、小さな一軒家に暮らしている。住所は、神奈川県鎌倉市だ。鎌倉といっても山の方なので、海からはずいぶん離れている。

以前は先代と住んでいたのだが、三年ほど前に先代が亡くなったので、今は古い日本家屋で一人暮らしだ。けれどそんなに淋しさを感じないのは、いつも周りに人の気配を感じるから。夜にはゴーストタウンのような静けさに包まれるこの辺りも、朝になれば空気が動き、あちこちから人の声が響いてくる。

着替えをして顔を洗ったら、まずはヤカンに水を入れてお湯を沸かすのが朝の日課だ。その間に床を箒《ほうき》で掃いて、水拭きする。台所、縁側、お茶の間、階段と、順々に清める。

この時、必ず途中でお湯が沸くので、そこでいったん掃除の手を休め、お茶っ葉を入れたティーポットにたっぷりとお湯を注ぐ。お茶を淹《い》れている間、再び雑巾《ぞうきん》を手に床を磨く。

洗濯機を回しながら、ようやく台所の椅子に腰かけ、熱いお茶で一服した。湯飲み茶碗から、燻《いぶ》したような香ばしい香りが立ちのぼっている。京番茶をおいしいと思えるようになったのは、つい最近のことだ。子どもの頃は、どうして先代がわざわざ枯葉を煎《せん》じて飲んでいるのか、理解できなかった。今では真夏でも、朝一番に熱いお茶を飲まないと体が目を覚まさない。

ぼんやりしながら京番茶を飲んでいると、お隣さんの階段の踊り場にある小窓がゆっくりと開いた。左隣に住む、バーバラ婦人である。見た目はおそらく百パーセント日本人だが、なぜだかみんなからそう呼ばれている。もしかすると、かつて外国に暮らしていたことがあったのかもしれない。

「ポッポちゃーん、おはよう」

凪の上でサーフィンをするような、軽やかな声だった。

「おはようございます」

私もバーバラ婦人の真似《まね》をして、いつもより少し高めの声を出す。

「今日もいいお天気だわね、あとでお茶でも飲みにいらして。長崎からカステラが届いたの」

「ありがとうございます。バーバラ婦人も、よい一日を過ごしてください」

一階と二階の窓越しに、朝の挨拶を交わすのが日課である。毎回、ロミオとジュリエットを思い出し、なんだかクスッと笑いたくなる。

もちろん、最初は戸惑った。変な話、お隣さんの咳《せき》や電話の声、時にはトイレの音までもが筒抜けなのだ。まるで、ひとつ屋根の下、一緒に暮らしているような錯覚になる。意識してなくても、おのずと相手の音が聞こえてきてしまう。

最近になって、ようやく落ち着いてご挨拶ができるようになった。バーバラ婦人と言葉を交わすことで、私の一日は、いよいよ本格的に始動する。

私の名前は、雨宮鳩子《あめみやはとこ》という。

名付け親は、先代だった。

由来は、もちろんというべきか、鶴岡八幡宮《つるがおかはちまんぐう》の鳩である。「八」の字が、二羽の鳩が寄り添う形とされているのだ。それで物心がついた頃には、みんなからポッポちゃんと呼ばれるようになっていた。

それにしても、朝からこの湿気にはうんざりだ。鎌倉の湿気は、半端じゃない。焼きたてのフランスパンはすぐにふにゃふにゃになってカビが生えるし、本来は硬いはずの昆布ですら、ここでは腰が抜けたようになってしまう。

洗濯物を干し終わったら、その足でゴミを出しに行く。ステーションと呼ばれるゴミ置き場は、地区の中心を流れる二階堂川の橋のたもとにある。

燃えるゴミの収集は、週に二回だ。その他、紙と布、ペットボトルと植木の剪定材《せんていざい》、ビンと缶類を出せる日がそれぞれ週に一回ずつあり、土日の収集はお休みとなる。燃えないゴミに関しては、月に一回の収集日が設けられている。最初は細かく分別するのが面倒くさいと思ったけれど、今ではそれを楽しめるまでになってきた。

ゴミを出し終えると、ランドセルを背負った小学生たちが、列を作って家の前を通っていく時間だった。ここから歩いて数分のところに、小学校がある。ツバキ文具店にやって来るお客の多くは、この学校に通う児童たちだ。

私は、改めて自分の家を眺めた。

上半分がガラスになっている両開きの古い扉には、左に「ツバキ」、右に「文具店」とある。文字通り、家全体を守るように、入り口に大きな藪椿《やぶつばき》の木が生えている。

扉の横に打ち付けられた木の表札はもう黒ずんでいるものの、よく目をこらすと、うっすらとだが「雨宮」という文字が浮かんでいる。何気なく書かれた文字なのに、水茎《みずぐき》の跡が絶妙だ。どちらも、先代が書き残した。

雨宮家は、江戸時代から続くとされる、由緒正しき代書屋なのだ。

古くは右筆《ゆうひつ》と呼ばれた職業で、やんごとなき身分の方やお殿様に代わって代筆を行うことを生業《なりわい》としてきたらしい。当然ながら、能筆——字が上手であることが第一条件とされており、かつては鎌倉幕府にも、三人の優秀な右筆が存在した。

江戸時代には、大奥にも、お殿様の正室や側室に仕える女の右筆が誕生したそうだ。その、大奥で働いていた右筆のひとりが、雨宮家の初代とされているのである。

以来、雨宮家は代筆を家業とし、代々、女性が継いできた。その十代目が先代で、その後を継いだ、いや気がついたら継ぐことになっていたのが、十一代目の私というわけである。

ちなみに先代というのは、血縁関係からいうと私の祖母に当たる。けれど、おばあちゃん、と気安く呼ばせてもらったことなど一度もない。先代は代書屋を営みながら、女手一つで私を育ててくれたのだった。

ただ、昔とは違い、今の時代における代書屋と言えば、祝儀袋に名前を書いたり、記念碑に彫る文章を書いたり、命名書や看板、社訓や為書《ためが》きの類《たぐい》の文字を書くのが主な業務内容とされている。

先代も、頼まれれば老人クラブのゲートボール優勝者に授与される賞状や、和食屋さんのお品書き、近所の家の息子さんが就職活動に使う履歴書など、とにかく書く仕事であればなんでもこなした。早い話、文字に関するヨロズ屋というわけである。表向きは、町の文具屋にすぎない。

私は最後、文塚《ふみづか》の水を取り替えた。

単なる石だと思われがちだが、雨宮家にとっては仏様よりも大切なもの。つまりは、手紙のお墓である。今は文塚を取り囲むようにして、シャガの花が盛大に咲き誇っている。

以上で、朝の家仕事は終了となる。

この後、ツバキ文具店を開ける九時半までは、つかの間の自由時間だ。今日は、バーバラ婦人の家に行って、朝食後のティータイムをご一緒することになっている。

振り返ればこの半年間、私なりに必死だった。一応、先代が亡くなった後の大まかな残務処理はスシ子おばさんがしてくれていたものの、それでもスシ子おばさんの独断では決められないような面倒くさいこともいくつか残されており、私が海外に逃げていた分、堆積してしまった雑事が山のようにあった。私は鍋底についた真っ黒い焦げをこそげ落とすような心境で、少しずつではあるが粛々《しゆくしゆく》とそれらを解決した。焦げは主に、遺産や権利に関することだった。

そんなもの、二十代の私から見ても、本当に取るに足らないものだ。けれど、先代が幼い頃に養子として雨宮家にもらわれていたこともあり、色々と複雑な事情を孕《はら》んでいた。いっそのことすべてを丸め、ゴミ箱にポイッと捨ててしまいたい衝動にかられたが、それでほくそ笑む大人たちがいると思うと、ぎりぎりのところで不思議なやる気が顔を覗かせた。

それに、もしも私がすべてを放棄してしまったら、すぐにこの仕舞屋《しもたや》は取り壊されて、マンションか駐車場にされてしまう。そうすれば、大好きな藪椿の木も切られてしまう。子どもの頃から好きだったこの木だけは、どうしても自分の手で守りたかったのだ。

その日の午後、呼び鈴の音で飛び起きた。

いつの間にか眠ってしまったらしい。しとしとと地面を濡らす雨音が、極上の子守唄になっていた。ここ数日、お昼を過ぎると必ず雨が降る。

私は九時半にツバキ文具店を開けてから、お客さんの様子をうかがいつつ、奥の台所でお昼ごはんを食べるのが日課である。朝は温かいお茶を飲んだり、ほんのちょこっと果物を齧《かじ》ったりするだけなので、お昼はわりとしっかり食べる。

今日はお客さんが少なそうなこともあり、うっかり、奥のソファーで横になっていた。三尺寝《さんじゃくね》のつもりが、そのまま深く眠ってしまったらしい。半年が過ぎてここでの暮らしにも慣れ、緊張感が薄らいだのか、最近、私は妙に眠くて仕方がない。

「ごめんくださーい」

再び女の人の声がするので、大慌てで店の方へと駆け込んだ。

なんとなく聞き覚えのある声だとは思ったけれど、姿を見て納得する。近所の魚屋、魚福《うおふく》の奥さんだ。

「まぁ、ポッポちゃん！」

私の顔を見るなり、魚福の奥さんが瞳を輝かせた。

「いつ戻ってきたの？」

相変わらずシャキシャキとした声で、奥さんがたずねる。奥さんの手には、大量のハガキが握られている。

「今年の一月です」

私が答えると、長いスカートの裾《すそ》を持ち上げ、片足を後ろにクロスさせる。それから、しなを作って茶目っ気たっぷりにお辞儀をした。そうそう、魚福の奥さんは前からこういう人だっけと、私は懐かしく思い出した。

先代に頼まれて私がお夕飯のおかずを買いに行くと、いつも、飴《あめ》やチョコレートやかりんとうなど、何かしら甘いお菓子を口に入れてくれるのが魚福の奥さんだった。先代がそういう物を禁じていたのを承知で、あえて強引にくれるのである。幼い私はよく、こんな人が自分の本当のお母さんであってくれたら幸せだったのにと、淡い夢を描いていた。

けれど、ご近所なのにどうして半年間も会わなかったのか、それがちょっと心に引っかかった。すると、奥さんが笑顔で言った。

「実家の母がね、寝たきりになっちゃって。しばらくの間、九州に戻ってたのよ。だから、入れ違いになって会えなかったのね。でも元気そうで本当によかった！　ポッポちゃん、どうしてるんだろうねーって、よくお父さんと話してたから」

魚福の奥さんが言うお父さんとは、彼女のご主人のことだ。ご主人は、数年前に重い病を患い、亡くなっている。私がワーキングホリデーでカナダにいた時、スシ子おばさんがメールで知らせてくれたのだ。

「助かったわ。毎年、うちの暑中見舞いを楽しみにしてる人、多いから。今年は、どうしようって困ってたんだけど、ツバキ文具店が再開してるって、小耳に挟んだものだからね。嘘かと思って見に来たら、本当でうれしかったわよ！」

歯切れのよい声でそう言いながら、魚福の奥さんがハガキの束を私に差し出す。夏用に発売された、くじ付きの郵便ハガキである。

奥さんだって、字が汚いわけでは決してないのだ。ふわふわと空を漂う、きれいな羽衣のような字を書く。なのに魚福の奥さんは、毎年決まって、ツバキ文具店に代書を依頼する。お互いに先代の頃からのお付き合いだから、というのがたったひとつの理由である。

「いつも通りにお願いするわね」

「かしこまりました」

これで、商売成立である。

奥さんは、一通り立ち話をして帰って行った。

使い込んだ花柄のエプロンといい、くるぶしまでの白いソックスといい、前髪をとめるための大きめのピンといい、何もかもが懐かしかった。今は魚福を息子夫婦に任せ、自分は孫のお守《もり》を楽しんでいるとのこと。奥さんには子どもが三人いるけれど、全員男の子なので、幼い私を娘みたいにかわいがってくれたのかもしれない。

カレンダーをめくって、今年の小暑《しょうしょ》と立秋の日にピンクの蛍光ペンで印をつけた。小暑までは梅雨見舞い、立秋までは暑中見舞い、それを過ぎると残暑見舞いとなる。私にとっては、ひさびさに舞い込んだ大きな代書仕事だ。

眠気ざましに顔を洗ってから、さっそく準備にとりかかった。

まずは、長年使っている魚の形のハンコを使い、裏の意匠《いしょう》を完成させる。裏の方は、単純な作業なので文具店の店番をしながらでもできる。もう何年、いや何十年も、魚福の暑中見舞いをうちが請け負っているのだ。内容としては簡単なのだが、数があるだけにあなどれない。年々使ってきた様々な道具は、すべて先代が箱に分類してしまってある。もう長い付き合いなので、いちいち内容を確認しなくとも、あうんの呼吸で魚福らしい暑中見舞いを完成させることが可能だった。

ただし、問題は表である。表は一枚一枚違うので、単純な流れ作業とはいかない。おなかが空《す》いていては筆を持つ手にも力が入らないので、閉店後、まずは夕飯を食べに行く。

夜は、ほとんど外食である。当然、エンゲル係数は高くなってしまうのだが、たった一人分の食事をちまちまと自分で作ろうという気にはどうしてもなれない。幸い、観光地としての顔を持つ鎌倉には飲食店がたくさんあり、選択肢には困らなかった。

今年初となる冷やし中華を堪能した後、少し遠回りをして鎌倉宮へ向かう。女の一人歩きには慣れているものの、それでも鎌倉の夜道はかなり暗い。特に山の方は街灯が少なく、まだ八時前なのに真っ暗である。

怖さを紛らわすため、わざと下駄の歯を地面にこすりつけるようにして歩いた。雨は、夕方になる頃に止《や》んでいる。けれど、いつまたワーッと降りだしてもおかしくないような雲行きである。

鎌倉幕府をひらいた源頼朝をまつる神社が鶴岡八幡宮なら、こちら鎌倉宮は、鎌倉幕府を終わらせた側をまつる神社である。神社の裏手には、ご神体である護良《もりなが》親王が幽閉されていたという土牢が今も残されており、お金を払うと奥まで行って見ることができる。

そんなわけで、鶴岡八幡宮と鎌倉宮、両方の神社でお参りすることになんとなく後ろめたさを感じてしまうものの、どちらかを依怙贔屓《えこひいき》することもできないので、結局はいつも通りに手を合わせた。階段を上がった先に、巨大な獅子頭《ししがしら》がライトアップされている。

家に帰り、シャワーを浴びて身を清めてから、ふだんは押し入れの一角にしまってある文《ふ》箱《ばこ》を持ってきて、ゆっくりと蓋《ふた》を開けた。先代から贈られた桐《きり》の文箱には、筆ペンや万年筆など、代書仕事にかかわる道具一式が入っている。

文箱の蓋の表面には、螺鈿《らでん》で鳩の細工がほどこされていた。先代が京都の職人にわざわざ頼んで作らせた特注品だが、宝石を埋め込んだ鳩の目は外れ、尾羽もセロテープで無造作に留めてある。私にとって、忌々しい過去を思い出させる証拠品だった。

忘れもしない、私が最初に覚えた言葉は、イロハである。い、ろ、は、に、ほ、へ、と、から始まって、最後の「ん」までを間違いなくそらんじられるようになったのが、一歳半の時だった。更に、それらを平仮名で書けるようになったのが三歳、片仮名でも書けるようになったのが四歳の中頃だったと記憶する。先代が、熱心に叩き込んだ成果である。

初めて筆を持ったのは、六歳だった。お稽古《けいこ》ごとが上達すると言われる六歳の六月六日、私は生まれて初めて自分専用の毛筆を手に構えた。赤ちゃんの頃の私の産毛《うぶげ》で作った毛筆だった。

今でも、その日のことは鮮明に覚えている。

給食を食べて学校から帰ると、先代が新しい靴下を用意して待っていた。たった一か所、ふくらはぎの横にウサギのマークがあるだけの、何の変哲もないハイソックスだ。それに履き替えると、先代はおもむろに言った。

「鳩子、ここにお座り」

いつになく厳しい表情だった。

先代の指示の下、ちゃぶ台の上に下敷きを広げ、半紙をのせ、文鎮で押さえた。その一連の作業を、先代の様子を真似ながら、自分だけの手で行う。目の前に、硯《すずり》、墨、紙が、ちんまりとお行儀よく並んでいる。これが、文房四宝《ぶんぼうしほう》と呼ばれるものである。

先代の説明を聞きながら、私はじれったい気持ちを必死で押し殺した。興奮していたのか、その時は足のしびれすら感じなかった。

いよいよ、墨を磨る時が来た。水滴から、硯の陸《おか》に水を注ぐ。念願の、墨磨りである。私は内心、ひんやりとした墨の触り心地に、心をときめかせた。ずっと、やってみたかったのである。

それまで先代は、自分の道具には一切手を触れさせなかった。筆をおもちゃに脇の下をくすぐって遊んでいるのが見つかろうものなら、すぐに蔵の中へと閉じ込められる。時には、食事を抜かれることすらあった。けれど、近づいてはいけないと言われれば言われるほど、近づきたい、手に触れたいという思いが募るのだ。

中でも、私の心を虜《とりこ》にしたのが、墨だった。あの黒い塊《かたまり》を口に含んだらどんな味がするのだろう。きっと、チョコレートよりもキャンディーよりも、もっと素敵な味がするに違いない。私は、確信に満ちた気持ちでそう思った。先代が墨を磨っている時に流れてくる、あの仄《ほの》かな何ともいえない秘密めいた香りがたまらなく好きだった。

だから、私にとって六歳の六月六日は、待ちに待った書道デビューの日だったのである。けれど、あれほど憧れた墨を手にしているというのに、ちっとも上手に磨れず、先代からは容赦なく雷が落ちる。

陸で磨っては海《うみ》に溜《た》めていくという極めて簡単な動作が、六歳の私にはままならない。早く磨ろうと墨を斜めに持つと、すぐに先代から手を叩かれた。墨を口に含んで味を確かめている余裕など、少しもなかった。

その日は、半紙に◯ばかりをひたすら書かされた。平仮名の「の」を立て続けに書くように、延々、らせんを練習する。先代に右手を支えてもらいながらだといともたやすく書けるのに、私一人では、線があっちに行ったりこっちに行ったりと迷子になるばかりで、太さもミミズになったり、蛇になったり、時にはおなかいっぱいのワニになったりと、全く安定しなかった。

筆管《ひっかん》を寝かせず、まっすぐに立てなさい。

肘《ひじ》を上げる。

よそ見をしない。

体は正面を向いたまま。

呼吸をしっかり意識して。

すべてを同時にやろうとすればするほど、私の体は不安定に傾き、呼吸は乱れ、挙動不審になっていく。目の前の半紙に広がるのは、どこまでもへなちょこな◯だった。同じことの繰り返しに、だんだん飽きてもくる。なんといっても、当時の私はまだ小学一年生なのだ。

結果、私にとって六歳の六月六日は、輝かしいお稽古始めの日にはならなかった。それでも私は先代の期待に応《こた》えようと、その後も必死に練習を繰り返した。

右回りのらせんが均等な大きさで一息に書けるようになると、今度は左回りの〇も、同じように練習する。

平日は、夕飯が済むと習字の時間だった。二年生までは一時間、四年生までは一時間半、六年生までは二時間、先代がつきっきりで指導するのである。

左回りのらせんなど、最初はどこを書いているかわからなくなったが、それも次第に、すらすらと同じ大きさと太さでバランスよく書けるようになった。

平仮名は、曲線の連続である。先代はこのトレーニングこそが、美しい字をしたためる基本中の基本であると考えていた。

努力が実り、私はやがて、目を閉じていても美しいらせんをすらすらと途切れることなく書けるようになった。

〇の練習を卒業すると、今度は「いろはにほへと」の平仮名を、一字ずつ、完璧《かんぺき》に書けるようになるまで特訓する。私は、自分なりのイメージをふくらませながら習得した。

「い」は、仲良しのお友達同士が野原に座り、向かい合って楽しくおしゃべりをしているように。

「ろ」は、湖の上に浮かぶ優雅な白鳥の姿を。

「は」は、飛行機が滑走路に着地するように書き始め、その後は再び大空へ飛び立ち、空中でアクロバットのショーを展開する。

最初は先代が書いてくれたお手本を上からなぞって模書《もしょ》し、次にお手本を見ながら臨書《りんしょ》し、最後はお手本を見なくても同じように書けるよう暗書《あんしょ》する。先代から合格点がもらえたら、ようやく次の平仮名へと駒を進めることができた。

文字のひとつひとつに背景があり、成り立ちがある。それを理解するのは小学生の私にとっては難しい作業だったが、時には元になった漢字を知ることで、それぞれの仮名のあるべき姿を形で覚えた。

この時にお手本としたのが、現存する最古の古今集の写本とされる『高野切《こうやぎれ》第三種』である。美しいものを見ているだけでも上達すると言われ、私はこの本を絵本がわりに日がな一日眺めていた。

紀貫之《きのつらゆき》が書いたとされる文字は、何が書かれているのか内容はさっぱり理解できなくても、なにやら妖《あや》しげで美しかった。私には、流れる文字のひとつひとつが、十二単《ひとえ》を一枚ずつ脱いでいくように感じられたものである。

平仮名と片仮名で五十音がそれぞれ上手に書けるようになるまでに、およそ二年を費やしただろうか。私が本格的に漢字の練習に入ったのは、小学三年生の夏休みからだった。

長い休みともなると、先代の熱意は更に上昇した。私は、友達とプールに行ったりかき氷を食べたりする暇もなかった。そのせいで、親友だと胸を張って呼べるような友人もできなかった。クラスでは、暗くて目立たない、影の薄い存在だったと思う。

漢字で最初に練習したのは「永」である。続いて、「春夏秋冬」や、「雨宮鳩子」という自分の名前が上手に書けるようになるまで練習を繰り返した。

字数の限られた平仮名や片仮名と違い、漢字には終わりがなかった。まるで、ゴールのないまま果てしなく続く旅である。しかも、楷書《かいしょ》、行書《ぎょうしょ》、草書《そうしょ》とある。それによっては筆順も変わってくるので、覚えることは尽きなかった。

こうして、小学生時代はひたすら習字の修練に明け暮れた。

振り返ると、その頃の私には、楽しかった思い出などひとつもない。一日休むと取り戻すのに三日かかると口酸っぱく言われていたため、林間学校や修学旅行にさえ筆ペンを持参し、先生の目を盗み盗み練習した。それが当たり前なのだと信じて、疑うことすら思いつかなかったのだ。

当時のことを思い出しながら、居住まいをただして墨を磨り始めた。

もう、硯から水がこぼれることもない。墨を寝かせて磨る癖も、なくなった。

墨を磨る作業には鎮静効果があるというけれど、私は久しぶりに、意識が薄れていくような心地よい感覚を体全体で味わっていた。

眠くなるのではない。自分の意識が、どこか深くて暗くて底のない場所へ、ゆっくりと後ろ向きに埋没していくのだ。あと一歩で、恍惚《こうこつ》の境地に達しそうだった。

墨の濃さを確かめるため試し書きをしてから、郵便ハガキの表に宛名を書く。

相手の名前を間違わずに書くというのが、手紙の作法として真っ先に先代から教わったことである。

表書きは手紙の顔だと、先代は事あるごとに言っていた。だから、ことさら丁寧に美しく、わかりやすく書かなくてはならない。

相手の名前がハガキの中央に来るよう一枚ずつ微妙に書く位置を調整しながら、それぞれの住所を書いていく。

先代は、美しい字には徹底してこだわり、死ぬまで精進を続けた人だ。けれどその一方、独りよがりになることは常に戒めていた。

いくら能筆だからってさ、誰も読めないような字で書いたんじゃ、粋を通り越して、野暮ってもんだよ。

これが、先代の口癖だった。どんなに美しい字を書いても、それが相手に伝わらなくては意味がないというのである。だから、先代が草書体を練習することはあっても、実際に代書の仕事で用いることは、ほとんどなかった。

達意簡明《たついかんめい》であることがもっとも重要であり、代書屋は書道家とは違うということを、私は幼い頃より頭の中心に叩き込まれた。だから自分も先代の教えにならい、表書きは特にわかりやすく、どんな郵便屋さんにも読めるよう、はっきりとした楷書で書くのを心がけている。

また、数字に関しては間違いがないようアラビア数字で統一するのが、先代からのしきたりだった。

私は、ほぼ一週間をかけて、魚福の奥さんに依頼された暑中見舞い用のハガキを完成させた。めでたく、書き損じはゼロである。

そんなことをしているうちに、六月も残りわずかになっていた。今年の梅雨は短く、もう明けそうな気配である。

六月三十日は、毎年決まって八幡様での大祓《おおはらえ》が行われる。

午後、少し早めに家を出て、適当に寄り道をしながら八幡様に向かう。ツバキ文具店は、土曜の午後と日曜祝日はお休みなので、今日は気兼ねなく外出することができる。

新しいおはらひさんをもらうためである。

おはらひさんとは、よく鎌倉の家の玄関先にぶら下げてある、しめ縄の端と端をくっつけたような円形の飾りのことだ。それを新しいものと替えられるのが、年二回の大祓の時だった。

六月三十日の夏越《なごし》の祓《はらえ》で配られるおはらひさんには水色のひらひらが、十二月三十一日の年越の祓で配られるおはらひさんには赤のひらひらがついている。ツバキ文具店には、まだ一年前の古いおはらひさんが、そのままになって飾られていた。

決して信心深くはないのだが、ことおはらひさんに限っては、律儀に風習を守りたかった。先代も、年二回の大祓には、どんなに仕事が立て込んでいても、必ず顔を出していた。

さっそく、三千円の初穂料をおさめ、新しいおはらひさんを手に入れた。時間もちょうどよかったので、そのまま大祓の儀式に参加する。

チガヤで作った立派な茅《ち》の輪《わ》をくぐった瞬間、季節がはっきりと夏になるのを感じた。空がきらりと輝き、一段と青さを増したように見える。

鎌倉の一年は夏から始まると、私はひそかにそう思うのだ。茅の輪の向こうのはるか上空を、威厳たっぷりに二羽のトンビが回っている。

数字の「8」の字を真似するように茅の輪を三回くぐり終え、最後に巫女《みこ》さんからお神酒《みき》をもらって口に含んだら、ふわりと心の結び目がほぐれた。空の青が、ますます深まっていく。自分が、青空に包まれているような気持ちになった。

ふわふわと千鳥足で家に帰ってから、さっそく玄関先に真新しいおはらひさんをぶら下げた。これでようやく、気分も新たに、夏を迎えることができる。

周りに誰もいなかったので、こっそり、あけましておめでとう、とささやいた。私の声が届いたのかどうかはわからないけど、その瞬間、南風がぶわっと吹き抜けて、水色のひらひらが気持ちよさそうに舞い上がった。

夏の到来を証明するかのように、次の日から蟬《せみ》が鳴き始めた。

昨日はまだ鳴いていなかったはずなのに、カレンダーが七月にめくられた瞬間、鳴き始めるのだから不思議である。今年は早々に梅雨が明けたらしく、名実ともに、いよいよ本格的な夏がやって来たのだ。

ただ、正直なところ、夏はツバキ文具店の閑散期だ。ツバキ文具店どころか、鎌倉自体、あまり人がやって来ない。駅周辺は賑わっていても、たいてい、海を目指して由比ヶ浜《ゆいがはま》や材木座《ざいもくざ》の方に行ってしまうからだ。

紫陽花寺として有名な北鎌倉の明月院も、七月になるとすべて花を切り落としてしまうので、観光スポット自体が少なくなる。それに、鎌倉の夏はめちゃくちゃ暑いので、観光する気も失せるのだろう。

　店の方が暇なので、家の奥にこもって後片付けに精を出す。スシ子おばさんが一通り片付けてくれたものの、それでもまだ、先代の残した品々が家のあちこちにたくさんある。値打ちのあるものであれば骨董屋《こっとう》さんを呼んで引き取ってもらえるが、先代の遺品に歴史的な価値はない。多くは、しょうもない紙くずである。中には、私が書いたと思われる書道の半紙まで出てきた。それらを片っぱしからかき集め、ゴミの袋に詰めていく。珍しくツバキ文具店にお客が来た時は、店先に置いてある呼び鈴を鳴らすと、奥にいる私に知らせる仕組みになっている。

　文具店の営業時間は朝九時半から日没までとしてあるので、もうそろそろ店を閉めようかと思っていた夕間暮《ゆうまぐ》れのことだった。

　控えめな音で、呼び鈴が鳴った。

　小走りで店の方に向かうと、年の頃は六十代後半と思《おぼ》しき、典型的な鎌倉マダムが立っている。ただ、私には面識のない人だった。

　小柄な体を包んでいるのは、紺地に白の水玉模様が入ったちょうちん袖《そで》のワンピースで、手にしている日傘もまた、ワンピースと同じく水玉模様でコーディネートされている。頭には、花のコサージュのついた優雅な麦わら帽子をかぶり、手には白いレースの手袋をはめていた。まるで、全身がカルピス模様だ。

いらっしゃいませ、と声をかけると、マダムカルピスはいきなり言った。

「砂田《すなだ》さんとこの権之助《ごんのすけ》さんが、今朝、亡くなったんですって」

もしかすると、代書の依頼かもしれない。文房具を買いに来たお客でないことは、なんとなく雰囲気で伝わってくる。このことに関して、私の勘は先代と同じく鋭かった。

ツバキ文具店はその名の示す通り文具を商う小さな店だが、代書に関しては看板を出していない。それにもかかわらず、近所の人や昔からの馴染《なじ》み客が、時たま代書仕事を持ち込むのである。

「権之助さん、ですか？」

その名前にも砂田さんという名字にも、心当たりがない。

「あら、あなた知らないの？　ここらでは有名なんだけど」

「すみません」

なんとなく、話が長くなりそうな予感がした。タイミングを見計らい、マダムカルピスに丸椅子を勧めた。彼女が、少し足を引きずりながら移動して、椅子にふわりと腰かける。

奥の冷蔵庫から、冷えた麦茶をコップに入れて持ってきた。麦茶をお盆に載せたまま、マダムの前にそっと差し出す。

「心臓に持病があるって話は、前々から聞いていたんですけどね」

マダムカルピスが話を再開する。

「最近、急に暑くなったから、体力がもたなかったんでしょうね。明日お通夜をして、明後日には荼毘《だび》に付してしまうんですって」

「そうなんですか」

まだ状況がつかめないながらも、私は適当に相づちを打った。この近所でご不幸があったという噂は、私の耳に入っていない。

「でも、この足でしょう。駆けつけたいのは、山々なんですけど。行ってあげられないから、せめて、お香典だけでも届けようかと思って」

よく見ると、マダムカルピスは左足首に包帯を巻いている。それでさっき店の中を移動しながら、足を引きずっていたのかもしれない。

「はい」

私は、神妙な声で相づちを打った。

「それと一緒に送るお悔み状を、大至急、書いてほしいのよ」

「わかりました」

私は、相手の手の動きをぼんやり見ながら短く答えた。

代書を頼みに来たお客の顔はじろじろ見ないようにと、いつだったか先代に教えられたのだ。きっと、それぞれ事情を抱えている。以来、代書依頼のお客から話を聞く時は、じっと目を見るのではなく、ただなんとなく手を見るよう心がけている。マダムカルピスの腕はよく陽《ひ》に焼けていて、意外にも筋肉質で骨太だった。

「砂田さんの奥さんが、どれだけ悲しんでいるかと思うとねぇ」

マダムカルピスはそう言うと、汗なのか涙なのかはわからないが、ハンカチを取り出し顔の一部をそっと拭《ぬぐ》った。ハンカチもまた、ワンピースと同じく水玉模様である。

「権之助さんとの思い出話など、少しお聞かせいただけますか？」

私がたずねると、マダムは両手で麦茶のコップを持ち上げ、一気に飲み干す。もう夕方の六時を過ぎているのに、温度計の目盛りはまだ三十度近くに留《とど》まっている。お悔み状を書くにあたり、何かちょっとしたことでも権之助さんについて知っておきたかった。

「とっても賢い坊やだったの」

マダムカルピスは、自慢するように言った。

「砂田さんとこ、お子さんがいらっしゃらなかったでしょう。それでご主人と相談して、権之助さんを引き取ったらしいのよ。親戚からは、ずいぶん反対されたっておっしゃってたけど」

「ということは、権之助さんというのは、砂田さんご夫婦の養子ですか？　もしくは、里子として面倒を見ていらしたとか」

だとすると、せっかく縁ができたのに絶たれてしまい、砂田さんはどれほど無念だろうか。

「そうかもしれないけど……」

マダムカルピスが、微妙なニュアンスで言葉を濁す。それから、自分の携帯電話を取り出して操作すると、

「ありましたよ、この方が権之助さんよ」

知らないことを暗に責めるような口調で、少しピントのぼけた写真を見せてくれた。最初は何が写っているのかわからなかったが、人間でないことだけは確かだった。

「お猿さん、ですか？」

自信なく私がたずねると、マダムはうなずきながら携帯電話をパタンと閉じる。

「もともとの飼い主さんに先立たれて、施設に暮らしていたところを、砂田さんの奥様が見つけたんですって」

言いながらマダムは、バッグの底から香典袋を取り出し、机に置いた。香典袋の表面には付箋《ふせん》が貼り付けてあり、そこにマダムの名前が記されている。

「慌ただしくて申し訳ないんだけど、なるべく急ぎでお願いね」

「はい、かしこまりました」

「お代は後日、持ってくるから。請求書を用意しておいてちょうだい」

そう言うとマダムカルピスは、日傘をステッキ代わりにして体を傾けながら、ツバキ文具店を後にする。マダムの足取りは、来た時よりも少しだけ軽やかになっていた。

店を閉め、すぐさま仕事に取りかかった。

不祝儀《ぶしゅうぎ》の手紙に関しては決まり事が多いので、先代の残した虎の巻を繙《ひもと》き、一通りの流れを確認する。

私は、大きく深呼吸してから墨を磨り始めた。

お悔み状の場合、墨はふだんとは逆に、左回りに磨るのが決まりである。

いつもは右回りに磨るのがほとんどなので、逆の向きだと妙に磨りにくかった。それでも、磨りすぎないよう気をつけながら、墨を硯の中の水たまりで伸ばしていく。こういう場合、墨の色をあまり濃くしないとされているのだ。

言葉を連ねる上で注意するのは、たびたびや再び、重ね重ね、繰り返しなど、忌言葉《いみことば》を使わないこと。また、死が「なお、重ねて」来るのを嫌うので、追伸もつけない。脇付《わきづけ》も結語も、書かなくてよいとされている。

私は、静かに筆を持ち上げた。

世界中の悲しみという悲しみを、瞬間、涙腺を磁石のようにして吸い集める。その中には、幼い頃に飼っていた金魚が死んだ時の悲しみや、スシ子おばさんが亡くなった時の悲しみも含まれている。

権之助様のとつぜんのご訃報に
ただ茫然と空を見上げて
しまいました
本当に悲しいですね
ご病気で療養中とは
うかがっておりましたが
まさかこんなに早く旅立って
しまわれるとは
信じたくない気持ちで
いっぱいです
思えば権之助様はいつも
美しい瞳と静かな心で
私に対しても優しく接して
くださいました
権之助様のご冥福を心より

お祈り申し上げます
お悲しみは決してつきない
でしょうがどうかお心を
強く持ってくださいね
すぐにお伺いしたいところですが
あいにく足の調子が悪いので
まずはささやかながら
香料を同封させていただき
ます
どうかご霊前にお供え
くださいませ
略儀ながら書中をもちまして
取急ぎのお悔みとさせて
いただきます

弔意の言葉は、ふだんよりもずっと薄い色の墨でしたためた。墨の色を薄くするのは、悲しみのあまり硯に涙が落ちて薄まったため、という意味合いである。書いている間、脳裏に何度も、マダムカルピスの面影が甦《よみがえ》った。ほんの一瞬だけど、私の手とマダムカルピスの手が重なり、一緒に筆を支えているような気分になる。

白い巻紙に薄墨でしたためた後は、いつもとは逆に、字が表になるように向きを反対にして巻いていく。通常、フォーマルな手紙の場合は二枚重ねになっている封筒を使用するが、弔事の場合に限っては、不幸が二度重ならないよう、封筒はあえて一重のものを使う。もちろん封筒も、便箋と同じく白一色だ。葬儀に、派手な化粧やアクセサリーをつけないのと同じことである。

封筒の中央に薄い墨で宛名を書いて乾かしたら、完成したお悔み状を入れ、先代とスシ子おばさんの仏壇の特等席に立てかけた。大事な手紙を汚さないためである。ただし、まだ封は開けたままにしてある。たとえそれがどんなにお決まりの内容でも、閉じるのは朝と決まっていた。きちんと睡眠をとり、冷静な頭で書いた内容を読み直すためである。

夜書く手紙には魔物が潜んでいると、生前、先代はよく言っていた。だから先代は、陽が落ちてからの代書仕事をあまりしなかったのかもしれない。

一仕事終えると、時計の針はもうすぐ九時になるところだった。昼間はあんなに賑やかだった蟬たちも、さすがに夜は鳴きやんで、辺りには静寂が立ち込めている。まるで、山奥の秘境にでもいるような静けさだ。それでも、まだ蒸し暑かった。

軽く食事をしようと、お財布だけ持って外に出る。鎌倉は朝が早い分、夜も結構早く閉まるのだが、中には遅くまでやっている店も何軒かある。集中してお悔み状を書いたせいか、アルコールでも飲まないと頭が冴えて眠れそうにない。

駅の近くにあるワインバーに入り、きれいな色のロゼワインで献杯する。権之助様のご冥福を祈りながら、白インゲン豆とピスタチオのパテをつまんだ。お悔み状を書くのは初めてだったので、無事に仕事ができて安堵《あんど》したのか、いつもより早く酔いが回る。鎌倉宮へ向かう最終のバスに乗り遅れないよう、十時半には店を出た。

翌朝もう一度、一言一句をなめるような気持ちで読み直した。誤字や脱字、失礼な表現などないかを念入りに確認する。丁寧に糊《のり》で封を閉じ、最後に「夢」の封印を記して完成だった。

香料にお悔み状を添え、郵便書留で発送する。もちろん、香典袋にはマダムカルピスの名前を忘れずに書き添えてある。

その週末の朝、庭先に洗濯物を干していると、バーバラ婦人からお声がかかった。

「これから、朝ごはんを食べに行かない？」

「いいですねぇ」

今日は日曜日なので、ツバキ文具店は丸一日お休みである。

予定がないので近くのお寺で開かれる座禅会に参加してもよかったのだが、朝からあまりに日差しが強く、洗濯物を干すだけで心が萎《な》えていた。気分転換がてら、久しぶりに外で朝食をとるのもいいかもしれない。

「どこにしますか？」

バーバラ婦人によく声が届くよう、少し声を張り上げた。

紫陽花の垣根の向こうで、バーバラ婦人が慎重に口紅を重ねている。連日の暑さで、紫陽花はすっかりくたびれていた。しおれた紫陽花ほどみすぼらしい姿はなかったが、いくらバーバラ婦人と親しくても、婦人の家の敷地に咲く紫陽花を勝手に切り落とすことはできない。

「そちらのご準備ができたら、お声をかけてくださる？」

私が最後のブラジャーを干していると、品よくピンクの口紅を浮かべたバーバラ婦人が言った。

出かける準備に時間がかかるのは決まってバーバラ婦人の方なのだが、私はあえて言わなかった。バーバラ婦人は、なおも鏡の前で上下の唇を重ね合わせ、ンッパ、ンッパ、を繰り返している。

前もって約束を交わさなくても、その場の雰囲気で気軽に出かけられるのがご近所さんのよしみである。正直、私が子どもの頃はそんなに交流がなかったのだ。先代とバーバラ婦人が親しくお付き合いをしていたという記憶も、逆に仲が悪かったという記憶もない。せいぜい、回覧板を届ける程度の間柄である。

けれど、私が大人になって一度鎌倉を離れて再び戻ると、妙に馬が合うようになり、親しく交流するようになった。以来バーバラ婦人とは、つかず離れずの心地よい関係を保っている。

朝八時を過ぎる頃、自転車の荷台にバーバラ婦人を乗せ出発した。ご高齢のバーバラ婦人を荷台に乗せて走るなんて気が重いのだが、バーバラ婦人は運動神経がよく、しっかりと私の腰につかまっている。自転車に横座りするバーバラ婦人は、どこか女学生のような初々《ういうい》しさをかもし出していた。

まだ人の少ない小町通りを颯爽《さっそう》と走っている時だった。

「今日は、お天気がいいから、ガーデンにしません？」

バーバラ婦人が提案した。心のどこかで、私も同じことを望んでいた。

裏駅の方へ出るため、踏切を渡って線路を越える。横須賀線の線路沿いには、見事なまでに白い花が咲き乱れている。この景色を見るたびに、夏が来たんだなぁ、と実感する。

今小路《いまこうじ》に出て、ガーデンを目指した。

ガーデンは、紀ノ国屋の角を曲がったところの、スターバックスの手前にある。この季節、向こうに広がるのんびりとした山の景色を眺めながら、外のテラス席で食べるのが気持ちよかった。

私はトーストの、バーバラ婦人はグラノーラのセットを頼み、世間話をしながらゆっくりといただく。たいていは、どこそこに新しいショップができたとか、あそこのレストランは支店を出してから味が落ちたとか、コーヒー屋のマスターがアルバイトの女の子にセクハラをしているだとか、地元に関する情報ばかりだ。毎回、どうでもいいような話題で盛り上がっていると、あっという間に時間が経《た》っている。

食後のコーヒーを飲み終えると、もう十一時近かった。バーバラ婦人が、愛用の籐《とう》カゴから真新しいアイフォーンを取り出す。

「新しいの、買ったんですか？」

私は、しげしげとアイフォーンをながめながらたずねた。

「男の子に持たされちゃったの。これがあると、いつでも連絡が取れるんだって」

アイフォーンの待ち受け画面に写っているのは、バーバラ婦人の年下のボーイフレンドのひとりだった。バーバラ婦人には男の子でも、私からすると立派なおじいさんだが。

それにしても、バーバラ婦人にはいったい何人のボーイフレンドがいるのだろうと、私は羨《うらや》ましくなった。モテモテのバーバラ婦人は、いつもデートに誘われて忙しい。

そうこうするうちに、バーバラ婦人に電話がかかってきた。もしもし、と出る声がすでに艶《つや》めいているから恐れ入る。こうやってきっと、バーバラ婦人は無意識のうちに相手に魔法をかけているのだろう。かたわらで声を聞いている私までが、なんだか恋をしているような浮かれた気持ちになってくる。

電話を終えたバーバラ婦人が、可笑《おか》しそうに肩をすくめた。

「もうね、そこのスタバにいるんだって。早く会いたかったから、待ち合わせの時間より先に来て待ってたなんて言うのよ。地獄耳だから、さっきの会話、ぜーんぶ聞かれちゃったたかも」

ぺろっと舌を出しながら、バーバラ婦人は声を潜めた。そして、そんなことを言っておきながらも、一方ではいそいそとコンパクトを取り出し、手早く口紅を塗り直している。

塀を隔てた向こうにあるスターバックス御成町《おなりまち》店は、漫画家の横山隆一さんの邸宅がそのままの形で使われている。小さなプールを取り囲むようにして、桜の木や藤棚が残されているのだ。私も、ひとりで長時間の読書を楽しみたい時などは、よくお隣のスタバを利用する。どんなに長居しても、店員さんに嫌な顔をされないのが気持ちよかった。

バーバラ婦人の本日のデートコースは、葉山の方へドライブして、美術館などを見て回った後、夕方、天ぷらを食べて帰るらしい。一応、私も誘ってくれたが、自転車もあるし、どう考えてもお邪魔虫なので、丁寧にお礼を言って辞退した。

じゃあ、またね、と、バーバラ婦人はつらつとした足取りで出て行った。伝票の上に、バーバラ婦人が食べたグラノーラセットの代金、五百五十円がきっちりと置かれている。ご近所付き合いを円滑にするコツは割り勘だと、私は心ひそかにそう思っている。

そろそろ観光客の姿が目立つようになってきたので、私も席を立った。

鎌倉の住人かそうでないかは、ひと目見ただけですぐにわかる。夏本番を迎えた鎌倉には、海を目指して東京からやって来る露出度の高い若者たちが、軒並み増えるのだ。

子どもたちが夏休みになると、ただでさえ暇なツバキ文具店が、もっともっと暇になる。

先代も、あまりの暇さ加減に耐えかねて、店先に机を並べて書道教室などをしたこともあったが、すぐにその厳しさに生徒が挫折《ざせつ》し、誰も来なくなった。

それにしても、ツバキ文具店の品揃えは、オーソドックス極まりない。ノート、消しゴム、コンパス、定規、マジックペン、糊、鉛筆、ハサミ、画鋲《がびょう》、輪ゴム、便箋、封筒。どれも、定番中の定番商品ばかりが並んでいる。

もちろん基本は大事だが、圧倒的に遊び心が足りないのだ。結果として、色彩も足りない。もっとこう、近所の小中学生だけでなく、同世代の若い女の子にも好かれそうなお洒落《しゃれ》でかわいい文房具を置きたいと思うのだが、いかんせん、行動には移せていないのが現状である。シャープペンシルがないのも、痛手だった。店にシャープペンシルを置かないのは、先代がかたくなに守り抜いたこだわりである。

曰《いわ》く、筆記用具には鉛筆がふさわしいと。

子どもなら、尚更《なおさら》シャープペンシルで文字を書くなどもっての外で、子どもがシャープペンシルを買いに来ようものなら、目くじらを立ててお説教をしたものである。シャープペンシルを、シャーペンとだらしなく呼ぶこと自体がもう、先代の逆鱗《げきりん》に触れる言葉遣いだった。

その代わり、売れ行きは芳《かんば》しくないものの、鉛筆の種類は小さい文具店のわりに豊富である。鉛筆は、Bの頭につく数字によって濃さが決まり、数字が大きければ大きいほど芯《しん》の色が濃く、柔らかいとされている。よく売れるのはHBや2Bといった硬めの芯の鉛筆だが、中には10Bという規格外の商品もある。10Bは芯の直径が通常の二倍もあり、一本四百円の高級品で、筆鉛筆とも呼ばれている。

あまりの暑さに後片付けも頓挫《とんざ》してしまったので、店番をしながら、その筆鉛筆を使って平仮名の練習をした。

というのも、家の中に唯一あったクーラーが壊れてしまい、近所の電器屋さんに見てもらったところ、もう直す部品もなく、修理は不可能と言われたのだ。

そのせいで、家の中が蒸し風呂状態なのである。ツバキ文具店の店舗部分にだけは唯一、天井付近の壁に扇風機が取り付けてあるので、結果としてその場所から一歩も動けない。それで最近は日がな一日、頬杖《ほおづえ》をつきながらツバキ文具店の店番をしているのだ。

いろはにほへとちりぬるを、わかよた、の途中まで書いたところで、筆鉛筆を持ったまま居眠りしてしまったらしい。クーラーが壊れてからというもの、ますます眠くて仕方がない。眠いのは、暑さを乗り切るための防衛本能であると聞いたことがあるので、睡魔は睡魔のまま野放しにしている。

ふと目を開けたら、いきなり女の子と目が合ったので、びっくりした。

一瞬、ついに出たかと身構えてしまう。自慢じゃないが、鎌倉にはお化けに関する目撃情報が後を絶たないのだ。しかも、私が住んでいる界隈は、特に頻発する。鎌倉はかつて、激しい合戦が繰り広げられた場所で、人が殺されたり、一族が滅亡させられたりした跡というのがそこここにあるのだ。要するに、鎌倉は一大心霊スポットなのである。

けれど、どうやらお化けではないらしい。なんとなく、見覚えのある女の子だった。誰だったかは思い出せない。完璧なおかっぱ頭なので、こけしのように見える。挨拶もなしに、こけしちゃんは言った。

「おばさん、字が上手」

小学生からすれば、二十代後半の私も、立派なおばさんなのだろう。特に今日は、着る服がなくて、先代が生前によく着ていたノースリーブのアッパッパを引っ張り出して着ているから、余計に老けて見えるのかもしれない。

「何か、お探し物ですか？」

そうたずねた後、シャープペンシルだったら、ここにはありませんよ、と続けて言おうと思ったけれど、うまく口が回らなかった。いまだに、睡魔が体の隅々にまで居座っている。

こけしちゃんが、仏頂面《ぶっちょうづら》を浮かべたまま、手に持っていた団扇《うちわ》を面倒くさそうにパタパタあおぐ。私にも、少しだけどおすそ分けの風が来た。その風が気持ちよくて、再び体がとろけそうになる。

するると、

「おばさんって、手紙書いてくれるんでしょ」

私を睨《にら》むような表情で、こけしちゃんが言った。てっきり、文房具を買いに来たのだとばかり思っていた。いくらなんでも、小学生からの代書の依頼は受けたことがない。

「お願い、書いて！」

こけしちゃんは態度を豹変《ひょうへん》させると、今度は一気に媚《こ》びる視線で私に訴える。

「でも……」

私は、口ごもった。

「お金なら、ちゃんと払うって」

そういう問題ではない。

「誰に書きたいの？　ちゃんと教えてくれる？」

念のため、話だけでも聞いてあげようと質問すると、

「先生」

こけしちゃんはしぶしぶだが口を動かした。

「先生に、どうして手紙を書きたいの？」

更なる問いかけには、言いたくない、とふて腐れた表情でうつむいてしまう。

ツバキ文具店では、代書依頼のお客には、一応、お茶などの飲み物を出すのが習慣になっている。私は、こけしちゃんを店に残したまま、家の奥に行って冷蔵庫から柚子《ゆず》サイダーを持ってきた。高知に住むボーイフレンドがバーバラ婦人に送ってくれたという、お中元のお福分けをいただいたのである。

「どうぞ」

栓を開け、柚子サイダーをこけしちゃんの前に差し出す。一緒に、自分の分も持ってきた。暑くて暑くて、背中を滝のような汗が流れている。堪えきれずにさっそく飲むと、冷たい泡が口の中で小魚のようにぴちぴち跳ねた。飲み込むと、体の中心に冷たいトンネルが貫通す

る。すると、

「ぶみ」

こけしちゃんが重たい口を開いた。

「ぶみ？」

うまく聞き取れなかったので、聞き返す。

「それってもしかして、ふみのこと？」

こけしちゃんが、今度は首をこくりと縦に動かした。

「どんな？」

からまった糸をほぐすような気持ちで、私は焦《あせ》らずにこけしちゃんから詳細を聞き出そうとする。すると、こけしちゃんがまた短く答えた。

「こい」

鯉《こい》、来い、乞い、故意、濃い？

だけどやっぱり、あてはまるだろう漢字は、「恋」の一文字だけである。

「つまり、先生に恋文を出したい、ってこと？」

私は、慎重に言葉を選びながらこけしちゃんに確認した。

こけしちゃんが、ようやく柚子サイダーの瓶に口をつける。飲みだすと止まらなくなったのか、一気に飲み干した。よく見ると、こけしちゃんの口の周りには、うっすらと産毛が生えている。こけしちゃんは、柚子の香りがする甘い息ですらすら喋《しゃべ》った。

「私の字で書いたら、子どもが書いたってバレちゃうもん。気持ちを伝えるだけでいいんだってば。バーバちゃんが教えてくれたのよ。ここのおばあさんが、上手にお手紙を書いてくれる、って」

おばあさんと言われてさすがに気分を害したが、ほどなく先代をさしていることに気づいた。ということはつまり、こけしちゃんの祖母がかつて、先代に代書を依頼したということだろうか。

「そのおかげでバーバちゃんはジージと結ばれたんだって。だから、お願い！」

こけしちゃんは、その場でひれ伏すように頭を下げた。そんなことをいきなり言われても、私にはどうしていいかわからなかった。

「少し考えさせてもらえるかしら？」

私は、精いっぱいの誠意をこけしちゃんに示した。

そう簡単に受けられる仕事ではない。目の前のこけしちゃんは、おそらく小学校の高学年だろう。完全に大人ではないけれど、単純に子どもだとも言い切れない。そんな子が先生にラブレターを書いて、何か問題や事件でも起こったりしたら……。

そう考えると、すぐには判断できなかった。こういう時こそ、慎重に進めないといけない。

「サイダー、ごちそうさまでした！」

そう言っていきなり立ち上がると、こけしちゃんはツバキ文具店を出て行った。軽やかにスキップをする後ろ姿を、黙って見送る。

表の路地を、夏色の夕陽がすき間なくオレンジ色に染め上げている。

マダムカルピスが現れたのは、その夜のことだった。

店じまいをし、私はバーバラ婦人の家に呼ばれて素麺《そうめん》をご馳走《ちそう》になっていた。その日はデートの約束が直前でキャンセルになったらしく、珍しくバーバラ婦人が夜なのにご在宅だった。ツバキ文具店の方から声がするので見に行くと、藪椿の下に小柄な女性が立っていた。ゴルフウェアーに身を包んでいたので最初はマダムカルピスだとわからなかったが、履いているソックスの模様で、彼女が先日のマダムカルピスだと気づいたのだ。ゴルフなんかして、もう足の傷は痛まないのかと気になったものの、口にはしなかった。

「こんばんは」

後ろから声をかけると、マダムカルピスは驚いたように振り向いた。路地に真っ赤なBMWが停まっている。日焼け止めのせいか、薄暗闇の中、顔だけ白く浮かび上がっていた。

「この間のお代を払わせてもらおうと思って、寄らせていただいたんだけど」

もう閉店の時間はとっくに過ぎているのだが、わざわざ立ち寄ってくれたことを思うと、そう邪険にすることもできない。私は急いで裏庭に回って家の中に上がり、中からツバキ文具店の鍵を開ける。

マダムカルピスを中に招き入れると、

「この間は、本当に助かったわ。ありがとう。

砂田さんの奥様から、わざわざお礼のお電話までいただいて。いいお悔み状だったって、涙声で私にお礼をおっしゃったの」

彼女は声をはずませた。

「それは、よかったです」

自分の代書が誰かの役に立てることは、単純にうれしかった。

「それで、請求書はできてるかしら？」

はい、と答え、引き出しにしまってあったマダムカルピス宛ての請求書を取り出し、手渡した。

「こちらになります」

「あら」

封筒から請求書を出して広げた瞬間、マダムカルピスが素っ頓狂《すっとんきょう》な声を上げる。高すぎると訴えられるかと身構えたら、

「こんなにお安くていいの？」

マダムカルピスがぽつりと言った。そして、立派な革のお財布から、ひらりと一万円札を優雅に抜き出す。

「おつりは結構よ」

なんでもないことのように言い放った。お札は、たった今刷り上がったばかりのような新札である。

私が戸惑っていると、

「こんな生活ができるのもね、あなたのお母様のおかげなのよ」

意味のわからないことを口にする。私に、母と呼ばれるような存在の人は、いないはずだった。きょとんとしていると、

「いつも、ここにいらした方。あれは、あなたのお母様でしょう?」

今度はマダムカルピスの方がきょとんとする。私はようやく合点して言った。

「あれは先代でして、私の祖母にあたる人なんです」

私自身、人生の途中までは先代を母親だと勘違いしていたくらいだから、わからない人がいても当然である。

「あの方がね、夫のハートを射止める恋文を書いてくれたから、私たち、結ばれたのよ」

マダムカルピスの言葉に、どう返事をしていいのかわからないでいると、

「あら、ご存じなかったの?」

逆に、彼女の方が不思議そうな表情をした。

「それでうちが、代書屋だっておわかりだったんですね」

ようやく謎が解けた気分だった。

「そうよ、あの当時は小坪《こつぼ》の方に住んでいたから、よくここまで人目を忍んで来たのよ。あなたのお母様、じゃなくっておばあ様、湘南では有名な方だったから。お礼も言わずにずーっとご無沙汰《ぶさた》してたんだけど、砂田さんところの権之助さんの訃報を聞いた時、もしかして、

って思ったわけ。それで、来てみたらまだやってるからびっくりしたわよ。しかも、若いお嬢さんがきちんとお悔みの手紙を書いてくれたし。それでそのことを孫に話したら、さっそくツバキ文具店に行ってきたっていうもんだから、驚いちゃって」

そういうことだったのか。それで今日の午後、店に来たこけしちゃんを見た時、どこかで見覚えがあるように感じたのだ。

「ここのおばあさんがいなかったら、あなたもいなかったのよ、なんて言ったから、興味を持ってしまったみたい。失礼があったら、ごめんなさいね」

その時、外からクラクションの音が聞こえた。マダムカルピスの車の後ろに、宅配便の軽トラックが停まっている。

「あら、つい長話になっちゃって、ごめんなさいね。これで、失礼するわ」

マダムカルピスは、片足をひきずることもなく、颯爽とツバキ文具店を出て、車の運転席に乗り込んだ。お辞儀をするなり、急発進してその場を去る。そこには、深い夜だけが残されていた。

ある時、私は先代にたてついたことがある。高校一年生の時だった。

「こんなの、インチキじゃん！　全部、出鱈目《でたらめ》でしょ、嘘っぱちじゃないの」

それまで私は、従順に先代の言いつけを守り、従っていた。そんな私の、初めての抵抗だった。

「インチキと思うなら、インチキで結構だよ。だけどね、手紙を書きたくても書けない人がいるんだよ。代書屋っていうのは、昔から影武者みたいなもので、決して陽の目は見ない。だけど、誰かの幸せの役に立つ、感謝される商売なんだ」

先代は言い、それから贈り物のお菓子を例にして、私を諭した。

「いいかい、鳩子」

先代は、私の目をじっと見て言った。

「たとえば、誰かに感謝の気持ちを伝えるため、お菓子の折詰を持って行くとする。そういう時、たいていは自分がおいしいと思うお店のを買って、持って行くだろう？　中にはお菓子作りが得意で自ら作った手づくりの品を持参する人もいるかもしれない。けど、だからといって、買った物には気持ちが込もっていない、なんてことがあるかい？」

私は先代に問われたものの、黙って先代の次の言葉を待つことしかできなかった。

「だろう？　自分でお菓子を作って持って行かなくても、きちんと、お菓子屋さんで一生懸命選んで買ったお菓子にだって、気持ちは込められるんだ。

代書屋だって、同じことなの。

自分で自分の気持ちをすらすら表現できる人は問題ないけど、そうできない人のために代書をする。その方が、より気持ちが伝わる、ってことだってあるんだから。

鳩子の言っていることもわからなくはないけど、それだと、世界が狭くなる。

昔から、餅《もち》は餅屋って、言うじゃないか。手紙を代書してほしいって人がいる限り、うちは代書屋を続けていく、ただそれだけのことなんだよ」

先代は、先代なりに必死に何か大切なことを伝えようとしてくれたのだと感じた。すみずみまでは理解できなくても、大まかな大事なところは、ぼんやりとだが私にも伝わった。

何より、お菓子屋さんのたとえが、当時の私にはわかりやすかったのだ。代書屋というのは、町のお菓子屋さんみたいな存在なのだと、その時は自分なりに理解した。

ふと顔を上げると、仏壇に置かれた遺影と目が合った。

先代とスシ子おばさんが、ふたり並んで私を見ている。気難しそうな表情を浮かべているのが先代、おいしいものを食べた後みたいな表情でにっこり微笑《ほほえ》んでいるのがスシ子おばさんだ。一卵性双生児として生まれたふたりだが、性格は対照的だった。

先代は一歳になる少し前に雨宮家へ養子に出されたので、物心ついたふたりが一緒に遊んだり、ご飯を食べたり、仲良くお風呂に入ったりしたことはなかったそうだ。そのことに関して先代の口は重く、ふだんはおしゃべりなスシ子おばさんでさえ、あまり多くを語りたがらなかった。

ふたりの交流が再開したのは、私が中学生になってからだ。私に対しては常に厳しい態度で接した先代も、スシ子おばさんが来ると様子が一変した。彼女が来るとお寿司やピザが食べられるので、私は諸手を挙げてスシ子おばさんを歓迎したものだ。

スシ子おばさんが家に泊まる日は、夜のお稽古が免除されるのもうれしかった。その時だけは、テレビも許される。毎回、スシ子おばさんは大量のお菓子をお土産《みやげ》に持ってきてくれたので、それを食べながら食後の団らんをするのが楽しかった。

ふたりは今、先代が自分で用意した永代供養墓に、仲良く入っている。先に亡くなった先代が、スシ子おばさんを待つ形となった。

生前、ふたりは約束を交わしたのだ。せっかく同じ母親の胎内で一緒に過ごしたというのに、生まれてからは離れ離れになって、共に時間を過ごすことが少なかった。だから、死んでからは一緒にいたかったのだろう。

「ポッポちゃーん」

バーバラ婦人の声がする。

「はーい」

「お素麺、まだ残ってますよー」

「今、行きまーす」

わざわざ電話をかけなくても、ただいつもより少し大きい声を出すだけで会話ができるとは、なんて便利なのだろう。

私は慌てて冷蔵庫から桃を取り出した。バーバラ婦人と一緒に食べようと思って、数日前、近所の青果店で買っておいたのだ。鎌倉に親しい友人がいない私にとって、バーバラ婦人が唯一、友達と呼べる相手だった。

桃はちょうどいい具合に熟れ、ささやかながらも甘い香りを放っている。

実のところ私には、恥ずかしい過去がある。誰にでも、消したい過去のひとつやふたつあるものだろうが、私のそれも、かなり手強《てごわ》い。

多少の口答えをすることはあったにせよ、先代に対して私が本格的な反乱を起こしたのは、高校二年生の夏だった。遅ればせながら、反抗期の到来である。それまで先代は、箸《はし》の上げ下ろしから言葉遣い、立ち居振る舞いに至るまで、事細かく指導した。そして私も、それに精いっぱい努力して応えていた。けれど、ある日プツンと、堪忍袋の緒が切れたのである。

「うるせぇんだよ、糞ババア、黙ってろ！」

今まではなんとか心の中だけに押しとどめてあった罵《のの》りの言葉が、気がつくと私の口から解き放たれていた。自分でもその言動に驚いたが、一度声になった言葉を、唇の奥に戻すことはできない。

「てめぇの人生を、押しつけんな！」

私は、自分の手にしていた筆を、思いっきり畳の上に叩きつけながら怒鳴った。私の産毛で作ったという記念の筆である。

「何が今どき代書屋だよ？　バッカじゃないの」

今度は、すぐ横に置いてあった文箱を、思いっきり足のかかとで踏みつぶした。その拍子に、鳩の細工が壊れたのである。

同級生たちは、海へ山へと遊びに出かけている。わりと仲良くしている地味なグループの子たちさえ、一泊二日でディズニーランドに行くとはしゃいでいる。その中には、私がほのかな好意を抱《いだ》いていた美術部の男子も含まれていた。一応私も誘われたが、当然断るしかなかった。

でも、どうして自分だけが好き好んでこの暑い中ちまちまと字の練習などしなくてはいけないのだと、冷静に考えてしまったのだ。生まれた時からくすぶっていた怒りや疑問が、マグマのように一気に噴き出したのである。もう、本人ですら止められなかった。

私はそのまま家を出て、自転車を飛ばして駅前のファストフード店へと駆け込んだ。そして、ハンバーガーを手にするなり、乱暴に齧《かじ》りついた。ほとんど嚙《か》みもせず、一気にコーラで流し込む。先代の言いつけを守り、ファストフードもコーラも、生まれてから一度も口にしたことがなかった。

それを境に、私はわかりやすい形で不良になった。スカートのウェストを極限まで折り返し、ルーズソックスを履き、髪の毛を茶色に染め、耳たぶにピアスの穴を開けた。ローファーのかかとは常に潰してだらしなさを強調し、爪には派手なマニキュアを塗る。当時は、ガングロの全盛期だった。

地味で目立たない日陰の存在だった私が、いきなり豹変したのである。クラスメイトや周囲の人があからさまに驚いたのも、無理はない。私はそれまでのイメージを百八十度くつがえし、ガングロ街道をまっしぐらにひた走った。

そのことで、先代と取っ組み合いの喧嘩《けんか》をしたのも、一度や二度の騒ぎではない。時には先代を突き飛ばし、腕に爪を立てて抵抗した。それは、私にとって人生初のレジスタンスだった。正義の、抗議行動である。

とにかくその頃は、自分の青春を奪った先代に、何らかの形で仕返しをしてやらなければ、気が済まなかった。と同時に、失った青春をもう一度やり直したかった。自分の好きな服を着て、好きな化粧をし、好きな物を食べたかったのだ。

不良となった私は誰ともつるまず、一匹オオカミを貫いた。そんな私を、同級生たちは好奇の眼差しを浮かべて遠巻きに見ていたのだろう。今から思うと恥ずかしい限りだけれど、当時はその恥ずかしさに気づく余裕すらなかったのである。

高校を出てデザイン系の専門学校に入ると同時に、私はガングロを卒業した。だから、今となってはガングロ時代の自分を知る人に会うのは、とても恥ずかしいことだった。できれば、わかっていても声をかけずに、そっとしておいてほしかった。

鎌倉で花火大会があった翌日、また代書仕事が舞い込んだ。

依頼されたのは、離婚を報告する手紙である。

結婚の報告であればイメージしやすいものの、離婚となると立ち止まって考えてしまう。先代の虎の巻にも、離婚を報告する手紙に関しての注意書きなどは一切載っていなかった。そうなれば、自分で道を拓《ひら》くしかない。

内容からいって、あまり感傷的になるのもよろしくないし、かといって、あまり事務的でも味気ない。元夫の話だと、盛大に結婚式をした手前、お世話になった方々にきちんと書面でご報告したいとのことだった。ちなみに、元夫婦に子どもはいない。離婚の原因は、元妻に好きな人ができたことだという。

「でも、一方的に妻を悪者にはしたくないんです」

ツバキ文具店にやって来た元夫は、ちびちびと炭酸水を飲みながら静かに語った。

「では、離婚に至った経緯《いきさつ》は、きちんと手紙に書くようにしますか？　それとも、そこはぼかしますか？」

大事なことなので、元夫に確認する。元夫は、うーんと唸《うな》ったまま、下を向いて黙ってしまう。おそらく、性格の不一致といったありきたりな言葉で、オブラートに包むことも可能だろう。けれど、元夫は勇気ある判断を下した。

「書いてください。でもその前に、僕たちが幸せな結婚生活を営んでいたという事実も、きちんと書いてほしいんです」

だいぶ時間が経ってから、元夫がかすれた声で訴える。

私は彼に、奥さんとの一番の思い出をたずねた。

要点をノートにメモして話を聞きながら、私の方が思わず涙ぐんでしまう。だって、そんなに素敵な時間を重ねても、ほんのちょっとの人生の悪戯《いたずら》で、生涯を誓い合っていたはずの夫婦があっけなく離婚してしまうのだ。結婚も離婚も経験したことのない私には、なんだか不思議な世界だった。私はまだ、死ぬまで一緒にいたいと思うほどの人には巡り合っていない。

最後に、元夫は私の目を強く見るようにして言った。

「よく、終わりよければすべてよし、って言うじゃないですか。この手紙を、そういうものにしたいんですよ。でも、自分では感情があふれてしまって、書けませんでした。だから、よろしくお願いします」

メールでも簡単にできる離婚の報告を、わざわざきちんと手紙という形で伝えようというのだから、きっと、とても律儀な人なのだろう。

元夫は三十九歳、元妻は四十二歳、結婚十五年目のお別れだった。


まずはパソコンを使い、手紙の内容を吟味する。

簡単な手紙の場合はぶっつけ本番で書いて臨場感を出すけれど、こういう手紙の場合は、言葉を選び、文章を磨く必要がある。先代も、パソコンは使わないけれど、原稿用紙に下書きを行っていた。

大切なのは、夫婦を温かく見守ってくれた周囲の人たちに、感謝の気持ちを伝えることだ。そして、その気持ちが決して無駄ではなかったと納得してもらうこと。結果的には夫婦として添い遂げることができなくなったことに対し、誠意を尽くして謝ること。それでも、これから別々に歩むふたりの人生を応援してほしいと、率直に相手に届けること。

同時に、手紙の文面だけでなく、便箋や封筒、筆記用具に関してもこだわりたかった。

個人宛ての改まった手紙であれば、巻紙に毛筆で縦書きをするのが基本とされる。けれど今回は、挙式の案内同様、百名を超す人たちに一斉に送るのだ。毛筆で書いたものをコピーするという手もあるにはあるけれど、コピーした手紙を送るというのも、受け取る側の気持ちを考えると誠意がなくて失礼な気がする。

手紙は、自分の想いを正確に届けると同時に、相手がそれを受け取った時に気分を害さないということも重要なのだ。

迷った挙句、今回は手書きではなく、活字で綴《つづ》ることにした。手紙を出すのがふたりの連名であることを考えても、その方がよりふたりの声として誠実に伝わるかもしれない。柔らかい印象の字体を選べば、活字といえども心の機微は伝えられるだろう。儀礼的な雰囲気を残しつつも、内容はあくまで情緒的な優しい文面にしたかった。

元夫と何度かやりとりを重ね、文章が出来上がった。すでに新しい恋人と沖縄の離島で暮らしているという元妻は、一度もツバキ文具店には現れなかった。ただ、ふたりの連名で出す以上、内容の確認は必要なので、元夫が窓口となりふたりの意見をまとめてくれた。

それを、印刷所に頼んで印字する。元夫が、ある程度お金をかけてでも、印象に残る誠意のこもった手紙にしたいと希望したので、今回は活版で丁寧に文字を刻み、ふたりの気持ちを伝えることにした。ただし、あまり凝りすぎても離婚という現実を楽しんでいるように受け取られてしまうので、そのさじ加減には十分な配慮が必要である。

活版印刷は、昔ながらの印刷技術を用い、活字版と呼ばれる一個一個の文字を組んで印刷する。今はオフセット印刷が主流になっているけれど、昔は本などもすべて活版印刷で作られていた。紙の表面にかすかな文字の凹凸が出るので、手作りの温《ぬく》もりを伝えることができるのではと考えての結果である。

横書きにするか縦書きにするかは、最後まで迷った。けれど、最終的には横書きにした。縦書きだと、前文、主文、末文、あとづけ、副文と書くうちに、どうしても形式的な手紙になってしまう。その点、横書きの場合はある程度省略できるので、離婚のお知らせという手紙の趣旨を中心に書くことができる。昔と違い、横書きの手紙に抵抗を感じる人も少なくなっている。

印刷所から上がってきた紙は、頬ずりしたくなるほどに美しく刷られていた。クレインのコットンペーパーを使った便箋に、文字のひとつひとつが慎ましやかに並んでいる。

手紙が横書きなので、封筒も横長の洋角封筒を選んだ。中の便箋と同じく、クレインの封筒である。封筒の内紙には、冬の夜空のような濃紺の薄紙が使われており、闇の中でも星のような希望が感じられますようにとの願いを込めたつもりだった。

そこに、ひとりずつ、住所と名前を書いていく。挙式用にまとめられた参列者の一覧表が、そのまま離婚のお知らせにも使われる結果となった。ただ、気をつけなくてはいけないのは、この中にも数名、離婚して名字や住所が変わっている人がいる。

宛名も横書きなので、筆ではなく万年筆で書くことにした。インクは、エルバン社のトラディショナルインクで、三十色もある色の中から、グリヌアージュを選んだ。フランス語で「灰色の雲」という意味だという。

試しにコットンペーパーに書いてみたら、インクの色が薄すぎてお悔み状のようになってしまった。インクの色を濃くするため、一晩瓶の蓋を開け、水分を蒸発させる。プラスチック製の密閉容器に除湿剤を入れると、より早く蒸発させることができる。

水分が抜けて濃厚になったインクは、クレインのコットンペーパーとの相性がよく、結果としては品よく清楚《せいそ》な表情にまとまった。灰色のインクの色で、こちら側の控えめな気持ちを表現したかったのだ。けれど、決して悲しい色ではない。雲の向こうには、きっと青空が広がっている。

切手は、最後までなかなか決められなかった。

封筒の表が顔だとすると、切手は顔の印象を決める口紅のようなもの。口紅が失敗してしまうと、顔そのものの印象が台無しになってしまう。たかが切手、されど切手。切手選びは、手紙を送る人のセンスの見せどころとされている。

慶事とも弔事ともいえない、微妙な手紙である。少し季節を先取りした絵柄の切手を貼るのは常套手段だけど、なんだかそれでは芸がないように感じた。ふたりが長年暮らした鎌倉の記念切手というのも、結果や内容を考えると無粋な気がする。先代が残した切手ファイルをくまなくめくってみたけれど、なかなかこれといったものは見つからなかった。

あまりにピンとくるものが手元にないので、インターネットで十五年前に発売されたという切手を取り寄せた。

十五年前といえば、夫婦が結ばれた年。

同じ年月を積み重ねた切手を貼ることに、何か意味がありそうに思えたのだ。

お世話になった皆さまへ

鎌倉の夏の緑が、ひときわ元気よく輝く季節となりました。

皆さま、いかがお過ごしでしょうか？

鶴岡八幡宮で式を挙げてから、十五年が経ちました。

思えば、あっという間でした。

あの日、桜吹雪の舞う厳かな雰囲気のなか、皆さまの前で夫婦になれたことは、本当に幸運な出来事だったと思っております。

平日はお互い仕事に勤しみ、その分週末は、海へ行ったり野山をハイキングしたりと、ありきたりですが、夫婦の時間を重ね、日常の平凡な幸せを味わいました。

そんな日々を重ね、お互いに理解と愛情を深めてきたつもりです。子宝には恵まれませんでしたが、その分、愛犬ハンナとの出会いがあり、夫婦でわが子のようにかわいがっておりました。今となっては、ハンナを連れて沖縄に旅行したことが、私ども家族の、かけがえのない思い出です。

さて、今回は皆さまに残念なご報告をしなければなりません。七月末をもちまして、私どもは夫婦関係を解消し、離婚するに至りました。

なんとかこのままふたりで一緒にいられる方法はないものか、お互いに時間をかけて話し合いました。

時には、親しい友人らに頼んで間に入ってもらい、幸福な結末が訪れるよう、最善の道を模索したつもりです。

けれど、もう一度新しい伴侶と共に人生を悔いることなく自分らしく生きていきたいと願う妻の意志に揺らぎはなく、結果として、これからは別々の道を歩むという結論に至った次第です。

お互い、手に手を取り合って添い遂げるという願いは叶えられなくなってしまいましたが、これからは、お互いの第二の人生を、一歩引いたところから応援しようということになりました。

ですので、これはふたりがより幸せな人生を送るための、勇気ある決断だと思っていただけますと幸いです。

私ども夫婦を温かく見守ってくださっていた皆さまには、期待を裏切る結果となり、心苦しく感じております。

これまで、たくさんの優しさや愛情をかけてくださり、本当にありがとうございました。

皆さまとのご縁に、どれだけ励まされ、癒されたことでしょう。

別々の道を歩む結果にはなってしまいましたが、皆さまとは、これからも、それぞれご縁を繋いでいきたいというのが、共通した願いでもあります。

いつかまた、笑顔で今日という日を語り合えますよう。

これまでの、感謝の気持ちを込めて。

末尾に、日付と元夫婦の名前を連名で記して終わりにした。

縦書きの場合は句読点を省くが、今回は横書きなので、ビジネス文書などと同じ形式にする。最後は、全部で二枚になった。これを、一組ずつ丁寧に折りたたんで封筒にしのばせた。

便箋は、シーリングワックスで封をする。色はターキッシュだ。トルコの名にふさわしく、鮮やかなブルーである。手紙の文面にはほとんど意見を言わなかったという元妻が、これだけはとこだわって選んだ色だった。

先代がそれ用に使っていた銀のスプーンに蠟《ろう》を入れ、アルコールランプにかざし、じっくりと時間をかけて蠟を溶かす。この時、甘い蜜《みつ》のような香りがするのが、このワックスの特徴である。

しっかり溶けたら、蠟を封筒の口のところに垂らして蠟印する。シーリングスタンプに使ったのは、元夫婦の名前に共通する「M」のイニシャルが象《かたど》られたスタンプだ。新婚旅行で訪れたイタリアの文具店で、偶然に見つけたものだという。初めて使うのが離婚を知らせる手紙になってしまったのは皮肉だけれど、しっとりと濡れたように見える仕上がりはただただ美しかった。

ひとつ押しては一度冷ましてからまた押すのを繰り返し、最後の一通にまでしっかりと封印した。スタンプが上手に押せなかったものは、一度冷ましてからもう一度スプーンで溶かしてやり直した。

明日の朝、駅前の郵便局まで届ければ、約一月《ひとつき》を費やした長い任務の完了である。もう夫婦の離婚は成立しているのに、この手紙を出してしまったら、いよいよ離婚が現実のものになるように思われてしまう。

最後の最後に、ふと気になって手紙一通分の重さを秤《はかり》ではかった。先々代の頃より使っているという、古い秤である。

料金不足の紙が貼られて相手に届くことほど失礼なことはない。定型の通常郵便だと、二十五グラムまでは八十二円だが、それを過ぎるともう十円分切手を増やさなくてはいけない。結果は十八グラムで、大丈夫だった。

ふとカレンダーに目をやると、すでに八月。もうすぐお盆休みである。いつの間にか、ぼんぼり祭りも黒地蔵縁日も終わっていた。とつぜん耳栓が抜かれたみたいに、けたたましい蟬の声が耳の奥へとなだれ込んでくる。

お盆休みを挟んだ一週間、ツバキ文具店は夏休みだ。

夏休みの最終日、鎌倉駅から横須賀線に乗り、東京駅を目指す。家にいても無駄に時間が過ぎるだけなので、東京まで切手狩りに行くことにしたのだ。鎌倉は小さいながらも基本的な買い物などには困らないので、久しぶりの東京詣でである。

元夫から依頼された離婚のお知らせは、無事、皆さんの元に届いたそうだ。離婚の直接の原因に関してあからさまな表現は書かなかったものの、大方察しがつくらしい。

疎遠になってしまっていた人までから励ましの連絡をもらったと、元夫が以前よりも明るい声で教えてくれた。周囲の人にきちんと報告することで新しい一歩が踏み出せたのなら、元夫にとっても、そして元妻にとっても、意味のある手紙だったのかもしれない。

けれど、切手に関しては万全を尽くしたとは言い難かった。もっと他に相応《ふさわ》しい絵柄の切手があったのではないかと、手紙を投函した後もだらだらと考えてしまう。こういう後悔を繰り返さないためにも、手元にある切手の種類をもっと充実させておきたい。

今回、離婚のお知らせを手紙にするという大きな仕事を成し遂げたことで、なんとなく私の中に、代書屋としての自負のようなものが芽生え始めていた。

一時は先代に反抗し、代書屋としての運命を呪《のろ》ったりしたけれど、結局私に身についているのはそれだけなのだ。高校卒業後に専門学校に入ってデザインの勉強をしたのも大きかった。先代が亡くなって、すべてが嫌になり海外へ逃げていた間も、私を救ってくれたのは、字書きとしての才能だった。

お金に困りそうになると、私はよく、漢字や日本語に憧れを抱く異国の人たちに、日本語の文字を書いてあげた。折しも、東洋文化がブームだった。外国の若者が漢字の書かれたTシャツを自慢げに着ていたり、肌に直接漢字のタトゥーを入れたりする行為が流行《はや》っていた。けれど、それらの大半は間違っているか、一応合っていても微妙に笑いを誘うものばかりだった。

たとえば、「侍」と書こうとした漢字が「待」になっていたり、そんなことが日常茶飯事なのだ。中には、おそらく「自由」という言葉を日本語で表現したかったのだろうけど、お年頃の女の子が胸に「無料」と書いたTシャツを着て、平然と歩いていたりする。正しい使い方の方が少ないいくらいだった。

そんな人たちに、筆ペンで日本語や漢字を書いてあげると喜ばれた。芸は身を助けてくれるというのを、私は自分の人生で実感した。この時初めて、私は先代に感謝したのだ。その時はもう、ありがとうを伝えることはできなかったけれど。

そして私はスシ子おばさんが亡くなったのを機に、鎌倉に戻ってツバキ文具店を継いだのである。海外生活を送るうち、少しずつ、代書屋になる覚悟のようなものが積み重なり、固まっていたのかもしれない。

東京でたんまり切手を買い込み、夕方、ほくほくした気分で鎌倉に戻ったら、東口の改札を出たところで呼び止められた。東口は、賑やかな方の改札である。

「ポッポちゃん！」

一瞬、自分の恥ずかしい過去を知る人に見つかってしまったかと身構えたものの、声の表情でなんとなく察しがつく。案の定、振り向くとバーバラ婦人が人垣の向こうから懸命に手を振っている。

人の波をかきわけ、やっとの思いでバーバラ婦人の前まで辿《たど》り着いた。どうやら、バーバラ婦人は美容室に行ってきたらしい。肩まである婦人の髪の毛に、きっちりとパーマがかけられている。

「お似合いですね」

私が褒めると、

「ありがとう！　それよりポッポちゃんは、どこかにお出かけだったの？」

弾んだ声で話しかけてくる。

「そうなんです、切手を買いに東京まで行ってきました」

「お夕飯はまだ？」

私がこれからだと答えると、

「だったら、海に行って一緒に食べない？」

バーバラ婦人が、百ワットの明るさの声を出す。

お盆休みの間はずっとひとりで食べていたので、今日くらいは私も誰かと食事がしたかった。誰かといっても、一緒に食事ができるような相手はバーバラ婦人しかいないのだけど。

さっそく、バーバラ婦人と海を目指して若宮大路《わかみやおおじ》をまっすぐ歩いた。とびきりの夕陽が、目に痛いくらいにまぶしい。

途中、レンバイの中にあるパン屋さんに寄って、できたての餡《あん》パンをふたつ買う。レンバイの正式名称は、鎌倉市農協連即売所で、お正月の四日間以外、ほぼ年中無休で朝八時から、鎌倉近郊の農家で採れた野菜を売る市場が開かれている。その一角にパラダイスアレイという小さなパン屋さんがあり、そこの餡パンが絶品なのだ。

丸いパンの表面に白い粉でスマイルマークが描いてあるのが、いつ見てもかわいらしい。まだできたてらしく、ホカホカしている。

海まで行くと、海岸沿いに、いくつもいくつも、海の家が続いている。

浜に下りる階段の途中でパンプスを脱ぎ、久しぶりに裸足《はだし》になった。バーバラ婦人の足の爪には、きれいに白のペディキュアが塗られている。コンクリートの階段を下り、砂浜に足を着けた瞬間、足の甲がひんやりとした砂の感触に抱きしめられた。

「砂の中を裸足で歩くのって、わたし、だーい好き」

バーバラ婦人が、五歳の女の子のようにはしゃいでいる。

「気持ちいいですよね」

私も、バーバラ婦人の背中を追いかけた。さらさらとした砂が足を包んでは離れるたび、なんだか妖精たちに足の裏をくすぐられているようだった。

バーバラ婦人の一押しだというタイ屋台は、ひときわ客であふれている。海の見えるテラス席に場所を確保し、いくつかあるタイ料理の店から好きなものを各自オーダーした。

私は揚げ春巻きと空芯菜《くうしんさい》の炒め物を、バーバラ婦人はパッタイと呼ばれるタイ風焼きそばを選んだので、ふたりで仲良く分け合った。

気がつくと、もう太陽が沈んでいる。目の前に、堂々と夜が姿を現す。生まれたばかりの夜という生き物に餌《えさ》をあげるみたいに、浜辺では子どもたちが花火に火をつけ遊んでいる。波は、夜に子守唄を口ずさむような優しさで、ゆっくりゆっくり体をさするように浜辺を撫《な》でる。一匹の犬が、沖を目指して泳いでいく。

ぼーっとして夜の海を眺めていたらしい。

「ポッポちゃん」

耳元で、バーバラ婦人に声をかけられた。

「たそがれるのもいいけど、お料理、冷めちゃうわよ」

鼻を寄せると、バーバラ婦人が、パッタイのおかわりを取り皿に分けてくれる。

バーバラ婦人が、甘酸っぱい、けれども一筋縄ではいかなそうな複雑なアジアの匂いがする。

ちょっと持ちづらいプラスチックの箸で麺をすくうと、ふわりと踊るように湯気が広がる。

カリカリとした食感の揚げピーナツが、いいアクセントになっておいしかった。

バーバラ婦人の口元からも、揚げ春巻きの皮を砕く小気味いい音が響いてくる。畑を手伝ったりしながら世界を放浪するうち、パクチーにもナンプラーにも強くなっていた。

空芯菜の炒め物も、しょっぱすぎなくていい味つけだった。どのお皿もボリュームがあるので、これだけで結構おなかがいっぱいになる。

再び海の方を見ると、星が出ていた。海の上に広がる星座は、なんだかいつもよりのびのびしていて、大きく見える。

夜空の星たちと無言の会話を交わしていたら、

「あー、もう夏が終わっちゃうのね」

心の底から残念そうに、バーバラ婦人が肩を落とした。

今はこんなに賑わっている海も、お盆を過ぎるとどんどん人が減って、九月には海の家も取り壊されてしまう。

「バーバラ婦人は、季節でいうといつが一番好きなんですか？」

夜の海を見たまま、私はたずねた。

「全部に決まってるじゃない」

バーバラ婦人が即答する。

「春は春で桜がきれいだし、夏は海で泳ぐのが気持ちいいでしょ。秋は食べ物がおいしくなるし、冬は静かで星がきれい。私は欲張りだから、決められないの。だから、春、夏、秋、冬、ぜーんぶ好き」

バーバラ婦人らしい答えだった。

「ポッポちゃんは？」

バーバラ婦人からの問いかけに、

「夏、のはずだったんですけどねぇ」

私の方は、歯切れが悪い。

「あら、今年の夏はあんまり楽しくなかったの？」

「いえ、そんなことはなかったんですけど」

笑顔を作りながら答える。

子どもたちの花火も終わり、犬も海から上がっていた。さっきから、急に風も強くなっている。昼間どんなに暑くても、夜の海は肌寒い。カーディガンを出そうとバッグを開けた時、

「向こうのカフェで、あったかいお茶でも飲みましょうよ」

バーバラ婦人が提案した。

向こうというのは、材木座のことだ。夏の間だけ、由比ヶ浜と材木座の間に木製の細い橋ができる。その橋を渡れば、わざわざ一度階段を上がって海岸道路に出なくても、滑川《なめりがわ》の河口を越えてふたつの浜を行ったり来たりすることができる。

裸足のまま橋を渡り、材木座海岸へと移動した。よそから来る人が多いのは由比ヶ浜、地元の人が多いのは材木座である。

さっき海に来た時より、砂がだいぶひんやりする。大音量でかかっているサザンオールスターズの曲を聞きながら、ちびちびとジャスミン茶を飲んだ。気がつかないうちに、だいぶ体が冷えていたらしい。ジャスミン茶の温かさに、体が心底喜んでいる。

お茶を飲んでいたらだんだん眠くなってきたので、長居せずに海を後にした。海はエネルギーが強いから、そこにいるだけで体が重たくなる。

また、今度は八幡様に向かって、駅までの夜道をてくてく歩く。横須賀線が開通する前までは、一の鳥居から段葛《だんかずら》が始まっていたそうだ。

二の鳥居に向かって歩いていたら、ようやく月が顔を出す。バーバラ婦人は、童謡と思われるメロディを気まぐれに口ずさんでいる。

バーバラ婦人は買い物をしてから帰るとのことなので、駅の手前で別れた。まだ八時前だから、ぎりぎり紀ノ国屋に間に合う。私は特に買い物の必要がなかったので、一足お先に鎌倉宮行きのバスに乗り込んだ。さすがにもう、家まで歩く気力は残っていない。

昼間は渋滞してのろのろとしか走れないバスが、スピードを出して若宮大路を走るのが爽快だった。豊島屋さんの入り口に、今日もフラフープみたいな巨大なおはらひさんがかかっている。夜の八幡様は、いつ見ても竜宮城みたいだ。

ライトアップされた八幡様に見惚《みと》れていたら、ふと、餡パンのことを思い出した。せっかくバーバラ婦人と海で食べようと思って買ったのに、結局ふたつとも私のバッグの中にある。お行儀が悪いと知りつつ、こっそり、バスの中で餡パンを齧った。

フランスパンのようなわりと硬めのパン生地の中に、ふんわりあんこが包まれている。餡は私の好きなこし餡で、一緒に甘酸っぱい杏子《あんず》のような果物も混ざっている。

バーバラ婦人の分は、袋に入れて家の玄関のドアノブにさげておこう。明日から、ツバキ文具店が再開する。

家の鍵を開けて中に入ると、どこからか不思議な音がした。

どうやら、留守中に鈴虫が迷い込んだらしい。さっきから、リーンリーンと涼しげな音が響いている。見つけて家の外に出してやろうと思ったけれど、もうしばらく、鈴虫の音色を鑑賞することにした。

なんとなくお酒が飲みたくなり、スシ子おばさんが置いていった梅酒をコップに注《つ》ぐ。食べ物に困らない人生になるように、先代は「カシ子」、その双子の妹は「スシ子」と名付けられた。実際にその願いが叶えられる人生になったのかどうかは、微妙である。お菓子とお寿司に縁のある名前のふたりの姉妹は、今、仲良く同じお墓に入っている。

ふと、お盆だったことに気づいて、仏様に梅酒をお供えした。

スシ子おばさんは時々お酒を嗜《たしな》んだが、先代は下戸《げこ》だった。顔はそっくりなのに、性格はおもしろいほどに違った。誰かに物をいただいた時、本当にすみませんと恐縮して謝るのが先代なら、笑顔でありがとうとお礼を言うのがスシ子おばさんだった。

鈴虫の独唱に合わせるように、鈴《りん》を一回だけ鳴らして合掌する。

鈴虫が、秋を運んで来たらしい。

どこからか、ひんやりとした風が入ってくる。

現代語訳　太平記巻十（抄）

太平記（たいへいき）　南北朝時代の軍記物語。四十巻。小島法師作と伝えられるが未詳。応安年間（一三六八—七五）の成立とされる。鎌倉末期から南北朝中期までの約五十年間の争乱を、華麗な和漢混交文で描く。本書で扱った、巻十は、上野国の新田義貞が一三三三年討幕の旗揚げをし、鎌倉を攻略、北条氏の幕府政権を崩壊させるまでを描いた。本文は、編者による現代語訳。

○鎌倉合戦のこと

新田義貞が幕府軍を相手に勝ち続けているという話を聞いて、関東八か国の武士どもは、雲霞のごとく集まってきた。多摩の関戸に逗留している一日のあいだに、加勢に来た軍勢を調べてみると、六十万七千余騎にまでなった。

そこでこの軍勢を三手に分けて、それぞれに大将を二人つけた。大舘二郎宗氏《むねうじ》を左将軍、江田三郎行義《ゆきよし》を右将軍とした十万余騎は極楽寺の切通しに向かわせ、堀口三郎貞満《さだみつ》を上将軍、大嶋讃岐守守之《もりゆき》を副将軍とした十万余騎は小袋坂に差し向け、そして新田義貞と弟の義助《よしすけ》が、諸将に指示を与えつつ、堀口、山名、岩松、大井田、桃井、里見、鳥山、額田、一井、羽川らの一族たちに前後左右を囲ませて、五十万七千余騎で化粧坂《けわいざか》から鎌倉のうちへ攻め寄せた。

鎌倉の人間は、昨日おとといまで分倍河原や関戸で合戦があり、味方が負けたとは聞いていたが、それでも新田軍を物の数とも思っていなかった。敵の分際は知れたものだと侮り、あわてる様子も見せなかった。ところが、主将だった四郎左近太夫入道は関戸で敗れて前日の夕方には山ノ内に引き返してきたし、後継を守って下河辺に向かっていた金沢武蔵守貞将《さだまさ》は、小山判官秀朝《ひでとも》や千葉介貞胤《さだたね》に負けて小袋坂から鎌倉へ戻ってきたというので、これは思いのほかの一大事だと、みな狼狽しはじめた。

五月十八日の早朝、新田の軍は村岡、藤沢、片瀬、腰越、十間坂など、五十余箇所に火をつけて、三方から押し寄せてきた。

武士は東西に奔走し、貴人も民も山野を逃げ迷った。周の幽王が滅亡した時、唐の宋宗が衰えた時も、まさにこのようであったろうと思い知らされるばかりの浅ましさであった。

義貞の兵が三方より攻めて来たと聞いて、鎌倉側も相模左馬助高成《たかなり》、城《じょうの》式部大輔景氏《かげうじ》、丹波左近太夫将監《しょうげん》時守《ときもり》を大将として、三手に分かれて防戦した。金沢越後左近太夫将監が安房、上総、下野の軍勢三万余騎で化粧坂を固め、大仏《だいぶつ》陸奥守貞直《さだなお》を大将とした甲斐、信濃、伊豆、駿河の五万余騎が極楽寺の切通しを守り、赤橋前相模守守時《もりとき》が大将の武蔵、相模、出羽、奥州の六万余騎は洲崎の敵に立ち向かった。このほか末端の兵士八十余人や、各国の兵十万余騎を、敵の弱そうなところへ配するために、鎌倉の中に残した。

同日の卯の刻に合戦は始まり、終日終夜戦いは続いた。新田軍は多勢であり、あらたな兵を次々に入れ替えて攻めてくる。鎌倉方には防ぐ場所も要害もなく、とにかく前へ出て戦いを支えるしかなかった。三方でとどろく鬨の声、両軍が敵に矢を射立てた際の叫び声は、天を響かし地を動かした。軍勢は鱗のごとくに固まって鶴の翼のごとく開き、前後を攻めて左右を守り、義を重んじて命を軽んじた。勝敗をこの一戦に賭け、剛勇あるか臆病かを末代まで残す合戦である。親は子が討たれても助けず、屍を乗り越えて前の敵に立ち向かい、家来は主が射落とされても起こさず、主の身体を馬から落としてその馬に乗った。

一対一の取っ組み合いになる者たち、互いに刺し違えてともに斃れる者たち。その凄まじいありさまは、万人死して一人残り、百陣破れて一陣になるとも終わることのないいくさにしか見えなかった。

○赤橋相模守自害のこと。本間自害のこと

幕府軍のうち、洲崎で戦っていた赤橋相模守守時の軍勢は強かった。一日一夜のあいだに六十五度も斬り合った。しかし数万騎もあった郎従も、さすがに討たれ落ち失せていき、わずかに三百余騎を残すのみとなった。

守時は侍大将の南条左衛門高直《たかなお》に言った。

「漢と楚の八年にわたる闘いで、漢の高祖はいくさのたびに負けていたが、ひとたび烏江《うごう》の戦いに勝利して、そのまま項羽を滅ぼした。斉と晋との七十度の戦いでは、晋の文公重耳《ぶんこうちょうじ》は勝ったためしはなかったけれど、斉境の戦いに勝って、文公は国を保った。万死のうちに一生を得て、百戦やぶれて一勝を得るのは、いくさのならいというものだ。

今この戦いは敵にいささか勝機があるように見えるが、それで我らの運が今日で果てたとは思えない。しかしこの守時、北条家の安否を見定めるまでもなく、ここで腹を切ろうと思う。

足利高氏は鎌倉を裏切った。高氏の妻は私の妹である。高時殿はじめ北条家の御一同は、きっと私を快くお思いでないだろう。疑心を抱かれるのは勇士の恥である。むかし燕の人、田光《でんこう》先生は、燕丹《えんたん》に『計略を漏らすな』と言われて、事改めてそんな念を押されるのは自分

が秘密を漏らす男と思われたのと同じだと、疑いを晴らすために燕丹の目前で自害した。この戦いは激しく、兵はみな疲れている。ここで敗退して高氏の側に益したと疑われ、なお生き続けることなどできない」

いまだいくさの続く中、守時は甲冑を脱ぎ捨てて腹を十文字に切り、北枕に伏した。

南条はこれを見て、

「大将がご自害あらせられて、士卒が命を惜しむことがありましょうか。お供いたします」

と、続いて腹を切った。同志の侍九十余名も、腹を切って重なり伏した。

こうして十八日の晩に洲崎の守りはまず破れて、義貞軍は山ノ内まで侵攻した。

長年のあいだ大仏奥州貞直に恩を受け、近くで仕えていた、本間山城左衛門という者がいた。このころはいささか咎めを受けて出仕を許されておらず、宿所にとどまっていた。五月十九日の早朝には、極楽寺の切通しが破られて敵が攻め入ったという報が入り、本間山城左衛門は若党、中間百余名とともに、これを最後と極楽寺坂へ向かった。敵の大将大舘次郎宗氏が率いる三万余騎の真ん中へ飛びこみ、勇んだ軍勢を八方へ追い散らし、宗氏と対峙せんと隙を見せずに突進した。三万余騎の兵はあっという間に散らされて、腰越まで退却しなければならなかった。その猛攻はすさまじく、宗氏は退却をやめて闘い、本間の郎党と組み合い、刺し違えて斃れた。本間は喜んで馬より飛びおり、宗氏の首を取って鋒につらぬき、貞直の陣にはせ参じて、陣幕の前にかしこまり、

「多年の奉公、多日の御恩、この一戦にて報いることができました。御不審をこうむったま

ま死んでしまえば、後の世までも妄念が残ったことでございましょう。今より御免をこうむりまして、安堵してお先に冥土へ向かいます」

と言うか言わずのうちに、涙をおさえ、腹掻き切って死んだ。

「『三軍あってもまとまらなければその将を討てる』とは宗氏のことだ。また『徳をもって怨みを報じる』とは、この本間にこそふさわしい。その心に俺は自分を恥じる」

貞直は落ちる涙を袖にかけながら、

「本間の志を無駄にするな」

と、みずから戦場へ飛び出ていった。後に続く兵たちも、涙を流さぬ者はなかった。

○稲村ケ崎、干潟となること

宗氏が本間に討たれた、極楽寺の軍勢は片瀬、腰越まで退いたと聞き、新田義貞は二万余騎を引き連れて、二十一日の夜半に片瀬、腰越に回って極楽寺坂へ向かった。

明けゆく月に敵陣を見ると、北は切通しまで山高く、道は険しい。さらに板戸が作られ楯で垣を構えられ、数万の兵が陣に並んでいた。南は稲村ケ崎の狭い砂浜に、波打ち際まで逆木が立ち、四、五町ほど沖に大きな船が櫓を作り、脇から矢が射られるように構えていた。宗氏が攻めようとしてもかなわず、退却したのも無理はない。

義貞は馬から下りた。兜を脱いで海上をはるばると伏し拝み、龍神に向かって祈りをささげた。

「伝え聞きたてまつります。日本開闢の主神、伊勢天照大神は、本来は大日如来であり、この世には大海原の龍神として現れるとのことです。我らが後醍醐天皇はその子孫であらせられ、今は逆臣のために西海に流浪なされておられます。義貞は臣たる道を尽くすために、武具を取って敵陣に対しております。その志はひとえに王の徳を助けたてまつり、民を安からしめんがためであります。仰ぎ願わくば内海外海の龍神八部、臣の忠義をかんがみて、うしおを万里の外にしりぞけ、道を我らが三軍の陣にお開き下され」

心の底からそう祈念し、みずから佩いていた黄金の太刀を抜いて、海中に投げ入れた。

龍神はそれを納受なされたか、その夜の月の沈むころ、かつて引いたこともない稲村ケ崎の潮が、にわかに二十余町も干上がって、水底の砂があらわになった。船の横腹から矢を向けていた幾千の船も、潮に流されはるかの沖へ漂うばかり。不思議なること無類であった。

義貞は言った。

「刀を神に捧げて水の力を得、よっていくさを勝利した例は、和漢に残っている。これこそ正義が我らの側にあるあかしである。者どもひるむな」

これを合図に江田、大舘、里見、鳥山、田中、羽川、山名、桃井の人々をはじめとして、越後、上野、武蔵、相模の軍勢どもは、六万余騎をひとつにして、稲村ケ崎の遠干潟を真一文字に走り切り、鎌倉の中へ乱れ入った。鎌倉側はこれを見て、背後の敵にかかろうとすれば、前の寄せ手が攻め入ろうとするし、前方の敵を防ごうとすれば、後ろの敵が道をふさぐので、まさに進退きわまり、東西に混乱して、まともに敵に向かっていくさをすることもできなかった。

嶋津四郎という男がいた。力持ちのほまれ高く、器量も体軀も人並み以上の者なので、危急の際に役立つだろうと、執事の長崎入道が特に選んで、元服の際には烏帽子をかぶせたほどだった。あえて防御の軍勢には加わらせず、北条高時の屋敷に置かれていた。

いよいよ稲村ケ崎の浜が破れて、源氏はすでに若宮小路まで攻め入ってきたと知らせが入った。高時は嶋津を呼び寄せて、みずから酌をとって酒をすすめ、三度酌み交わした。それから高時は、厩《うまや》から白浪という、関東に並びなき名馬を出させ、銀に飾られた鞍を置かせて嶋津に与えた。その場にいた誰もがこれを羨んだ。嶋津は門前でこの馬にひらりと乗り、由比ガ浜の浦風に、真紅に輝く鎌倉軍の標をなびかせて、七つ道具を取り付けて、あたりを払って馳せ向かった。あまたの軍勢がこれを見て、

「あれぞ誠に一騎当千のつわものだ。執事殿が特に目をかけ、傍若無人に振る舞っていたのももっともである」

と感嘆した。

義貞の兵たちすらもこれを見て、「なんとあっぱれな敵だろう」と言い交した。栗生、篠塚、畑、矢部、堀口、由良、長浜をはじめとして、腕に自信のある荒武者たちは、われ先にかの武人と勝負をしたいと、馬を進めて近づいた。評判の男たちが、助力をたのまず対決する。「あれを見よ」と騒ぎながら、敵も味方も固唾を飲んで汗を流し、その対決を見守った。

すると嶋津は馬から飛んで降り、兜を脱いで身繕いを始めた。何するつもりだと見ていると、

「降参しますので」

「えっ」

義貞側につくというのだ。貴賤上下の皆々は、たった今まで誉めそやしていたその男を憎みに憎んだ。

これを降伏のはじめとして、北条家に恩義の深い郎従や、先祖の代から奉公していた家人どもが、あるじを捨て、親を捨てて敵に回った。目も当てられぬとはこのことである。源氏と平家が威力を競い、互いに天下を争ったのも、この日までかと思われた。

○鎌倉兵火のこと。長崎父子武勇のこと

義貞軍は由比ガ浜の民家と稲瀬川の東西に火をかけた。折しも浜風の吹きすさぶ頃合いで、車輪のように炎は回り、黒煙の中に飛び散った。十町も二十町も燃え広がったところが二十箇所以上もあった。猛火の下から源氏の兵たちが乱れ入り、混乱した敵どもをここかしこで射殺し斬り殺し、組み合って刺し違えたり、生け捕りにしたりのありさまだった。煙に追われた女子供は、追い立てられて火のなか堀の底へと逃げて倒れるほかはない。それは帝釈天の神殿で修羅の一族が罰せられ、剣のもとに倒れ伏し、地獄の罪人が鬼の槍に貫かれ、煮え

た鉄に落とされる、あの責め苦もかくやと思われる惨状だった。語るに言葉なく、聞いても嗚咽の漏れるばかりだ。

猛煙は四方から吹き、高時の館に迫ってきた。高時は千余騎を引き連れ、葛西が谷に引きこもり、諸大将のつわものたちは、東勝寺に蝟集した。ここは先祖代々の墓所なので、ここで敵を防ぎながら、静かに自害するためであった。

そのうちで長崎三郎左衛門入道思元《しげん》とその子息、勘解由左衛門為基《ためもと》の二人は、極楽寺の切通しで敵を防いでいたが、敵の声はすでに小町まで聞こえて、鎌倉殿の屋敷まで火がかかったと見ると、七千余騎をその場で戦わせたまま、六百騎ばかりを連れて小町口へ向かった。義貞軍はこれを包囲して討とうとかかった。長崎父子は軍勢をぐっと固めて駆け破り、虎退治の兵法で敵を囲んで揉み合った。義貞軍は蜘手になり十文字になって相手を散らしながら、若宮小路へさっと引き、人馬の息を整えた。

そこに天狗堂と扇が谷にいくさが起こったらしく、馬が蹴立てる土煙がおびただしく見えた。長崎父子は左右に分かれて加勢に向かおうとした。

息子の為基は、これが父との別れであろうと、名残惜しげに立ち止まり、父の向かった先を見やった。涙が浮かんで進めない。それを父は見とがめて、馬を止めて言った。

「何を名残を惜しんでいるのだ。一人が死んで一人が生き残るのならば、再び会うことも望めまい。だが俺もお前も今日死ぬのだ。明日は冥土でまた会うのだ。一夜ほどの別れの、何が悲しい」

為基は涙を拳で拭いて、

「では冥土の旅をお急ぎください。死出の山路でお待ちしております」

と敵の中へ突っこんでいく、その心のうちこそあわれであった。

すでに生き残っているのは二十余騎であった。三千余騎の敵に真ん中から飛びこみ、短兵急に攻めていく。為基が佩いていた刀は面影という名のついた、太郎国行が百日のあいだ精進して、百貫の鉄を三尺三寸に打った太刀であった。この切っ先にかかれば、敵は兜の鉢を断ち割られ、胸板を切って落とされる。敵はみなこれに追い立てられて、近づこうともしなかった。

しかし陣の矢襖から放つ遠矢には敵わなかった。為基の馬は七筋の矢に射られた。もはやこれという敵に近づいて戦うことはできない。

為基は由比ガ浜の大鳥居の前で馬をおりた。一人になって太刀を逆さまにつき、仁王立ちになった。義貞軍は遠矢を射るばかりで、寄っていく者はいなかった。為基は敵をだまして手負ったふりをし、膝を折って倒れてみせた。

立子引両《りつごひきりよう》の笠印をつけた武者が五十余騎、互いに身を寄せながら、為基の首を取ってやろうと近寄った。為基はがばりと起きて太刀を取り、

「誰だ昼寝の邪魔をしやがって。この首が欲しければやるぞ」

と、鍔元まで血の垂れた刀を振り回し、雷の落ちるがごとく敵を追った。五十余騎の者どもは慌てて逃げ散る。

「どこまで逃げる気だ。汚いぞ、戻ってこい」

その声が耳元で聞こえるようで、武者たちはふだんあんなに速いと思っていた馬が、その場で足踏みしているような気がして、恐ろしくてしょうがなかった。

たった一人で敵の裏へ回り、取って返してかき乱し、今日を限りと戦って、由比ガ浜の大群を四方へ散らし、敵も味方も驚かした為基が、その後どうなったか。知る人はいない。

○大仏貞直ならびに金沢定将、討ち死にのこと

前日まで二万余騎を率いて極楽寺の切通しを支えていた、大仏陸奥守貞直は、朝の由比ガ浜の合戦で三百余騎まで討たれていた。しかも背後を敵にさえぎられ、進退きわまったところへ、鎌倉殿の館に火がかけられたのを見た。

もはやこれまでと思ったか、暗に貞直に自害をすすめたものか、配下の郎従三十人ほどが、白砂の上に道具を捨てて、いっせいに腹を切った。しかしこれを見た貞直は、

「世にも卑劣な不心得者たちだ。千騎が一騎になっても敵を滅ぼし、名を後代に残すのが、勇士の本懐というものである。さあ最後の一戦を思うさま闘い、つわものの義を示すのだ」

と、残った二百余騎をしたがえ、まず大嶋、里見、額田、桃井たちが、六千騎あまりで控えているところに割って入り、心行くまで戦って、多くの敵を討ち取った。気づいてみると残る自軍はわずか六十騎ほどだった。

貞直はその兵たちを集めて、

「今はもう下々の敵兵と戦うのは無益である」

と、脇屋義助の雲霞のごとき軍勢の真ん中へ突っこんでいき、一人も残らず討ち死にして、屍は戦場の土となった。

金沢武蔵守貞将も、山ノ内の合戦で八百以上の兵を失った。自身も七か所負傷して、北条高時のいる東勝寺に戻った。高時は貞将に感謝して、その場で探題職に据えるという旨の御教書を書き、相模守を命じた。

金沢一家の滅亡が目前に迫っているのは明らかであった。

「これは長年のあいだ求めていた職であり、一族のほまれとするところであります。冥土のみやげともなりましょう」

貞将は御教書を受け取り、戦場へ戻った。

討ち死にしたのち、鎧の引き合わせにあった御教書を見ると、裏に貞将の字で黒々と、

「我が百年の命を棄て、公が一日の恩に報ず」

と書いてあったという。

○信忍《しんにん》自害のこと

普恩寺前相模入道信忍も化粧坂に向かったが、合戦は昼夜休みなく五日続いて、郎従はこ

とごとく討ち死にし、残ったのはわずかに二十余騎となった。切通しも何もみな破れて、谷戸という谷戸に敵が入り乱れ、信忍は残った若党とともに腹を切ったが、そのとき息子の越後守仲時《なかとき》が六波羅探題滅亡のおりに、江州の番場で切腹したと告げられた。信忍はその有様を思い浮かべ、哀れに思ったのであろう、御堂の柱に血で一首を書きつけた。

待てしばし死出の山辺の旅の道同じく越えて浮世語らん

歌の道に通じていた信忍は、最後の時にも忘れることなく、心の愁いを詠んで世に残したのである。まこと風雅の人であると、誰もが感涙にたえなかった。

○塩田父子自害のこと

奇態な出来事もあった。塩田陸奥入道道祐《どうゆう》の子息、民部大輔俊時《としとき》が、父に自害を勧めるため、みずから腹を切って目の前に倒れたのを見て、父の道祐は、すぐ後を追うその前に、心を乱し涙も拭かず、息子の菩提を弔わんと、俊時の死骸に向かって、つねづね誦んでいた経文の紐を解き、要所要所を取り上げて、静かに読経を始めた。生き残った郎党たちは、あるじとともに自害しようと、二百人ほど居並んでいた。道祐は

彼らを三方に分けて、

「この読経が終わるまで敵をふさぐのだ」

と命じた。

その中に狩野五郎重光《しげみつ》という男だけには、年来召し使っていた者なので、

「わしが腹を切ったのち、お前は館に火をつけて、敵に我が首をとらさぬようにしろ」

と言い含め、一人でその場に留め置いた。

法華経が第五巻の提婆品をすぎた時、狩野五郎は館から走り出て四方を見るふりをしながら、

「防戦につとめていた者どもはみな討たれてしまいました。敵が攻めてまいります。お早く御自害なされませ」

と急かした。道祐は、

「さらば」

と経文を左手に握り、右手で刀を抜いて腹を十文字に切った。父子は並んで伏し倒れた。

重光は特に恩顧をこうむった男だった。遺言もあることだし、当然すぐに腹を切るだろうと思いのほか、なんとあるじ二人の鎧や太刀や刀を剝ぎ取り、家の中にある財宝を手下の者に持たせて、円覚寺の蔵主寮に隠れたのである。金目のものがこれだけあれば一生不足はないだろうとでも思ったのだろう。

天罰はてきめんであった。舟田入道がこれを聞いて押し寄せ、問答無用に重光を召し取っ

て、刎ね飛ばした首を由比ガ浜にかけた。

それはそうなるだろうと、重光を憎まぬ者はいなかった。

○鹽飽《しあく》入道自害のこと

鹽飽入道は長男の三郎左衛門忠頼《ただより》を呼んだ。

「鎌倉の攻め口はことごとく敗れたようだ。御一門たちも次々に御自害なさったと聞く。私も高時殿に先んじて、忠義を示そうと思う。

しかしお前はいまだ私に養われている身の上で、鎌倉殿から御恩を受けているわけではない。私と共に命を捨てなくても、人は恩知らずとも思わぬだろう。だからどこかに身を隠し、出家でもして、私の後生を弔い、おだやかに生涯を送るがよい」

涙を流す父を前に、三郎左衛門も涙を浮かべ、しばしものも言えなかった。が、やがて、

「仰せの言葉とも思えません。たしかにこの忠頼は、じかに御恩はこうむりませんが、こうして今まで生きながらえてきたことが、そのまま武恩でございます。確かにわたくしは幼少より仏門にありますから、恩を棄てて出家することもできましょう。

しかしいやしくも弓矢の家に生まれ、一族に名を連ねておりながら、武運が傾いたからといって難を逃れるために仏の道に引きこもり、世の人に後ろ指を指されては、これ以上の恥辱はありません。御切腹なされるのであれば、冥土の道しるべをいたしましょう」

と言い終わらぬうちに、袖の下から刀を抜き、ひそかに腹に突き立てて、平伏するように死んでしまった。

その弟の鹽飽四郎はこれを見て、続いて腹を切ろうとした。父の入道はこれをいさめて、「私を待て。子は父より先に死んではならん」と言った。

鹽飽四郎は抜いた刀を収めて、父の前にかしこまった。

入道はそれを見て満足そうに笑い、中門に法会の椅子を置かせて、その上に安坐して、硯を持たせて筆を染め、辞世の詩を書いた。

五蘊、有に非ず　（心身は存在せず）
四大本より空なり　（世界は虚空である）
大火聚裏　（火焔の中に）
一道の清風　（涼やかな風がかよう）

入道は叉手《しやす》のかたちを組んで首を伸ばし、

「討て」

と命じた。

四郎はもろ肌を脱いで父の首を落とした。そのまま太刀を取り直し、おのれの腹に鍔元までつらぬき、うつぶせに倒れた。

三人の郎党は走り寄って、四郎の背から突き出た太刀でみずからをつらぬき、串に刺した魚肉のように連なって倒れた。

○安東入道自害のこと

安東左衛門入道聖秀《せいしゅう》というのは、新田義貞の妻の伯父であった。姪である女房は義貞の書状に自分の文を添えて、ひそかに聖秀のもとへ届けさせた。

聖秀ははじめ三千余騎で稲瀬川へ向かったが、世良田《せらだ》太郎が稲村ケ崎から後方に回った軍勢に破られて退却したうえ、由良、長濱の軍勢に包囲されて百騎ほどになり、自身もあちこちに傷を受けた。館に戻ってみると、そこは昼前に全焼しており、妻子も親族もどこへ落ちたか、行方知れずになっていた。事情を尋ねようにも、誰もいなかった。

しかも鎌倉殿の屋敷も焼けて、北条高時は東勝寺へ逃げ落ちたという。

「では御屋敷を守った大将たちはどのようにして腹を切ったのか」と尋ねると、

「自害なされた方は一人もおられませんでした」という。これを聞いた聖秀は、

「なんたることだ。日本国のあるじと言うべき鎌倉殿ほどのお方が、長年お住まいになったところを敵に蹄で荒らされたなら、千人も二千人も討ち死にしてしかるべきだ。後の世の者に軽蔑されるのは恥辱である。

皆の者、いずれ死ぬ命であるからは、御屋形の焼け跡にて心静かに自害して、鎌倉殿のは

ずかしめを雪《そそ》ぐのだ」

と、残った郎党百騎あまりを従えて、小町口まで向かって行った。

いつもの出仕と変わりなく、塔の辻で馬より下り、その焼け跡を見渡した。今朝まで大らかな垣に囲まれた見事な構えを誇っていた屋敷が、今は灰塵を残すばかり。昨日まで遊びたわむれていた親戚や友人たちは、ほとんどが戦場に斃れて、盛者必衰の屍だけが残っていた。

新田義貞の妻から書状が届いたのはその時である。何事かと開いてみると、

「鎌倉のありさまは聞き及んでおります。こちらへお逃げください。わたくしが身をもって申し開きをいたします」うんぬんと書かれてあった。

聖秀は顔色を変えた。

「梅檀の林にいる者は、衣を染めずともおのずから香ばしいという。武士の女房たる者、勇ましき心を持ってこそ、家を継ぎ子孫の名を高からしめるのだ。

むかし漢の高祖と楚の項羽が戦った時、王陵という者が城の中に籠っていたのを、楚は攻め落とすことができなかった。すると楚の兵が計略を立て、『王陵は母への孝心ひとかたでない。だから王陵の母親を捕えて盾の表に立たせながら城を攻めれば、王陵は矢を射られずに降伏するだろう』と、ひそかにかの母親を捕えた。

その母親は思った。王陵の私に尽くす心は何者にも引けを取らない。もし私が盾の表に縛られているのを見れば、王陵は悲しみのあまり城を落とされるだろう、それくらいなら老い先短い命を子孫のために捨てようと、みずから剣を突いて死に、それがために王陵は名を上

げたのだ。

私は今まで北条の恩に浴して、人に知られるほどにまでなった。今この事態に降伏などしては、人に恥知らずと思われる。義貞が勇士の義を知る者であれば、妻の『申し開き』などに耳を貸すわけがない。またたとえ義貞がこちらの態度を試しているのなら、実家に誇りのある妻なら、夫が探りを入れるのを止めるだろう。いずれにしても情けない。こんな夫婦は子孫が思いやられる」

と、怨みまた腹を立て、書状の密使が見る前で、文を刀に持ち替えて、腹搔き切って見せたのだった。

○亀寿《かめじゅ》殿、信濃へ落とさしむること。左近の大夫偽って奥州へ落つること

北条高時の弟、四郎左近太夫入道に仕えていた諏訪左馬之助入道の息子、諏訪三郎盛高《もりたか》は、数度の戦いで郎党をみな失い、わずかに主従二騎になって四郎の宿所に来て言った。

「鎌倉の合戦は、もはやこれまでと存じます。最後のお供をするために参りました。どうか、お早く」

すると四郎は人払いをして、盛高にそっとこう言った。

「このいくさはもう駄目だ。我が一族は滅びるほかはない。しかしこれは、高時殿の人望なく、神慮にそむくお振る舞いのゆえであろう。だがたとえ天が奢りをにくみ天罰を加えよう

とも、この先の数代が善を積んで徳を重ねれば、絶えた我が子孫を継ぎ、廃れた家系を興す者がきっと現れる。

私には考えがある。思慮なく自害するべきではない。ここを耐えれば恥をぬぐう反撃の機会もあるはずだ。よくよく考えよ。どこかに隠れ忍ぶか、あるいは降伏して命を継ぎ、我が甥の亀寿を隠し、時機を見て再び軍勢を率いて志をとげるのだ。兄の万寿《まんじゅ》は五大院の宗繁《むねしげ》に託したから、私は安堵している」

盛高は涙を抑えて言った。

「今までわたくしはこの身を御一門のために捧げてまいりましたから、命を惜しいとは思いません。殿の御前で腹を切り、ふた心ないことをご覧に入れるためにこそ、こうして参上したのです。さりながら、『死を一時に定むるはやすく、深慮を万代に残すは難し』と言いますから、ともかくも仰せの通りにいたしましょう」

盛高は四郎の前を辞去して、高時の妾である二位殿の御局がいる扇が谷に向かった。

御局はじめ女房たちは、ほっとした様子だった。

「いったい世の中はどうなってしまったのでしょう。私たちは女ですから、隠れることもできましょうけれど、この亀寿をどういたせばと案じます。兄の万寿は五大院宗繁殿が隠し場所のあるとのことで、今朝がたどこぞへ連れて行きましたからいいのですが、この亀寿のことが心配で、私も死ぬに死に切れませんでした」

二位殿はそう言って涙ぐんだ。

盛高は考えた。ありのままに語って二位殿の心を安心させられればとも思うが、この人の口からのちに計画が漏れるかもしれない。そこで盛高は涙のうちに、

「ありさまは、もはやこれまでとお覚悟ください。御一族はおおむね御自害なされました。高時様がいまだ小町においでなさるばかりです。若君をひと目ご覧になって、お腹を召されると仰せですから、お迎えに上がったのです」と言った。

御局の顔色はみるみると萎れていった。

「万寿を宗繁に預けて安堵していたのです。この子も隠しておくれ」

そう言い終わらぬうちに涙が溢れた。

盛高も木石ではない。心の中は悲しんでいたが、あえてこう言った。

「万寿様は宗繁がお連れしたところを敵に見つけられ、追いかけられて小町口に攻め込まれて、刺し殺されました。宗繁も腹を切って火の中に身を投じたのです。亀寿様も今日がこの世の御なごりです。これが別れとお思いください。隠れることなどとうていできない、狩場の雉も同然です。敵に見つかり幼き屍となって、御一家の名を失われるほど口惜しいことはありません。それよりは高時様の手にかかり、冥土にお供なされる方が、今生来世の忠孝となりましょう。お早くこちらへお渡しください」

これには御局ばかりか女房たちも、

「あんまりなことを申されます。敵の手にかかるのであればともかく、お二人を腕の中で育てた人々の手で殺されるとは、むごすぎるではありませんか。それならまず私たちを殺して

から、いかようにもなされませ」

と若君を取り囲むようにして泣き叫んだ。

　盛高も目頭が熱くなり、心が消えていくようだった。けれどもここは振り切らなければと思って、声を荒げ顔色を変えて、御局を睨みつけた。

「武士の家に生まれたからには、襁褓《むつき》のころよりこの日が来るのは御覚悟なされているはずです。大殿はお待ちになっておられる。早くこちらへお渡しなさり、高時様のお供をおさせくだされ」

　そう言うが早いか盛高は走りかかり、亀寿を奪い取って鎧の上から抱きかかえ、門の外に走り出た。

　女たちがいっせいに嗚咽を漏らす、玉のような声が外まで聞こえた。耳の奥から離れないその声に盛高も涙を抑えきれず、つい振り返って見ると、おさいという乳母がかち裸足で走り出て、四、五町ほども泣いては転び、転んではまた起きて後をついてくるのだった。行き先を知られてはならぬと心を強く持ち、盛高は馬に鞭打って振り返らなかった。

「こんなことになるのなら、誰を育て、誰をたのみにすればいいのかッ」

　おさいは叫び、近くの古井戸に身を投げた。

　盛高はこの若君を連れて信濃に落ちのび、諏訪の神職のもとで育てた。

　建武元年春の頃、しばらくのあいだ関東を攻略して大軍を蹶起させ、中先代の乱で大将だった相模二郎というのは、この若君亀寿のことである。

一方、四郎左近太夫入道は、信頼できる侍たちを集めてこう言った。

「私は考えるところあって、奥州へ落ち、再び天下を取る計略を立てるつもりだ。南部太郎、伊達六郎の二人は、私と共に案内をしろ。ほかの者は自害して屋敷に火をかけ、私が腹を切って焼け死んだと敵に見せかけるのだ」

二十人ばかりの侍たちは議することなく、

「仰せのままにいたします」と言った。

伊達と南部の二人は人夫の姿に身をやつし、雑役兵に甲冑を着せて馬に乗せ、新田の笠印を付けさせた。四郎は板敷の輿に乗せ、血のついた帷子をかぶせて、あたかも負傷した源氏の兵士を故郷に帰すかに装って、武蔵まで逃げた。

鎌倉に残った侍たちは、門の外に並んで、

「殿は御自害召されたぞ。志ある者はみなお供せい」

と叫び、館に火をつけた。

たちまち煙となる中に、二十余人は居並んで、いっせいに腹を切った。これを見た庭や門外のつわもの三百名あまりも、めいめいに我おとらじと腹を切り、猛火の中へ飛びこんで、屍を残さず焼け死んだ。彼らは四郎が落ち延びたことを知らず、本当に腹を切ったと思って後を追ったのである。

のち、西園寺の家に仕えて、建武のころに京都で大将となり、時興《ときおき》と名乗ったのは、この四郎である。

○長崎高重《たかしげ》最期の合戦のこと

長崎二郎高重は、武蔵野の合戦からこんにちに至るまで、夜昼八十以上の戦闘で、毎度先陣を仕掛けていた。数え切れぬほど囲みを破って自分から突っ込んでいき、ために配下の者は次第にうち滅ぼされて、今ではわずか百五十騎になっていた。五月二十二日には、早くも鎌倉じゅうの谷戸という谷戸が攻め入られ、北条側の諸大将は、おおむね討たれたと聞き、誰が陣を構えているとも知らず、ただ敵が近づいてきたところへ駆けていき、四方が固められたところを破いていった。馬がつかれれば乗り換え、太刀が折れれば佩き替えて、切って落とした敵は三十二人、敵陣を破ること八か所に及んだ。

こうして北条高時のいる葛西が谷へ帰り、中門にかしこまって涙を流して言った。

「この高重は代々鎌倉殿に御奉公して、朝夕御尊顔を拝してまいりましたが、今生においては今日が限りでございます。高重一人が数か所の敵を散らし、戦うたびに勝ちを得たといっても、あちこちの切通しはみな攻め破られて、敵兵は鎌倉に満ち溢れております。いくら勇んでも思うようにはなりませぬ。今はただ、敵の手にかかりませぬよう、御心をお定めくださりませ。

ただし高重は戻ってまいります。それまでは御自害召されるな。お上のお命あるうちに、いま一度こころよく敵の中へ突っこみ、思い切り合戦して、冥土のお供に物語らせていただきます」

　そして高重は東勝寺を飛び出していった。

　高時はその後ろ姿をはるかに見送りながら、これが最後であろうと名残惜しげに、涙を浮かべて立ちつくした。

　高重は鎧を脱ぎ捨て、月と日の形を染めた帷子、精好織《せいごうおり》の大口袴に赤糸の腹巻を着て、小手はつけず、兎鶏《とけい》という名の坂東一の名馬に金貝細工の鞍と小さな総《ふさ》の鞦《しりがい》をつけて跨った。これが最期と思い定め、まず材木座にある崇寿寺の長老、南山和尚のもとへ向かった。長老は慇懃に出迎えた。いくさが迫って軍装の高重は、庭に立ったまま挨拶し、長老に問うた。

「勇士はいかにあるべきでしょうか」

　和尚は答えた。

「剣を振り回して前進するのだ」

　高重はこの一句を聞いて深々と一礼し、門前で馬に跨り百五十騎のつわものをしたがえ、笠印をかなぐり捨ててゆっくり馬を敵陣に進ませた。一途に義貞に迫り、一騎打ちにて勝負を決める志であった。

　高重たちは旗もささず、刀を鞘から抜いている者もいなかった。源氏の兵たちは彼らを敵だと気づかなかったのだろう、おめおめと陣を開いて通してしまった。高重は義貞まであと半町と迫った。あとすこしという所で、しかし源氏の武運は強かったのだろう、義貞の真ん前に控えていた由良新左衛門がこれを見て、

「あの旗もなく近寄ってくるのは長崎二郎だぞ。敵の勇士がここまで来たのは思惑あってのことだ。者ども油断するな」

と大音声で叫んだ。

先陣の武蔵七党三千余騎が、東西から高重軍を取り囲んで中央に封じ込めた。

高重は仕損じたと思いながらも、百五十騎をひと所へ集め、一斉に鬨の声をあげ、三千余騎の者どもを駆け抜け駆け入り交じり合い、かしこに現われここに隠れ、火花を散らして闘った。集まっては離れ瞬時に飛び回って前にいたかと思えばまたたく間に後ろに移り味方と思えば敵という十方分身、どの相手にもその勢いであったので、義貞側は高重の居場所を定められず、同士討ちも少なくなかった。

長浜六郎はこれを見て、

「同士討ちとは情けない。笠印を付けていないのが敵だ。判らなければ印のない者にかかれ」

と命じた。

甲斐、信濃、武蔵、相模の兵どもは、高重軍と対峙して、首を取る者取られる者、灰塵は天を曇らせ、血と汗は地を粘らせた。項羽が漢の三将と戦い、魯陽《ろよう》が沈む夕日を天に戻したという戦闘も、これほどではあるまいと思われた。

それでも長崎二郎はいまだ討たれず、残った主従はわずか八騎、それでも義貞と対決すべく近づく敵を討ち払い、刺し違えすらしても義貞兄弟をめざして駆け回った。

武蔵国の横山太郎重真《しげざね》が、敵味方を押しのけて長崎二郎に馬を寄せて迫ってきた。長崎はふさわしき敵ならば、とこれを見たが、自分に見合うとは思えない。重真を左手で摑み、兜の鉢を菱縫の板まで引き裂いたので、重真は真っ二つになって死んでしまった。馬も地面に尻をつき、膝を折って倒れ伏した。

同郷の庄三郎為久《ためひさ》がこれを見て、大した敵だとあとに続いた。両手を広げてかかってくるのを見て、長崎はからからと大笑し、

「小者とやりあうつもりなら、横山とて相手にしてやったろう。物の数にもならぬ相手をどう殺すか、お前に教えてやる」

と、為久の鎧の上巻《あげまき》を摑んで持ち上げ、弓五杖分ばかりも遠くへ放り投げた。落ちてきた為久に当たった武者二人も馬から落ち、血を吐いて死んだ。

すでに顔を知られた高重は馬を止め、大音声で名乗りを上げた。

「我こそは桓武天皇第五の皇子、葛原《かつらはらの》親王三大の孫、平の将軍貞盛より十三代目、前相模守高時の管領に、長崎入道円喜《えんき》が嫡孫、二郎高重である。武恩を報ずるために討ち死にするぞ。名を上げたければ相手をせい」

高重は鎧の袖を引きちぎり、草摺を切り落とし、太刀すら鞘に納めて、大きく両の手を広げたまま、こちらへ駆け寄りあちらへ駆け寄り、ざんばら髪で迫っていった。その形相に恐れをなし、誰もかかっていこうとしない。

そこへ郎党が来た。

「何をなさっておいでです。お一人で暴れておられるようですが、敵は大勢で谷戸という谷戸に乱れ入り、火をかけ物を奪っております。すぐにお戻りなされて、大殿に御自害をお勧めくださりませ」

それを聞いて高重たち八騎は山ノ内を後にしようとした。と、これを逃亡と思った児玉党の五百騎ほどが、

「卑怯だ。逃げるな」

と罵りながら、馬で追いかけてきた。

「うるさい奴らだ。お前らに何ができる」

高重は相手にしなかったが、敵はしつこく追いかけてくる。主従八騎は振り向いて、馬の轡《くつわ》を引き返した。山ノ内から葛西が谷まで十七度も敵を蹴散らし、五百余騎を追い返すと、落ち着き払って行を進めた。

高重の鎧には二十三筋の矢が突き刺さり、枯れ蓑のように折れ曲がっていた。葛西が谷に戻ると祖父の円喜が、

「遅いではないか。もはやこれまでか」

と問うと、高重はかしこまって、

「義貞に会えば勝負するつもりでしたが、二十たびあまりも突っこんで、ついに近づけませんでした。義貞らしき人すら見つからず、どうでもいい連中を四、五百人ばかり切って捨てました。人を殺すを罪と知らねば、奴らを浜に追い出して、右に左に引き寄せて、輪切り胴

切り真っ二つ、片っ端から斬り捨てましたが、大殿はいかがかと心もとなく、こうして帰ってまいりました」

と、涼しい顔で語るので、最期の近づく人々も、少し心を慰めた。

○高時ならびに一門、東勝寺において自害のこと

高重は館を走り回って、

「早く御自害なされませ。高重お先に参ります。手本をご覧にいれましょう」

と言うが早いか、胴だけ残った鎧を脱ぎ捨て、高時の前にあった盃を持ち、弟の新左衛門に酌を取らせ、三度かたむけて、摂津刑部太夫入道道準《どうじゅん》の前に置き、

「思いの一献お受けください。これが肴でございます」

と左の小脇に刀を突き立て、右脇腹まで掻き切って、はらわたを手繰りだして道準の前に倒れた。

道準は盃を取り、

「あっぱれな肴だ。どんな下戸でもこれを飲まぬ者はあるまい」

とたわむれて、盃に残った半分ばかりを飲みこんで、諏訪入道の前に置き、同じく腹を切って死んだ。

諏訪入道直性《じきしょう》はその盃で静かに三杯飲み、高時の前に置き、

「若者たちは随分と武芸を尽くして振る舞った。年寄りが遅れを取ってどうする。これを送り肴にするとしよう」

と、腹を十文字に切り、その刀を長崎入道円喜《えんき》の前に置いた。

円喜はまだ高時に思うところある様子で、腹を切らずにいた。そこに今年十五歳になる長崎新右衛門が、祖父の前にかしこまって、

「父祖の名を高からしめるのは子孫の孝行です。仏神ともにお許しくださるでしょう」

と、祖父の肘をふた刺しして、その刀でおのれの腹を切り、倒れた祖父に折り重なった。

この若者の振る舞いに圧されて、北条高時も腹を切った。

続いて城《じょうの》入道が腹を切った。これを見て堂上に座を連ねた北条家、また他家の人々は、次々に雪のように白い肌をあらわにし、腹を切る者、みずから首を斬り落とす者、思い思いの最期のさまは、まこと御立派なことであった。

金沢太夫入道崇顕も死んだ。佐介近江前司宗直も死んだ。甘名宇駿河守宗顕も死んだ。その子息駿河左近太夫将監時顕も死んだ。小町中務太輔朝実も死んだ。常葉駿河守範貞も死んだ。名越土佐前司時元も死んだ。摂津刑部大輔入道も死んだ。伊具越前前司宗有も死んだ。城加賀前司師顕も死んだ。秋田城介師時も死んだ。城越前守有時も死んだ。南部右馬頭茂時も死んだ。陸奥右馬助家時も死んだ。相模右馬助高基も死んだ。武蔵左近大夫将監時名も死んだ。陸奥左近将監時英も死んだ。桜田治部太輔貞国も死んだ。江馬遠江守公篤も死んだ。阿曾禅正少弼治時も死んだ。苅田式部大夫篤時も死んだ。遠江兵庫助顕勝も死んだ。備前左

近大夫将監政雄も死んだ。坂上遠江守貞朝も死んだ。陸奥式部太輔高朝も死んだ。城介高量も死んだ。おなじく式部大夫顕高も死んだ。同じく美濃守高茂も死んだ。秋田城介入道延明も死んだ。明石長門介入道忍阿も死んだ。長崎三郎左衛門入道思元も死んだ。隅田次郎左衛門も死んだ。摂津宮内大輔高親も死んだ。同じく左近大夫将監親貞も死んだ。名越の一族三十四人も死んだ。塩田、赤橋、常葉、佐介の人々四十六人も死んだ。

結局、北条についた人々は二百八十三人、われ先にと腹を切って、館に火をつけた。猛煙さかんに立ちのぼり、黒煙は天を濁した。庭や門前にいたつわものたちはこれを見て、腹を切って炎の中に飛びこむ者もあり、親子兄弟で刺し違えて折り重なって死ぬ者もあった。

血は流れて大地に溢れ、満ち満ちて大河のごとくになり、死骸は行路に横たわって荒野のようだった。やがて死骸は灰になったが、のちに調べるとここでの死者は、総計八百七十人あまりであった。そのほか北条家、恩顧の者、僧侶や民、男女を問わず、死んで恩に報いた人、生きて悲しみに沈む者、遠くの国はいざ知らず、鎌倉うちを調べれば、あわせて六千余人にのぼる。

ああこれは何という日であったろう。元弘三年五月二十二日とは、北条九代の繁栄が一時に滅亡して、新田が多年の思いを一朝に開いた日であった。

編者解説

金槐和歌集（源実朝）

鎌倉文士、などという言葉もあり、御成には立派な文学館もあるから、鎌倉は文学の盛んな土地というイメージがある。確かに明治以後の文学には鎌倉に取材し、鎌倉で書かれた作品が多い。

だが鎌倉という土地は文学をはらんでいただろうか。鎌倉時代のことを読むと、開府以来鎌倉は政治経済のみならず、独自の文化を開花させたようなことが書かれている。実際文学史年表を見れば、西行の『山家集』から保元、平治、平家の三大軍記を経て『とはずがたり』『徒然草』に至るまで、日本文学の至宝というべき作品が続いている。

しかし近代以降はともかく、鎌倉時代の代表的文学のうち、鎌倉で生まれ、鎌倉で書かれたものはごく少ない。『海道記』『東関紀行』『十六夜日記』といった紀行文も、鎌倉へ向かうみやこの人の手になるものである。

文学不毛の地とまではいわないが、でもやっぱり不毛というほかない鎌倉にあって、まったく例外的な天才が、源実朝である。頼朝と北条政子のあいだに生まれ（名越のあたりらしい）、鎌倉幕府三代将軍となり、鶴岡八幡宮の大銀杏の陰から出てきた別当公暁に殺されるという、これ以上ないほど生粋の鎌倉人であり、藤原定家から松尾芭蕉を経て斎藤茂吉、吉本隆明にいたるまで、およそ歌を知るほどの人ならば感嘆せざる者なしという、稀有な存在である。

ここには実朝の歌集『金槐和歌集』から、はっきりと鎌倉を詠んだ歌と、鎌倉を思わせる歌を選んだ。編者は歌道にくらく、どれが本歌取りでどれが習作かなど判らない。専門家が見ればつまらぬ選び方をしたと思われるかもしれない。鎌倉を主としたアンソロジーなんだから構うものかと、恥を忍んで選んだ。イメージの鮮烈さと言葉の律動は、どれも古びることを知らない。

勝長寿院と永福寺が詠まれている。どちらも頼朝の建立による寺で、どちらも今は廃寺となっている。

勝長寿院は頼朝が父、源義朝の菩提を弔うために建てたとのことだが、今は雪ノ下に石塔を残すのみである。かつては実朝、それに北条政子の墓もここにあったが、のち寿福寺に移されてこんにちに至るという。

永福寺は一九八〇年代に大掛かりな発掘調査が行われ、池なども復元されてちょっとした公園になっている。建久三年（一一九二）、頼朝が平泉の中尊寺を模して建てた広大な寺である。中尊寺といえば頼朝が攻め潰した奥州藤原氏の寺であって、頼朝はここで義経も殺させている。

すなわち怨霊鎮護のために、自分が抹殺した一族の栄華を象徴する伽藍を模倣して建てられたのが永福寺である。頼朝という人間の、底知れない気持ち悪さとねじれを象徴しているといえるだろう。

鎌倉一見の記（正岡子規）

子規といえば写生文というのが通り相場で、これもいかにも写生文といった小品である。写生文というのは文章で写生することで、虚飾を加えずありのままに書いていくことを指す。つまりはこんにち私たちが作文や手紙で普通に書く文章のことで、子規は日本に「普通の文章」を普及させた、とてつもない偉人の一人なのである。

「鎌倉一見の記」は写生文成立の歴史から見てかなりな初期のものであり、口語（言文一致体）でもなく、写生文というより芭蕉以来の俳文として書かれたのではないかと思う。

東京から電車に乗ってまず藤沢に一泊し、由比ヶ浜に住む「隠士」を訪ねる。この「隠士」とは「日本新聞」社長の陸羯南のことだそうだ。子規は同社に入社して病床から末期に至るまで陸から援助を受けた。

それはともかくここでの子規の鎌倉歩きは理想的である。藤沢でまず一泊、ついで陸羯南の家にもう二泊している。鎌倉観光というと日帰りだったり夜は横浜あたりに宿を取る人が多いようだが、せっかく鎌倉に来たのならこれくらいの余裕は欲しい。今は宿泊施設も増えているようだし（昔は全然なかった）、鎌倉の魅力はなんといっても早朝にある。編者の印象では鎌倉は夜があまりにも早く、八時くらいには東京の夜半過ぎみたいに静まり返ってしまうが、それでもナイトライフが皆無ということはないようだ。

子規は一日目に鶴岡八幡宮に詣でる。これ基本である。何を措いてもまず八幡様に来ましたよと手を合わせる。ただ子規はここで大銀杏を「撫で」ているが、残念ながら今ではそういうことはできない。別当公暁の隠れた大銀杏は二〇一〇年三月に大風を受けて倒壊した。

そこから北鎌倉へ向かって坂を上り、建長寺・円覚寺とめぐる。一日目はこれで充分だ。寺や神社はまず午後四時には閉まってしまうので、残りの時間を食べ歩きに使えばよい。

二日目は星月夜の井を訪れている。こういうところをこそ見に行くのが鎌倉観光だ。僕は小学生の頃夏休みの自由研究で「鎌倉十井」を調べたことがあるので特に嬉しい。中を覗くと昼でも星月が見えたという、そしてさる女があやまって包丁を落としてからは見えなくなったという星月夜の井は、今では改修されて綺麗になっている。ほかにも古伝の残る井戸が、鎌倉にはあちこちにある。

星月夜の井は極楽寺坂の下にあるから、長谷はすぐそばだ。子規はそのまま観音様、大仏様と周り、翌日は雪ノ下に足を延ばして「古跡」を見ている。おそらく永福寺跡だろう。そして最後に西御門の頼朝の墓に詣でている。

あまりにもオーソドックスな、子規の作った言葉を使えば「月並」な散策コースである。しかし明治二十六年に散策コースが定まっていたわけもない。これは子規の創作したコースである。

そう考えると現代日本に「普通の文章」を広めたのに等しい業績を、子規は「普通の鎌倉観光」に残したともいえる……かもしれない。

星あかり（泉鏡花）

鏡花初期の傑作。これはもっと知られていい作品だろう。ごく短い作品だが、言葉の密度が濃く、どこへ連れて行かれるか判らないままに、最後はヘンリー・ジェイムズの怪奇譚を思わせるような幻惑に至る。

妙長寺は材木座にある。水道路という海岸に通じる住宅街の半ばにあって、観光名所でもないし周囲に見るべきものも特にない。鏡花はここに滞在したという。明治のころはなおさら何もない所だったに違いない。

観光客の通り過ぎるこのあたりは、編者にとってもっとも懐かしい場所のひとつである。水道路には婆さんが座っている「さとう」という駄菓子屋もあったし、小学校の同級生もたくさん住んでいた。タクマやムラマツと自転車を飛ばし、磯臭い海岸で当たりくじのついたカレーせんべいや「すいか」（果物ではなく、イカゲソの酢漬け、すなわち「酢烏賊」）を食いながら爆竹を鳴らす。喧嘩したりふざけすぎて塩水だらけ砂だらけになって泣きながら帰るのが妙長寺前の水道路だった。……と、いうようなことは、本作とは何の関係もない。

前述の通り鎌倉の夜は早い。そして夜の鎌倉は暗い。駅前を離れればそこにもここにも闇がある。闇の中から不意に人が歩いてくる。車が通り過ぎる。犬が鳴く。鏡花の不気味な医学生は材木座の海岸に出るけれど、こういうことをしてはいけない。暗さのあまり波打ち際も見分けがつかず危険である。海風に砂が飛び、眼を痛めることもある。それにしばしば、海風の低音に混ざって、何ともつかないおかしな音、あるいは声が聞こえてくることがある。夜の鎌倉でその程度のことは、怪異のうちに入らない。

道（高浜虚子）

「星あかり」の夜に比してこれは朝の鎌倉。地味な写生文だが捨てがたい。江藤淳の『なつかしい本の話』でも、特に一章をもうけて語られている。

大正三年の作品で、鎌倉駅の人々が描かれている。鎌倉の駅舎だけを描いたというのが珍しい。虚子の文章が持つ大らかなユーモアが、些末な出来事の観察から、「道」に老子的な広がりをすら感じさせている。

鎌倉駅は比較的よく知られた駅舎を持つ。とりわけ時計台が印象的である。今の駅舎は一九八四（昭和五十九）年に改修された三代目で、二代目の趣きを踏襲し、時計台もほぼ同じところに、一回り大きなものを据えた。

編者はこの二代目が懐かしい。けれども二代目の駅舎ができたのは大正五年だそうで、だからここで虚子が描いている駅舎はさらにその前、初代の駅舎である。むろん編者はその頃の鎌倉駅を知らない。

にもかかわらずここで描かれている鎌倉駅のありようは、なつかしさに満ちているのである。これはもしかしたら鎌倉に限らない、「昔の駅舎」への郷愁なのかもしれない。

改札口とは別に、人の便利から勝手に（「自然」に）踏み固められてできた道があって、今より低く作られたプラットホームへよじ登るようにして入っていく、昔の駅。安全性の面からは問題であり、無賃乗車を誘発もするそんな電車の乗り方は、当時の基準からいっても野蛮であり、駅員はそんな乗客を怒鳴りつけたし、「柵が結ばれて何度という事なく通行禁止の札が建てられたものである」。それでも改札口に回るのが遠い乗客は、誰かが壊した柵を抜けて駅に入る。切符や定期券を持っているんだからいいだろうという理屈もある。そんな不完全で危険で、人間の身の丈にふさわしい駅舎は、昭和の終わりごろまで日本のあちこちにあった。地方に行けば今もある。

ここにある、改札口から遠い「駅の裏通り」というのは、現在の西口、通称「裏駅」のことである。時計台のある東口が「表駅」で、江ノ電のホームの近い方が「裏駅」というのは鎌倉人の常識で、編者などこの解説を書くまで正式名称を知らなかった。バスのターミナルもあり小町通や段葛にも近い方が表駅と呼ばれるのは無理もなかろうが、その反対側だからといって裏駅というのは考えてみればおかしい。ただ住んでいる時も今も、裏駅という呼び名を蔑称のように感じたことはなかった。稲村ケ崎に住んでいた頃は、江ノ電や横須賀線を使っても、表駅には一度も出なかった日も珍しくなかった。中学校も市役所も図書館も、当時ひとつだけ残っていた映画館「テアトル鎌倉」も裏駅にあった。

銭洗い弁天や寿福寺など、裏駅から行く観光名所もあるにはある。

この夏（宮本百合子）

一九二五年の作品である。この前年に百合子は言語学者、荒木茂と離婚している。宮本顕治と結婚するのは一九三二年のことである。

だからどう考えてもこの「漫筆」（実際そうとでもいうほかない）を書いたのは宮本百合子ではない。中條百合子作とあって然るべきところを宮本としてここに掲載したのは、ひとえに編者のコマーシャリズムによる。底本は『宮本百合子全集』だが、これは百合子没後三十年の一九八一年に出たもので、生前百合子自身が「宮本でよい」と許可したかどうかは調べなかった。まったく姓についてこんな面倒な仕儀になるのは女性の場合が殆どだ。

新しい家を明月谷に見つける話である。東京を出たい理由に両隣の小工場の騒音を挙げているが、もしかしたら離婚と関係があったのかもしれない。文中「フダーヤ」とあるのは、百合子の当時のパートナー、ロシア文学者の湯浅芳子のことだろう。あるいは女性二人の同居について、何か煩わしいことでも言われただろうか。

――というような、編者の下衆の勘繰りを一蹴するように、この文章は明るい。東京の喧騒、そして「現代というものからさえ幾分」遠ざかった鎌倉の山の中で、気兼ねなくパートナーと暮らせる住まいを見つけた喜びが、軽やかにみなぎっている。

明月谷はあじさい寺として知られる明月院のあるあたりで、百合子とフダーヤは大船駅で降りている。北鎌倉駅はまだできていなかった（本格的な開業は一九三〇年）。駅がなかった頃はなおさら森閑としていただろう。

現在このあたりは「天園ハイキングコース」の一方の入り口でもある。百八やぐらや大平山を通って瑞泉寺、あるいは大塔宮へ出る。編者の幼少期最初の記憶は、この大塔宮側のハイキングコースのあたりにあった平屋でのものだ。テッチャンとヨーチャンと幼稚園児三人で山の中で迷子になり、編者一人帰宅して警察の捜索を案内した。ああいうことをしてはいけない。

滑川畔にて（嘉村礒多）

嘉村礒多は三十六になる寸前で夭折した私小説作家である。妻子を棄てて駆け落ち上京、貧に苦しみ倫理に悩み、おのれの罪業を厳しく裁断した作品を短時日のうちに残した作家である。

だがこの作品にそのような悲痛はほとんど見えない。妻と口論したり長谷の大仏に毒づいたりしているが、そんな不機嫌を含めて全体に明るさがある。

大塔宮で護良親王の土牢を見て親王の悲劇に憤激し、かたわらの明治天皇の碑を見て涙し、江の島で蠟燭を買わされて「日本という国に愛想が」尽きたりしているが、そんな感慨も若々しい。風物への反撥や軽蔑も、旅の楽しみのうちである。この日帰りの鎌倉行が、安楽なこと少なかった嘉村の気分を少しでも慰めたのだとしたら、なんとなく編者も嬉しく、救われたような気持になる。

円覚寺、建長寺、八幡様、大塔宮、観音、大仏、江の島とめぐる作中の観光に特筆すべきものはあまりないが、江の島から片瀬へ戻るのに「小舟」を使っているのが、ちょっとうらやましい。江の島を行き来する橋は今や頑丈になってしまって、渡し舟はとうになくなっている。

晩春（小津安二郎・野田高梧）

この映画シナリオは編集部に無理を言って収録させてもらった。「父と娘」という広津和郎の原作があるが、原作ではない（映画のクレジットでも「広津和郎作『父と娘』より」とあるだけ）。内容も離れているし、だいいち広津の小説は舞台が東京だ。

もっとも映画も一から十まで鎌倉というわけではない。むしろよく知られたシーンのいくつかは他の地で撮られている。能楽堂は東京の「染井能楽堂」だし、クライマックスは京都の宿だ。

さらにこの映画では鎌倉—東京の移動が強調されている。映画が始まって間もなく、周吉と紀子が横須賀線で上京するが、この場面は単に移動をあらわす映画表現としては異常に長く丁寧である。シナリオでも数シーンを費やしているし、映画ではもっと凝ったカットを重ねている。

逆にこの場面は、映画だけ見たのではすぐには判らないことも、シナリオには詳述されている。最初は周吉も紀子も車内でつり革を握っていて、次に周吉だけが座席に座っており、やがて紀子が並んで座るが、シナリオを読むと周吉が座ったのは電車が川崎駅をすぎてからであり、紀子が席を得たのは品川からだということが書かれている。

これこそ鎌倉人のリアルというものだ。鎌倉から東京に通勤する者なら、この感覚は身に染みている。今でも大差ないと思うけれど、朝の横須賀線というのは鎌倉に着いたときにはすでに久里浜、横須賀、逗子からの通勤客で混雑しており、混雑は横浜、川崎に到着するまでひどくはなっても空きはしない。横浜、川崎でひと息つけるが、そこから乗ってくる客も少なくない。品川から先は、さすがに降りる客の方が多くなるけれど、そうなったら終点の東京までは十分かそこらしかない。それであんなにニコニコしているんだから紀子は親思いだ。


鎌倉は観光のほかにこれといった独自の産業を持っていない。遠浅の海は大規模な漁業に不向きだし、環境保全の観点から山を削るのにも制限がある。小売りと飲食が主な生活の手段である。文化産業も乏しい。鎌倉文士も画家も音楽家も、東京や横浜に出なければ仕事はない。ただ映画だけが、それも松竹だけが、大船に撮影所を持っていた。今はそれもない。

そういう鎌倉の依存体質が、『晩春』には隠されている。周吉は妻に先立たれ、一人娘に生活を依存している。娘は結婚前の箱入り娘で収入の手段を持たず、父親の世話をすることに自身の存在価値を依存している。同時に父親は東大の経済学教授であり、娘は明るく美しく、円覚寺の茶会に連なる。そのような日常によって依存は隠蔽されており、隠蔽のしわ寄せが紀子の見合いという形で露呈する。

この「依存の露呈による家族の崩壊」というテーマは、続く『麦秋』においてさらに徹底的に描かれるが、これもまた舞台を鎌倉に置いている。小津は鎌倉を依存の象徴として用いているのである。

東京や横浜に依存している周辺の地はほかにもある。しかし依存していながらそれを（「衛星都市」とか「ベッドタウン」というように）露骨に表明せず、あたかも独自性を保持しているかのごとき趣きと奥ゆかしさを誇っている土地は、鎌倉のほかにはない。小津がその脆弱さをどこまで見抜いていたかは知らないが、結果として見抜いたも同然の恐ろしい映画を作ったのである。

無言（川端康成）

数ある川端康成の奇怪な作品のうちでも、ずば抜けて気持ちの悪い作品であり、鎌倉の気持ち悪い側面を描いてこれ以上見事な小説は、ちょっと思い浮かばない。しかもこの気持ち悪さは、鎌倉のそれにとどまらない。

鎌倉はお化けの巣窟である。鎌倉に、まず五年十年と暮らしていれば、よほど健全な生活をしているのでもない限り、どんなものにも出くわさないということはない。いや健全に暮らしていてもあやうい。編者は小学生の頃、夕暮れの山の向こうから轟く、男たちの胴間声をよく聞いた。どこぞの僧らの修行だろうと親は言ったが、あれは決してそんなものではなかった。あっと思って山を見上げると、いつも声はぴたりとやんだのだから。こちらがまた歩き出すと、声もふたたび山から落ちてきたのだから。

「無言」には「手前に火葬場が」あるトンネルが出てくる。これは小坪のトンネルで、お化けトンネルとして広く知られたところである。ただし編者はこれがどのトンネルか知らない。小坪のトンネルというのはふたつか、みっつある。火葬場も、何度か知己の人を見送った場所として思い出深い。

このトンネルは小説の冒頭にまずあらわれ、最後に締めくくりとして重要な役割をになうが、この小説の気持ち悪さはそんな表面的なものにとどまらない。

語り手の「私（三田）」は寝たきりになった老作家、大宮明房を見舞う。明房はトンネルのすぐ近くに住んでいて、娘の富子が世話をしている。明房はひと言も語らず、一文字も書かない。だから「私」も見舞いとはいえ、老人の枕元に坐っている富子と語ることになる。富子は明房の書いた小説の話をする。「母の読める」というその小説は、脳病院に入った青年が、母親に自分の書いた小説を読んでくれと頼むが、原稿用紙には何も書かれていない、母親はその白紙を前に、自分の思い出を語る、という話だった。……いけない。「無言」の梗概をすっかり書きそうになってしまった。

この小説には大宮明房邸の描写がまったくない。それなのに編者はこの陰気な閑居がなつかしい。今は知らないが、かつて鎌倉の大きな家々の中には、こんな暮らし、暮らしとも言えぬような暮らしがあった。縁側の奥や、踏むたびにみしみしと音を立てる階段の先に、不充分な光のさす部屋があって、そこは子供たちの入ってはいけない老人の寝室だったり、死んだ息子が残したままにしてある書斎だったり、誰かがいるらしい扉の閉じた部屋だったりした。大きな家、立派な家、古い家には、きっとそういう部屋があった。同級生の家にそういう部屋があっても、その話はしなかった。編者には今でも、鎌倉の家はそういうものを秘めていると感じている。長谷の消防署の近くに住んでいた川端は、そういう家をよく知っていたに違いない。

ところで「母の読める」という作中で語られる小説は、実在する。『川端康成全作品研究事典』（羽鳥徹哉・原善編、弁誠出版）によると、昭和十四から十五年に雑誌「文芸」に掲載された、未完、未刊行の作品で、全集には収録されているそうだが、編者は確認していない。「癲狂院」に入院している作家志望の男とその母の話らしい。「母の読める、というのでしょう。大宮先生の名作のひとつじゃありませんか。忘れられない作品です。」

川端康成というのは、なんという作家なのだろう。どういう神経の持ち主なのだろう。

薪能（立原正秋）

こういうことを書いては、絶対にいけないのだが、鎌倉という土地は女陰の形をしている。三方を繋みに囲まれ、下方には海が水をたたえ、中央に若宮大路が伸び、その先端に鶴岡八幡宮がある。

ただし繰り返すが、こういうことを書いてはいけない。そういう風に鎌倉を見てはいけない。古式ゆかしいいにしえの都である鎌倉は、品位を重んじる優雅な街であり、下品な連想など頑として撥ねつけなければいけない。女陰は別に、下品な器官ではないけれど。

実際鎌倉には歓楽街もラブホテルもなく、恐らく何らかの規制をしているのだろうが、風俗店なども聞いたことがない。宿場町でなかったためか、行楽客も初めからそういうゲスな期待を持たず、安心して家族を連れてやってくる。鎌倉の人間も、下品な遊びがしたければ横浜や川崎に行く……のだろうと推察する。

では鎌倉は徹頭徹尾、品行方正なる土地なのかというと、そんなことはありえない。女遊び、男遊びを大っぴらに楽しむことがないだけで、そこでは人に言えない隠微な関係が、口に出さない楽しみが、どこかで、なんらかの形で結ばれている。それはもしかしたら「遊び」ではないのかもしれない。しかし遊びでないとは、結局は金銭のやり取りがないということでしかないのかもしれない。秘め事、といえばなんとなく奥ゆかしげだが、性産業の取引などより、よほど猥褻であるとも言えはしないか。成人する前に鎌倉を離れた編者にさえ、そのような「秘め事」の噂は耳に入ってくる。情事がドロドロしているのはどこの土地でも同じだが、鎌倉のそれにはまた独特の味わいがある。

この味わいを創作の大きなテーマとし、ほとんど執着したといえるのが立原正秋である。「薪能」は芥川賞候補にもなった初期の代表作だが、編者はこのアンソロジーのために作品を漁って、鎌倉を舞台にした作品の多さには驚かなかったが、その鎌倉ものがたいてい不倫や愛欲の物語であるのには、興味深甚たるものがあった。美食や出自など、立原はほかにもいろいろと主題を持っていたのに、鎌倉となると男の女性遍歴や女の肉欲が必ずと言っていいほど毎回取り上げられるのは面白い。鎌倉の隠微な側面を知り尽くしていたのだろう。編者は立原の熱心な読者ではなく、この作品も結末に無理があると思うし、誠に失礼な物言いだが、そんなに無理して「文学」にしなくてもいいんじゃないでしょうかと言いたくなることも、まれにある。本当はもっと助平なことを思うさま書きたかったのではないかという気がしてならない。

しかし同時にそこが立原文学の魅力でもある。ずけずけと助平を露呈したり、臆面もなくポルノを書くようなことは決してなく、あくまでも能面や夫婦の不和、稲村ケ崎の谷戸や紹の着物に彩られた、愛の悲劇の必然として、性を描く。その糊塗と抑圧が性にまつわる濃厚な物語を生む。

それは立原正秋の特異な才能の成果でもあり、また鎌倉のしめりけが齎したものでもあるだろう。

日常片々（永井龍男）

編者自身は幼少期の十数年しか鎌倉に暮らさなかったが、母の家は明治大正の頃からあって、編者が暮らしていたのも母方の曾祖父が遺した家だった。今の感じでいえば古い洋館といっていい、古ぼけて大きな二階家だった。曾祖父は高給取りだったそうだから、おそらく別荘だったのだろう。

だから母も祖父母も鎌倉の噂に詳しかった。幼なかった編者にもよく近所の奇談を語った。

ただ、こちらが知りもしない人のことを、知っていて当たり前のように語るから、ほとんどは記憶に残らなかった。今にしてみれば残念である。

このエッセイにはそんな大人たちの、近所の噂話を聞いている趣きがある。昔の鎌倉はこうだった、米兵に殴られた、どこそこで夏蜜柑が生っていた。そんな話。編者の母親は永井龍男の娘さんと親交があったらしい。詳しい話は聞かずじまいになったが、それだけでも編者にはなんとなく親しみが感じられ、今でも永井龍男こそ鎌倉文士の典型という思いがある。作中に鎌倉があらわれる頻度も、随一ではなかろうか。

とりわけ末尾の「遺産の返礼」は、まったく鎌倉の噂話そのものである。高級住宅地である鎌倉には金でこじれた話はいくらでもある。ふだん道で挨拶するぶんには穏やかで優しそうな家族が、内側では絶縁だ裁判だと金の奪い合いをしていると聞くのは、人間勉強として幼な心になかなか強烈だった。

そして、そうだ。今、何度目かこの作品を読み返して、急に思いだした。母も夏蜜柑でマーマレードをよく作っていた。我が家の庭に生る夏蜜柑は不格好で大きく、虫にも喰われて、うまそうではなかった。マーマレードも苦味があった。もう一度パンに塗って食ってみたいと思っても、今となってはかなわない。

『ぼくの鎌倉散歩』より（田村隆一）

ここに至って、編者はこれまで書いてきたことに若干の修正を加えなければならなくなった。

まず「この夏」のところで編者は「あじさい寺として知られる明月院」と書いたが、書きながらちょっと無理をしていた。明月院のあじさいを見たのは一度か二度で、編者は長いこと極楽寺坂の成就院のことを「あじさい寺」だと思っていた。田村隆一がこのエッセイで書いている通りである。

それから「鎌倉一見の記」の解説では、鎌倉に来たら真っ先に八幡様に詣でるのが基本だというようなことを書いたが、これは真っ先でなくてもよい。田村隆一は地に足のついた現代詩人として、「この世で詩を書いて生きて行こうと思ったら、銭洗の弁天さまのお力をかりなければならない」と、文学の真理を語っている。身につまされる金言である。

さらに「薪能」について語りながら編者は、鎌倉に歓楽街はない、などと書いてしまったけれど、田村隆一によると小町通りの路地裏には「戦前の東京の下町をおもわせる飲み屋と現代的なオカマ・バーが共存している」そうだ。この程度をもって歓楽街の呼び名に値するかどうかはつまびらかにしないが、思えば確かにあのへん、なんかある。

以上三点、書き直しはしないが、訂正もしないが、お詫びもしないが、すべて田村隆一のおっしゃる通りといたします。現代のおしゃべりみたいな文体でこれほど見事に鎌倉を活写されたら、ただただ平伏するしかない。気持ちのいい名文である。どうして名文なのか明文化できない不思議な名文である。

余談だが田村隆一はこのアンソロジーの著者たちのうちで、編者が鎌倉で見かけたことのある唯一の人物である。小町通りの鳥居のところで昼日中、千鳥足であった。千鳥足がサマになっている人間など初めて見たので、特に印象に残っている。

橋（黒川創）

東日本大震災に触発されて書かれた連作短編のひとつ。連作は『いつか、この世界で起こっていたこと』（新潮社）として上梓された。編者は二〇一一年以後に雨後の筍のごとく書かれた（書かずにはいられなかった）いわゆる「震災文学」のうちで、歴史的資料としてでなく多少なりとも普遍性を持った文学が、はたしてどれくらいあるだろうと思っているが、この連作は非常に優れたもののひとつだと思う。どの作品も東日本大震災と絶妙な距離を保っている。

この「橋」もそうだ。作家の榎本が大正時代の学者、厨川白村について調べ始めたのは、彼が住んでいる鎌倉――「滑川の源流に近い谷間の家」とあるから、おそらく十二所のあたりだろう――の、関東大震災時の罹災状況について知ろうとしたからである。しかしこれは二〇一〇年のチリ地震の前のことで、3・11が影響しているわけではなかった。

小説内の時空間はそれから三年経っているというから二〇一三年で、震災後である。しかしあの地震についてはさして語られない。白村の最期の足跡をたどりながら材木座海岸に出た作家と編集者が、原発事故について語るだけである。

そのかわり関東大震災が鎌倉にもたらした被害については劇的に描写される。白村が妻といた別荘は乱橋材木座にあったという。「星あかり」の妙長寺と同じあたりだ。材木座は火の海になった。白村と妻の蝶子は、滑川の海岸橋で津波に呑まれる。
大正時代の震災で死んだ白村、その被害を描く蝶子の手記、それをもとに小説を書こうとしている榎本、担当編集者の木村圭子。榎本は離婚し、木村は夫に先立たれている。だからといって、榎本と木村のあいだに何事かが起こるわけでもない。だが起こるんじゃないかと読者が空想するのを、小説は妨げない。「橋」の文章には不思議な色気がある。水かとまごう銘酒を思わせる色気が。現代の小説としてこの作品は構造的に複雑であり、いわゆる「調べて書いた」生真面目さも感じられるが、それらを技巧的に見せないこの文章の色気は、作者の才能であり、鎌倉が孕むあやしさの賜物でもあるだろう。

『ツバキ文具店』より「夏」（小川糸）
文具店を営む代書屋を継いだ、雨宮鳩子と鎌倉の人々を描く。現代の鎌倉を描いて、こんにち最も人気のある連作である。
編者はここまで、鎌倉は気持ち悪いとか猥褻だとか、必ずしも鎌倉礼賛とはいえないことをさんざん書いてきた。偽らざる気持ちであり大きく間違っているとも思わない。しかしここにあらわれる鎌倉には、そんなひねくれた感情を洗い流してくれる爽やかさと穏やかさがある。個性豊かな登場人物は誰もが誠実な人々であり、祖母に厳しく教えられた鳩子の文字と、彼女が人の話にしっかりと耳をかたむけたうえで書く文章は、人々がひっそりと持っている心の傷や陰を救っていく。

「代書屋っていうのは、昔から影武者みたいなもので、決して陽の目は見ない。だけど、誰かの幸せの役に立つ」

「自分で自分の気持ちをすらすら表現できる人間は問題ないけど、そうできない人のために代書をする。その方が、より気持ちが伝わる、ってことだってあるんだから」

と鳩子の祖母は教え諭すが、これはすべての文章、すべての文字にいえることかもしれない。文学には代書の側面があるのであり、作者は祖母の口を借りて文学を語っている。

鎌倉の風物や描写が決して多くないことにも、読み返して驚かされる。八幡様の大祓や材木座海岸は出てくるが、茅の輪くぐりなどは全国どこでも見られるし、海岸も物語的な重要性をそれほど担ってはいない。

にもかかわらずこの小説の全編に漂っている鎌倉の気配はどういうことだろう。祖母にしつけられる文字の書き方を細かく描写した箇所にすら鎌倉がある。浄明寺近くの郵便局や駅前では入手しがたい切手を買うために東京へ出る挿話も(『晩春』の項で書いたように)鎌倉の生活の一部である。余談だが作中ちらりと出てくる「スターバックス御成町店」は、『晩春』のロケーション撮影で使われた家のすぐそばだそうだ。

人とそのささやかな暮らしを描いて、そこにおのずから鎌倉が立ち現れる。ありそうでなかなかない名品である。

現代語訳　太平記巻十（抄）

新田義貞によって鎌倉幕府が滅ぼされた部分を抜粋して、現代語訳を試みた。もとより正確さを目指してはいない。ご寛容を願いたい。

田村隆一も同様のことを書いているが、鎌倉幕府が滅びてのち、鎌倉には「歴史」がない。室町時代にも新幕府に対して鎌倉府なるものが設けられたが、あんなのは後醍醐天皇の公家びいきに憤懣やるかたなかった荒ぶる武士の溜り場みたいなもので、戦争をするための当座の拠点にすぎなかったと編者は勝手に思っている。

ここにあるのはひたすら殺すか殺されるか、さもなくば自害するかの果てしない羅列である。最初のうちは作者も、殺す者の勇ましさや、腹を切る者の立派さ、殺される者の哀れさなどを描いているけれど、やがてその数があまりにも多量になったためだろう、しまいには死んだ者の名前だけを列挙して済ませている。その名前だって大将とか武士のものばかりだ。巻き添えを食って殺され焼かれた農民や漁民、女や子供は相手にもされない。新田義貞の軍勢による殺戮と破壊は、あまりにも徹底している。

そして、どうなったか。書いていない。新田義貞は京に帰って、さらなる政争と殺戮に加担した。義貞ばかりではない。功名を得た武士たちは鎌倉を棄てた。鎌倉には数え切れないほどの死骸と、馬の死骸と、焼け野原だけが残ったのである。墓も立たず、供養もされず、鎌倉のあちこちに放っておかれたのである。

だから昭和の頃まで鎌倉からは骨が出た。自宅を整えようと思って庭をいじると、あっちを掘れば人の骨、こっちを掘れば馬の骨、あんまり果てしないので面倒になって、骨をどんどん川に捨てている人がいた。その人はのちに発狂して死んだという話を、母親から聞かされたことがある。

歴史上、日本にはあちこちに「みやこ」が作られたが、特定の一日をもって刃で線を引かれたようにぶつりと存在をやめてしまったみやこは、鎌倉幕府くらいなものだろう。元弘三（一三三三）年五月二十二日以後、鎌倉は「歴史」から見捨てられ、江戸中期あたりから細々と、明治の鉄道開通からは賑やかに、観光地、避暑地として注目を浴びた。古廟名刹の立ち並ぶ「歴史」を感じさせる場所として、何のことだか知らないが「和」の趣きを味わえる土地として、つまりは芝居の背景幕のような場所として、鎌倉は人気を得た。

そんな、古びていることだけが値打ちの鎌倉、背景幕でできた鎌倉を、僕は愛する。幼年時代の思い出は、あの場所にしかないのだから。

なお、本書編集にあたっては筑摩書房の吉澤麻衣子氏に実務上の負担をかけた。特に記して謝意を表します。

本書は文庫オリジナルです。

また本書には一部、今日の人権意識に照らして不適切と考えられる表現がありますが、執筆当時の状況、著者に差別的意図がないこと、著者が故人であることから判断し、そのままとしています。

内田百閒　ちくま日本文学

花火　山東京伝　件　道連　豹　冥途　大宴会　流渦　蘭陵王入陣曲　山高帽子　長春香　東京日記　サラサーテの盤　特別阿房列車　他　（赤瀬川原平）

芥川龍之介　ちくま日本文学

トロッコ　蜜柑　お時儀　鼻　芋粥　地獄変　藪の中　杜子春　奉教人の死　開化の殺人　魔術　枯野抄　或る阿呆の一生　詩　発句　他　（安野光雅）

宮沢賢治　ちくま日本文学

革トランク　毒もみのすきな署長さん　風の又三郎　注文の多い料理店　猫の事務所　オツベルと象　セロ弾きのゴーシュ　詩　歌曲　他　（井上ひさし）

尾崎翠　ちくま日本文学

こおろぎ嬢　地下室アントンの一夜　歩行　第七官界彷徨　山村氏の鼻　詩人の靴　新嫉妬価値　途上にて　アップルパイの午後　花束　他　（矢川澄子）

幸田文　ちくま日本文学

勲章　姦声　髪　段　雛　笛　鳩　黒い裾　蜜柑の花まで　浅間山からの手紙　結婚雑談　長い時のあと　みそっかす　他　（安野光雅）

寺山修司　ちくま日本文学

誰か故郷を想はざる抄　家出のすすめ抄　毛皮のマリー　サーカス　スポーツ版裏町人生より　おさらばという名の黒馬　田園に死す抄　他　（池内紀）

江戸川乱歩　ちくま日本文学

白昼夢　二銭銅貨　心理試験　屋根裏の散歩者　人間椅子　押絵と旅する男　防空壕　恋と神様　乱歩打明け話　旅順海戦館　幻影の城主　他　（島田雅彦）

太宰治　ちくま日本文学

魚服記　ロマネスク　満願　津軽　抄　女生徒　千代女　新釈諸国噺より　お伽草紙より　トカトントン　桜桃　ヴィヨンの妻　他　（長部日出雄）

坂口安吾　ちくま日本文学

風博士　村のひと騒ぎ　FARCEに就て　風と光と二十の私と　日本文化私観　堕落論　白痴　金銭無情　桜の森の満開の下　他　（鶴見俊輔）

三島由紀夫　ちくま日本文学

海と夕焼　中世　夜の仕度　家族合せ　幸福という病気の療法　真珠　三原色　喜びの琴　私の遍歴時代抄　終末感からの出発　他　（森毅）

泉鏡花　ちくま日本文学
雛がたり　国貞えがく　三尺角　高野聖　山吹　天守物語　縁結び　歌行燈　湯島の境内（紀田順一郎）

中島敦　ちくま日本文学
名人伝　山月記　弟子　李陵　狐憑　木乃伊　文字禍　幸福　夫婦　雞　マリヤン　盈虚　牛人　巡査の居る風景　悟浄出世　悟浄歎異　他（池澤夏樹）

樋口一葉　ちくま日本文学
たけくらべ　にごりえ　大つごもり　十三夜　ゆく雲　わかれ道　われから　雪の日　琴の音　闇桜　うもれ木　あきあわせ　塵の中　他（井上ひさし）

谷崎潤一郎　ちくま日本文学
刺青　秘密　母を恋うる記　友田と松永の話　吉野葛　春琴抄　文章読本抄（杉本秀太郎）

柳田國男　ちくま日本文学
浜の月夜　清光館哀史　遠野物語　山の人生抄　木綿以前の事　涕泣史談　笑の本願　不幸なる芸術　故郷七十年抄　他（南伸坊）

稲垣足穂　ちくま日本文学
一千一秒物語　鶏泥棒　チョコレット　星を売る店　フェヴァリット　死の館にて　横寺日記　雪ヶ谷日記　異物と滑翔　他（佐々木マキ）

森鷗外　ちくま日本文学
大発見　鼠坂　妄想　百物語　かのように　護持院原の敵討　山椒大夫　魚玄機　最後の一句　高瀬舟　寒山拾得　舞姫　他（安野光雅）

澁澤龍彥　ちくま日本文学
空飛ぶ大納言　高丘親王航海記抄　狐媚記　鏡と影について　胡桃の中の世界　愛の植物学　サド侯爵　アンドロギュヌスについて　他（養老孟司）

永井荷風　ちくま日本文学
あめりか物語より　ふらんす物語より　すみだ川　西遊日誌抄　日和下駄　濹東綺譚　花火　断腸亭日乗より（小沢信男）

林芙美子　ちくま日本文学
蒼馬を見たり抄　風琴と魚の町　魚の序文　清貧の書　泣虫小僧　下町　魚介　牡蠣　河沙魚　夜猿（田辺聖子）

志賀直哉　ちくま日本文学
或る朝　速夫の妹　清兵衛と瓢箪　小僧の神様　赤西蠣太　クローディアスの日記　范の犯罪　城の崎にて　網走まで　盲亀浮木　他　（村松友視）

宮本常一　ちくま日本文学
忘れられた日本人より　いそしむ人々より　海をひらいた人びとより　すばらしい食べ方　私のふるさと　御一新のあとさき抄　他　（石牟礼道子）

幸田露伴　ちくま日本文学
太郎坊　貧乏　雁坂越　突貫紀行　観画談　鵞鳥　幻談　雪たたき　蒲生氏郷　野道　望樹記　（松山巌）

開高健　ちくま日本文学
流亡記　二重壁　声だけの人たち　笑われた　ベトナム戦記より　戦場の博物誌　一匹のサケ　河は呼んでいる　他　（大岡玲）

折口信夫　ちくま日本文学
古代感愛集抄　近代悲傷集抄　現代襤褸集抄　死者の書　「古代研究」追い書き　妣が国へ・常世へ　春来る鬼　他　（小松和彦）

川端康成　ちくま日本文学
葬式の名人　掌の小説より（有難う　夏の靴　心中　木の上　雨傘　化粧　貧者の恋人）　山の音　（須賀敦子）

菊池寛　ちくま日本文学
三浦右衛門の最後　忠直卿行状記　藤十郎の恋　入れ札　島原心中　恩讐の彼方に　仇討禁止令　屋上の狂人　父帰る　他　（井上ひさし）

梶井基次郎　ちくま日本文学
檸檬　桜の樹の下には　闇の絵巻　交尾　Kの昇天　ある崖上の感情　城のある町にて　橡の花　ある心の風景　冬の日　蒼穹　他　（群ようこ）

夏目漱石　ちくま日本文学
坊っちゃん　吾輩は猫である　抄　夢十夜　思い出す事など　抄　私の個人主義　（奥本大三郎）

色川武大　ちくま日本文学
ひとり博打　怪しい来客簿より　唄えば天国ジャズソングより　風と灯とけむりたち　善人ハム　男の花道　離婚　喰いたい放題より　他　（和田誠）

夢野久作　ちくま日本文学
いなか、の、じけん抄　瓶詰地獄　押絵の奇蹟　氷の涯　人間腸詰　猟奇歌　謡曲黒白談より　杉山茂丸　（なだいなだ）

岡本綺堂　ちくま日本文学
半七捕物帳より（お文の魂　冬の金魚 他）三浦老人昔話より（桐畑の太夫 他）青蛙堂鬼談より　修禅寺物語　相馬の金さん　（杉浦日向子）

石川啄木　ちくま日本文学
一握の砂　悲しき玩具　呼子と口笛より　我等の一団と彼　林中書　時代閉塞の現状　弓町より　郁雨に与う　日記　手紙　（関川夏央）

寺田寅彦　ちくま日本文学
団栗　糸車　病院の夜明けの物音　自画像　芝刈　電車の混雑について　自然界の縞模様　西鶴と科学　怪異考　俳句の精神　地図を眺めて 他　（藤森照信）

織田作之助　ちくま日本文学
馬地獄　夫婦善哉　勧善懲悪　木の都　蛍　ニコ狆先生　猿飛佐助　アド・バルーン　競馬　世相　可能性の文学　（多田道太郎）

萩原朔太郎　ちくま日本文学
純情小曲集　月に吠える　青猫より　定本青猫より　氷島より　猫町　郷愁の詩人与謝蕪村　日本への回帰　小泉八雲の家庭生活　自転車日記 他　（荒川洋治）

岡本かの子　ちくま日本文学
鯉魚　渾沌未分　金魚撩乱　みちのく　鮨　家霊　老妓抄　河明り　雛妓　太郎への手紙　短歌　（工藤美代子）

金子光晴　ちくま日本文学
詩人　どくろ杯より　マレー蘭印紀行より　日本人の悲劇より　詩（水の流浪　鮫　蛾　洗面器　くらげの唄　二十五歳　落下傘 他）　（茨木のり子）

堀辰雄　ちくま日本文学
鳥料理　ルウベンスの偽画　麦藁帽子　燃ゆる頬　恢復期　風立ちぬ　幼年時代　花を持てる女　姨捨　曠野　樹下　（池内紀）

正岡子規　ちくま日本文学
松蘿玉液抄　墨汁一滴抄　病牀六尺抄　車上所見　死後　歌よみに与うる書　俳句問答　古池の句の弁　短歌　俳句 他　（天野祐吉）

超芸術トマソン　赤瀬川原平

都市にトマソンという幽霊が！　街歩きに新しい楽しみを、表現世界に新しい衝撃を与えた超芸術トマソンの全貌。新発見珍物件増補。（藤森照信）

路上観察学入門　赤瀬川原平／藤森照信／南伸坊編

マンホール、煙突、看板、貼り紙……路上から観察できる森羅万象を対象に、街の隠された表情を読みとる方法を伝授する。（とり・みき）

老人力　赤瀬川原平

20世紀末、日本中を脱力させた名著『老人力』と『老人力②』が、あわせて文庫に！　ぼけ、ヨイヨイ、もうろくに潜むパワーがここに結集する。

あんな作家　こんな作家　どんな作家　阿川佐和子

聞き上手の著者が松本清張、吉行淳之介、田辺聖子、藤沢周平ら57人に取材した。その鮮やかな手口に思わず作家は胸の内を吐露。（清水義範）

泥酔懺悔　朝倉かすみ、中島たい子、瀧波ユカリ、平松洋子、室井滋、中野翠、西加奈子、山崎ナオコーラ、三浦しをん、大道珠貴、角田光代、藤野可織

泥酔せずともお酒を飲めば酔っ払う。お酒の席は飲める人には楽しく、下戸には不可解。お酒を介した様々な光景を女性の書き手が綴ったエッセイ集。

鉄道エッセイコレクション　芦原伸編

本を携えて鉄道旅に出よう！　文豪、車掌、音楽家――生粋の鉄道好き20人が愛を込めて書いた「鉄分100％」のエッセイ／短篇アンソロジー。

消えた国　追われた人々　池内紀

カントが、ホフマンが、コペルニクスが愛した国はなぜ消えたのか？　戦禍によって失われた土地の記憶を追い求める名作紀行待望の文庫化。（川本三郎）

色川武大・阿佐田哲也ベスト・エッセイ　色川武大／阿佐田哲也　大庭萱朗編

二つの名前を持つ作家のベスト。文学論、落語からタモリまでの芸能論、ジャズ、作家たちとの交流も。阿佐田哲也名の博打論も収録。（木村紅美）

井上ひさしベスト・エッセイ　井上ひさし　井上ユリ編

むずかしいことをやさしく……幅広い著作活動を続け、多岐にわたるエッセイを残した「言葉の魔術師」井上ひさしの作品を精選して贈る。（佐藤優）

秘本大岡政談　井上ひさし

こんな大岡様は観たことない。江戸城書物奉行が観た大岡裁きの秘密を描く表題作をはじめ単行本未収録作品5篇に明治物2篇を収録。（山本一力）

ひと・ヒト・人 井上ひさし 井上ユリ編

道元・漱石・賢治・菊池寛・司馬遼太郎・松本清張・渥美清・母……敬し、愛した人々とその作品を描きつくしたベスト・エッセイ集。（野田秀樹）

一本の茎の上に 茨木のり子

「人間の顔は一本の茎の上に咲き出た一瞬の花である」表題作をはじめ、敬愛する山之口貘等について綴った香気漂うエッセイ集。（金裕鴻）

茨木のり子集 言の葉1 茨木のり子

一九五〇〜六〇年代。詩集『対話』『見えない配達夫』『鎮魂歌』、エッセイ「はたちが敗戦」『「櫂」小史』、ラジオドラマ、童話、民話、評伝など。

茨木のり子集 言の葉2 茨木のり子

一九七〇〜八〇年代。詩集『人名詩集』『自分の感受性くらい』『寸志』。エッセイ「最晩年」『山本安英の花』『祝婚歌』『井伏鱒二の詩』『美しい言葉とは』など。

茨木のり子集 言の葉3 茨木のり子

一九九〇年代〜。詩集『食卓に珈琲の匂い流れ』『倚りかからず』未収録作品。エッセイ「女へのまなざし」「尹東柱について」「内海」、訳詩など。（井坂洋子）

日本の地名 おもしろ探訪記 今尾恵介

地図を愛する著者による、珍しい地名、難読地名の見聞録。自分の足で歩いて初めてわかる真実がある。地図・写真多数。（宮田珠己）

日本地図のたのしみ 今尾恵介

地図記号の見方や古地図の味わい等、マニアならではの楽しみ方も、初心者向けにわかりやすく紹介。「机上旅行」を楽しむための地図「鑑賞」入門。

ふらり珍地名の旅 今尾恵介

浮気町、茄子作、雨降り……地図で見つけた珍しい地名の町で、由来や地形をたずね歩く。ほのぼのとユーモアあふれる楽しい紀行エッセイ。（酒井順子）

私の「漱石」と「龍之介」 内田百閒

師・漱石を敬愛してやまない百閒が、おりにふれて綴った師の行動と面影とエピソード。さらに同門の友、芥川との交遊を収める。（武藤康史）

小川洋子と読む 内田百閒アンソロジー 内田百閒 小川洋子編

「旅愁」「冥途」「旅順入城式」「サラサーテの盤」……今も不思議な光を放つ内田百閒の小説・随筆24篇を、百閒をこよなく愛する作家・小川洋子と共に。

ぼくは散歩と雑学がすき 植草甚一

1970年、遠かったアメリカ。その風俗、映画、本、音楽から政治までをフレッシュな感性と膨大な知識、貪欲な好奇心で描き出す代表エッセイ集。

なつかしい本の話 江藤淳

本がなければ、生存を続けていられなかった……。昭和を代表する文芸批評家の若き日の不遇を支え、同時に血肉になったその読書歴。

詩人／人間の悲劇 金子光晴

常識に抗い、人としての生を破天荒に楽しみ尽くした反骨の男――その鮮やかな視界を自ら描きとる随筆と詩、二つの名作を一冊で。（高橋源一郎）

開高健ベスト・エッセイ 開高健 小玉武編

文学から食、ヴェトナム戦争まで――おそるべき博覧強記と行動力。「生きて、書いて、ぶつかった」開高健の広大な世界を凝縮したエッセイを精選。

小津安二郎と「東京物語」 貴田庄

小津安二郎の代表作「東京物語」はどのように誕生したのか？ 小津の日記や出演俳優の発言、スタッフの証言などをもとに迫る。文庫オリジナル。

小津安二郎と七人の監督 貴田庄

ローアングルから撮ったショットを積み重ねる小津独自の映像はどのようにして確立したのか。同時代の映画監督と対比し、名作の秘密を解剖する。

名短篇、ここにあり 北村薫・宮部みゆき編

読み巧者の二人の議論沸騰し、選びぬかれたお薦め小説12篇。となりの宇宙人／冷たい仕事／隠し芸の男／少女架刑／あしたの夕刊／網／誤訳ほか。

名短篇、さらにあり 北村薫 宮部みゆき編

小説って、やっぱり面白い。人間の愚かさ、不気味さ、人情が詰まった奇妙な12篇。華燭／骨／雲の小径／押入の中の鏡花先生／不動図／鬼火／家霊ほか。

私の東京地図 小林信彦

オリンピック、バブル、再開発で目まぐるしく変わる東京だが、街を歩けば懐かしい風景に出会う。今と昔の東京が交錯するエッセイ集。（えのきどいちろう）

箱根山 獅子文六

戦後の箱根開発によって翻弄される老舗旅館、玉屋と若松屋。そこに身を置き惹かれ合う男女を描く傑作。箱根の未来と若者の恋の行方は？（大森洋平）

やっさもっさ　獅子文六
デコボコ夫婦が戦後間もない〈横浜〉を舞台に、個性的過ぎる登場人物たちと孤児院の運営をめぐって繰り広げるドタバタ人間ドラマ。（野見山陽子）

ナンセンス・カタログ　谷川俊太郎　和田誠　画
詩につながる日常にひそむ微妙な感覚。谷川俊太郎のエッセイと和田誠のナンセンスなイラストで描いた150篇のショートショートストーリー。

詩ってなんだろう　谷川俊太郎
谷川さんはどう考えているのだろう。その道筋にそって詩を集め、選び、配列し、詩とは何かを考えるおもとを示しました。（華恵）

味覚日乗　辰巳芳子
春夏秋冬、季節ごとの恵み香り立つ料理歳時記。日々のあたりまえの食事を、自らの手で生み出す喜びと呼吸を、名文章で綴る。（藤田千恵子）

言葉なんかおぼえるんじゃなかった　田村隆一・語り　長薗安浩・文
戦後詩を切り拓き、常に詩の最前線で活躍し続けた伝説の詩人・田村隆一が若者に向けて送る珠玉のメッセージ。代表的な詩25篇も収録。（穂村弘）

小津ごのみ　中野翠
小津監督は自分の趣味・好みを映画に最大限取り入れた。インテリア、雑貨、俳優の顔かたち、仕草や口調、会話まで。斬新な小津論。（与那原恵）

小津映画　粋な日本語　中村明
「ちょいと」「よくって?」……日本語学の第一人者が、小津映画のセリフに潜む、ユーモア、気遣い、哀歓を読み、味わい、日本語の奥深さを探る。

文豪文士が愛した映画たち　根本隆一郎　編
谷崎、荷風、乱歩……映画に魅せられた昭和を代表する作家二十数名の映画に関する文章を編む。読めば映画が見たくなる極上シネマ・アンソロジー。

日本幻想文学大全
日本幻想文学事典　東雅夫
日本の怪奇幻想文学を代表する作家と主要な作品を、第一人者の解説と共に網羅する空前のレファレンス・ブック。初心者からマニアまで必携！

文豪たちの怪談ライブ　東雅夫　編著
「百物語」の昔から、時代の境目では怪談が流行る——泉鏡花没後80年、「おばけずき」文豪たちの饗宴を追う前代未聞の怪談評論×アンソロジー！

文豪怪談傑作選
三島由紀夫集
三島由紀夫 東雅夫 編

川端康成を師と仰ぎ澁澤龍彥や中井英夫の「兄貴分」であった三島の、怪奇幻想作品集成。「英霊の聲」ほか怪談入門に必読の批評エッセイも収録。

文豪怪談傑作選
折口信夫集
折口信夫 東雅夫 編

神と死者の声をひたすら聞き続けた折口信夫の怪談アンソロジー。物怪たちが跋扈活躍する「稲生物怪録」を皮切りに日本の根の國からの声が集結。

文豪怪談傑作選
幸田露伴集
幸田露伴 東雅夫 編

鏡花と双璧をなす幻想文学の大家露伴。神仙思想に通じ男性的な筆致で描かれる奇想天外な物語は圧巻。澁澤、種村の心酔した世界を一冊に纏める。

三島由紀夫レター教室
三島由紀夫

五人の登場人物が巻き起こす様々な出来事を手紙で綴る。恋の告白・借金の申し込み・見舞状等、一風変ったユニークな文例集。（群ようこ）

命売ります
三島由紀夫

自殺に失敗し、「命売ります。お好きな目的にお使い下さい」という突飛な広告を出した男のもとに、現われたのは？（種村季弘）

向田邦子
ベスト・エッセイ
向田邦子 向田和子 編

いまも人々に読み継がれている向田邦子。その随筆の中から、家族、食、生き物、こだわりの品、旅、仕事、私……、といったテーマで選ぶ。（角田光代）

谷中スケッチブック
森まゆみ

昔かたぎの職人が腕をふるう煎餅屋、豆腐屋。子供たちでにぎわう路地、広大な墓地に眠る人々。取材を重ねて捉えた谷中の姿。（小沢信男）

東京ひがし案内
森まゆみ・文
内澤旬子・イラスト

庭園、建築、旨い食べ物といっても東京の東地区は年季が入っている。日暮里、三河島、三ノ輪など38箇所を緻密なイラストと地図でご案内。

千駄木の漱石
森まゆみ

英語・英文学教師から人気作家へ転身、代表作のアイデアも得た千駄木。なのに、嫌だ、豚臭い、慈悲のために永住する……。そんな素顔の漱石を活写。

矢川澄子ベスト・エッセイ
妹たちへ
矢川澄子 早川茉莉 編

澁澤龍彥の最初の夫人であり、孤高の感性と自由な知性の持ち主であった矢川澄子。その作品に様々な角度から光をあて織り上げる珠玉のアンソロジー。

日本ぶらりぶらり 山下清

坊主頭に半ズボン、リュックを背負い日本各地の旅に出た〝裸の大将〟が見聞きするものは不思議なことばかり。スケッチ多数。（壽岳章子）

山口瞳ベスト・エッセイ 山口瞳 小玉武編

サラリーマン処世術から飲食、幸福と死まで。――幅広い話題の中に普遍的な人間観察眼が光る山口瞳の豊饒なエッセイ世界を一冊に凝縮した決定版。

熊撃ち 吉村昭

人を襲う熊、熊をじっと狙う熊撃ち。大自然のなかで、実際に起きた七つの事件を題材に、孤独で忍耐強い熊撃ちの生きざまを描く。

魚影の群れ 吉村昭

津軽海峡を舞台に、老練なマグロ漁師の孤絶の姿を描く表題作他、自然と対峙する人間たちが登場する傑作短篇四作を収録。（栗原正哉）

猫の文学館Ⅰ 和田博文編

寺田寅彦、内田百閒、太宰治、向田邦子……いつの時代も、作家たちは猫が大好きだった。猫の気まぐれに振り回されている猫好きに捧げる47篇!!

猫の文学館Ⅱ 和田博文編

夏目漱石、吉行淳之介、星新一、武田花……思わずぞくっとして、ひっそり涙したくなる35篇を収録。猫好きに放つ猫好きによるアンソロジー。

月の文学館 和田博文編

稲垣足穂のムーン・ライダース、中井英夫の月蝕領主の狂気、川上弘美が思い浮かべる「柔らかい月」……選りすぐり43篇の月の文学アンソロジー。

星の文学館 和田博文編

稲垣足穂も、三浦しをんも、澁澤龍彦も、私たちはみな心に星を抱いている。あなたの星はこの本にありますか？ 輝く35篇の星の文学アンソロジー。

森の文学館 和田博文編

豊かな恵みに満ちた森は、時に心の奥への通路や魔術的な結界となる。宮崎駿、古井由吉、佐藤さとる、多和田葉子など、日常を離れて楽しむ37篇。

石の文学館 稲垣足穂ほか 和田博文編

アポロンの姿をとどめる瑪瑙、選ばれた者だけが掘り出せる秘密の水晶、ヨーロッパの石畳もサハラの砂漠も……悠久の時間を宿した石を愛でる38篇。

ちくま文庫

文学傑作選《ぶんがくけっさくせん》　鎌倉遊覧《かまくらゆうらん》

二〇二四年十一月十日　第一刷発行

編　者　藤谷治（ふじたに・おさむ）
発行者　増田健史
発行所　株式会社　筑摩書房
東京都台東区蔵前二―五―三　〒一一一―八七五五
電話番号　〇三―五六八七―二六〇一（代表）
装幀者　安野光雅
印刷所　株式会社精興社
製本所　加藤製本株式会社

ISBN978-4-480-43991-8 C0193